Le Blé germe en hiver

Cette édition de *Le Blé germe en hiver*
est publiée par Succès du livre SAS
avec l'aimable autorisation des Éditions Gérard Tisserand.

ISBN 13 : 9782738221209

Marie Nicole Cappeau

Le Blé germe en hiver

Pour ma mère et pour toutes les femmes qui,
face à la solitude,
malgré le chagrin ou l'amertume,
montrent l'exemple du courage
en souriant à la vie !

Veille ! Car chaque jour pourrait être le dernier.
Qu'il ne soit terni par aucun geste, aucun mot regrettable.
Que de l'amour, seulement, on se souvienne.

Ne pleure plus, le temps a passé,
La vie est là, qui te prend par le bras.

I

Le départ

C'EST AU REPAS DE NOËL que je leur ai annoncé ma décision de monter là-haut, dès la semaine prochaine… seule ! Ils en ont été malheureux et cela les a fâchés.

« Allons, maman, tu n'es pas raisonnable ! Qu'est-ce que tu vas faire toute seule ? La maison est humide, tu vas attraper la crève et, après, qui c'est qui te soignera ? (Sous-entendu, nous n'allons pas faire deux cents kilomètres pour venir te rechercher !) Si tu y tiens, nous monterons tous ensemble, comme avant, à la bonne saison. »

Je sais que sous leurs airs bougons et sentencieux, ils cachent leur inquiétude, devinant l'immensité de ma détresse. Ce sont de bons enfants, ils veulent me protéger contre mon chagrin, redoutant que, telle une bête cruelle, il ne m'agrippe et me dévore. Ils m'ont acheté un téléphone portable afin que je puisse faire appel à eux à tout instant, et aussi pour qu'eux puissent me toucher pour me retenir au cas où… C'est sans doute à cause d'eux, pour ne pas les décevoir en faisant fi de leur affection inquiète, que je n'ai pas cédé à la tentation de te rejoindre. Ils se méfient de mon apparence sereine. Ils savent combien nous nous aimions toi et moi et combien je suis blessée de vivre sans toi. Alors, ils essayent de me distraire pour m'empêcher de penser à toi puisqu'ils s'imaginent que cela me fait mal.

Comment leur expliquer que je ne m'abandonne que dans l'intimité de notre chambre et que cette douleur intense, je la désire comme… je ne trouve pas d'autre comparaison, comme… un acte d'amour ! C'est toi qui me prends le corps au plus profond de moi-même, tu me chavires, tu me transportes, tu me plies, tu me brises et tu me laisses pantelante, épuisée, mais pleine de toi. Ressentir ces spasmes du chagrin dans ma chair me donne l'illusion que tu es vivant. J'appréhende le jour où je n'aurai plus mal en pensant à toi.

Cela voudra dire que je t'aime moins, que je t'oublie tout doucement mais sûrement ; loin des yeux, loin du cœur. C'est naturel. Le temps fait son œuvre.

Je veux me mettre à l'abri de ce temps-là. C'est pour cela que j'aspire à retourner dans la vieille demeure des grands-parents de l'Ardèche pour m'y retrouver seule avec toi tout à moi.

Je ne peux pas m'habituer à vivre sans toi. Moi sans toi, ce n'est pas moi. Je ne suis plus qu'une façade de carton pâte. En apparence je n'ai pas changé : le chignon, le sourire, les vêtements chics, mais derrière ce décor je ne suis qu'indifférence. J'aurais voulu que tu m'emportes vraiment avec toi, mais puisque cela n'a pas été, je dois apprendre à exister sans toi, je dois rendre consistance à cette femme qui est restée, et j'ai besoin que tu m'y aides.

Ici, la vie qui court m'emporte, malgré moi, dans son tourbillon. Les enfants m'accaparent, prétendant avoir besoin de moi. Ils me fatiguent. Où est-elle cette époque quand ils nous repoussaient, affirmant savoir se débrouiller tout seuls, rouspétant après notre sollicitude, rejetant nos conseils (déclarés ringards) ? À présent, ils ne peuvent rien entreprendre sans faire semblant de requérir mon avis et, à leur tour, ils m'étouffent de leur affection. Je ne suis pas dupe. Ils se croient obligés de me prendre en charge mais cette gentillesse excessive me fait ressentir l'humiliation de ma situation de veuve : une épouse amputée de son mari. Comme un paraplégique qui a perdu l'usage de ses jambes, j'ai perdu l'usage de mon couple : je suis une handicapée, un sujet de pitié ! Je ne veux pas l'être, cela me fait horreur ! Je dois leur échapper pour redevenir moi-même, une femme libre !

Sous le regard indigné de sa sœur Viviane, Jean avoue tout de suite sa préoccupation première :

« Et ma compta, qui va me la faire ?

— Mais mon fils, je ne pars pas au bout du monde ! La poste et le téléphone fonctionnent jusqu'à notre maison de Planilhac. J'emporterai ordinateur, mobile et fax ; tu me transmettras tout et je ferai ta compta là-bas aussi bien qu'ici. »

Viviane prend son vilain air renfrogné :

« Et ta petite-fille Sophie, tu la garderas par fax aussi, pendant que je travaille ? »

Je soupire. Contrairement à Jean qui a si bon caractère, Viviane est une excessive, toujours à se plaindre d'un manque de considération. Elle adorait son père mais ne pouvait pas rester une demi-heure sans se chamailler avec lui. Un perpétuel affrontement de chefs, chacun essayant de dominer l'autre. Tout ce qu'on ne fait pas pour elle, on le fait contre elle. Pas facile à vivre, ma fille, et je trouve que François, mon gendre, a grand mérite de la supporter. Pourtant, c'est un bon ménage, car la placidité de l'un s'accorde avec l'impétuosité de l'autre et ils partagent le même amour pour leur petite Sophie qui, à dix ans, mène ses parents par le bout du nez.

« Eh oui ! Je suis une grand-mère indigne mais Sophie est grande maintenant et les parents de François assureront volontiers un baby-sitting quand tu feras appel à eux. Tu me l'enverras pendant les vacances.

— Parce que tu comptes rester là-haut jusqu'aux vacances ? Mais ça ne va pas la tête, tu vas déprimer ! Il n'y a rien à foutre dans ce bled perdu et Sophie préférera certainement aller à la mer ! »

Cette fois, je suis agacée et n'essaye pas de répondre car je sens que Viviane cherche la bagarre comme chaque fois qu'on la contrarie.

Jean, qui ne dit rien, est mon seul regret dans ma décision de partir. À trente ans, il est resté mon enfant câlin et je revois en lui tout ce que j'ai aimé en Richard, mon époux. Le courage tranquille, la persévérance dans l'effort, la tendresse pudique et, de temps en temps, la colère, vive et bruyante mais vite oubliée. Depuis ses dix-sept ans, Jean travaille sur l'exploitation avec son père qui lui a tout appris des arbres fruitiers et de la vigne. Il y avait entre ces deux-là une grande complicité et une estime réciproque. Mon pauvre Jean est tout désorienté mais je ne veux pas qu'il se raccroche encore plus à moi. Il doit apprendre à s'en sortir sans ses parents et j'espère que cela va l'inciter à se marier enfin.

Je leur ai gâché la fête. Ils font la moue en chipotant dans leur assiette la bûche de Noël que j'ai pourtant si bien réussie. Seule Sophie montre un peu d'entrain, mais c'est pour m'amadouer car elle veut obtenir la permission de regarder un film à la télé.

Dès le lendemain, je prépare mes valises sous le regard inquiet des chiens, Marmotte, ma grosse fauve de Bretagne, et Fripon, le minuscule yorkshire. Les valises, pour eux, cela signifie soit que je les abandonne tristement aux bons soins de Joséphine, la femme de ménage, soit qu'ils m'accompagnent dans cette maison de l'Ardèche pleine d'odeurs merveilleuses avec la perspective de promenades en forêt. Ils ne savent pas encore s'ils doivent bouder ou se réjouir et ils me suivent pas à patte pour me manifester leur désir de m'accompagner.

Le départ

Je suis presque contente. Enfin j'agis ! Depuis le drame de ta brutale disparition, je n'ai eu qu'une chose en tête : ne pas me laisser aller. Qu'est-ce que cela signifie ? Du maintien, de la dignité aux yeux des autres dont je me fiche éperdument ? Être un exemple pour les enfants ? Rester telle que tu voulais que je sois ? Je ne sais... mais je ne peux pas faire autrement. Question d'éducation sans doute, il faut avoir de la tenue dans le malheur ! Épancher son chagrin en public est inconvenant.

J'ai vu la petite flamme vaciller et s'éteindre dans tes yeux fixés pour la dernière fois sur les miens. Je voudrais croire que je l'ai recueillie et qu'elle brûle en moi, me donnant ta force, ta détermination, ton courage... ta vie. Mais tout ça ne sont que de pitoyables subterfuges pour me cacher mon incapacité à vivre sans toi.

J'ai fait semblant, du mieux que j'ai pu, pensant naïvement que tu serais fier de moi puisque tu as toujours voulu que j'épate les autres. Ta femme devait être différente. Exigeant envers toi-même, tu l'étais également envers ta famille et nous devions, tous, être à la hauteur de ton ambition. Depuis près de deux mois tu n'es plus là et nous devons apprendre à agir par nous-mêmes. C'est presque de la rééducation et je me demande s'il ne me faudrait pas l'aide d'une espèce de kinésithérapeute !

Déjà, partir en Ardèche m'obligera à me préoccuper de choses différentes, terre à terre, médiocres mais essentielles pour subvenir à mes simples besoins dans cette maison vide.

Ce matin, comme tous les matins, mon fils Jean vient boire son café avec moi. Il est triste, il me dit qu'il se fait du souci pour moi. J'ai un moment d'hésitation. Ce serait plus facile de rester ici, à proximité de son affection qui me fait tant de bien. C'est vrai qu'il a besoin de moi. C'est justement pour cela que je dois m'éloigner, me séparer de lui. Nous sommes trop accrochés l'un à l'autre et ce n'est pas de cette vie-là que ni toi ni moi ne rêvions pour notre fils.

Au volant de sa twingo orange, Viviane survient à toute allure, freinant brutalement dans la cour, laissant tourner le moteur. Elle est professeur de français au lycée et, même en période de vacances, elle conserve l'habitude de se croire dans l'urgence de choses importantes à accomplir. Craignant d'être en retard, elle est toujours pressée. Elle m'embrasse, un peu bourrue, ce qui est sa façon de cacher son émotion.

« Alors, décidée ? Tu fais une bêtise mais, après tout, ça te regarde, tu es assez grande ! Téléphone quand même pour avertir si tu as fait bonne route. La maison doit être dans un état... ! Faut être dingue pour vouloir aller là-bas en hiver. Allez, ciao, je me barre, je suis à la bourre car je dois conduire François à la gare d'Avignon. Il a une réunion importante au C.N.R.S. à Paris ! »

Une bise et hop !... Elle est partie.

Jean bougonne : « Elle est folle ma sœur ! »

Il met les dernières valises dans le coffre du break où j'ai déjà chargé quantité de caisses à pommes remplies de provisions diverses. Les chiens en profitent pour sauter à l'intérieur et ils s'installent à l'arrière affichant un air triomphant :

« Cette fois, ma vieille, nous venons avec toi ! »

Je rassure Jean : « Tu vois, je ne suis pas seule. »

Il soupire, hausse les épaules.

« Promets-moi, maman, de ne pas t'entêter si cela ne va pas. Je viendrai au premier appel. »

Mille aiguilles picotent ma gorge et je me détourne pour qu'il ne voie pas les larmes qui giclent bêtement. Je tente de ricaner mais coasse plutôt :

« T'en fais pas mon grand. »

Je me mets au volant et démarre doucement, avec précaution car mes yeux embués ne distinguent pas très bien la route. Cela va s'arranger dans un moment ; je me reprends et j'accélère, à nouveau sûre de moi.

Cette route, je la connais par cœur pour l'avoir parcourue si souvent avec toi. Chaque tournant suscite un souvenir : là, tu m'avais dit ceci, là-bas, tu m'avais dit cela, ici nous avions vu un lapin traverser la route, par là il y avait un rassemblement de chasseurs... Je me souviens des voyages sous la pluie et d'autres sous la canicule. Aujourd'hui aussi tu m'accompagnes et je devine ce que tu aurais pensé de ma conduite un peu trop rapide. Je ralentis pour te faire plaisir. Je sens ta présence presque palpable et je tourne légèrement la tête vers la droite pour m'assurer que, vraiment, tu n'es pas là, à côté de moi. Non, tu n'es pas là, et ma gorge se serre.

La chienne met ses deux grosses pattes sur le dossier de mon siège et elle m'envoie un grand coup de langue. Le petit Fripon est attaché pour éviter qu'il ne saute sans cesse de l'avant à l'arrière, mais il manifeste en gémissant. On dirait un chat qui miaule.

Je les calme de la voix : « Allons, sages ! »

Ils se roulent en boule et je ne les entends plus jusqu'au croisement avant Largentière. Ils reconnaissent l'endroit, savent qu'ils sont bientôt arrivés et jappent de joie.

Je m'arrête au village pour faire quelques provisions. La boulangère, le boucher sont surpris.

« Vous êtes venue toute seule ? »

Ils sont gênés, ne savent comment me parler de toi, voudraient me témoigner leur compassion mais ne trouvent pas les mots. Ils ont de pauvres sourires, me serrent la main.

« Si vous avez besoin... n'hésitez pas à demander ! »

Je remercie, touchée de leur maladresse plus que par des condoléances bien exprimées. Je leur souris en retour... ça ira !

Encore dix kilomètres à travers bois. Sur ce versant nord, les pins ont été épargnés par la tempête de 1999. La route, toujours à l'ombre, est verglacée. Les chiens sont intenables. Je crie pour les calmer. Quand je débouche sur le plateau, le soleil m'éblouit ; le ciel, si pur à cette altitude, est d'un incroyable bleu charron, sans un nuage. La vieille bâtisse se voit de loin, construite sur la hauteur, imposante, lumineuse, accueillante.

Je n'ai pas le temps de stopper le moteur; les chiens hurlent à me déchirer les tympans. J'entrouvre la portière et Marmotte me piétine pour se précipiter dehors tandis que Fripon pousse des cris d'écorchés afin que je le libère. Ils détalent tous deux, ventre à terre, faisant le tour de la propriété en aboyant à gorge déployée pour avertir les chiens du voisinage qu'ils sont là et que dorénavant il faudra compter avec eux.

J'examine les alentours. Je ne suis pas venue tondre le pré à l'automne, et l'herbe est un peu haute. Les pruniers ont perdu leurs feuilles mais, petites et recroquevillées par la première gelée, elle se sont envolées tandis que celles des mûriers, encore vertes, se sont amoncelées au pied des arbres en un lourd tapis. Les sangliers sont encore venus labourer au fond du jardin en sautant par-dessus la *faÿsse* (muret de pierres sèches) dont ils ont fait ébouler les pierres. Je remonterai ce mur, ça m'occupera. Les roses trémières dressent leurs hampes desséchées où les fleurs ont laissé place à de petites bourses pleines de graines rondes et plates comme des lentilles. J'irai en semer jusqu'à l'orée du bois.

Le froid est vif et je reviens mettre mon anorak avant d'ouvrir la porte. J'ai un sac plein de clefs, toutes différentes, mais je les connais bien et n'hésite pas. Le portail résiste et je dois ruser avec la serrure pour actionner le pêne. Dans la cour intérieure, l'escalier qui conduit à l'étage est couvert de coussinets de mousse. La provision de bois est également d'un vert prometteur de flambées fumeuses. Avec la plus grosse des clefs (celle qui doit dater du XVIIIe siècle), j'ouvre la belle porte en châtaignier, blanchie par l'âge, qui donne accès à la salle commune. À tâtons, je vais jusqu'au compteur électrique et relève le disjoncteur. Une chance, ça marche ! Aucune tempête n'a provoqué de coupure du courant.

Un coup d'œil circulaire : à part les inévitables dégoulinades de suie autour de la cheminée, aucun dégât notable n'est à signaler. Je veux pousser les volets mais les fenêtres sont complètement bloquées, gonflées d'humidité. Je tente en vain de les ouvrir, infligeant des palpitations à mon cœur qui ne supporte plus un tel effort.

Ah ! Toi, avec ta poigne, tu les aurais décoincées facilement !

Allons, je ne vais pas me lamenter au premier obstacle ! Il suffit de chauffer la maison en allumant tout de suite la cheminée. Heureusement, il y a un peu de bois sec et des pommes de pins dans la *clayde*, l'ancien séchoir à châtaignes, et je m'empresse de préparer mon feu, dans les règles de l'art. Hélas ! Les allumettes sont moisies dans leur boîte et, comme je ne fume pas, je n'ai même pas un briquet. Soudain, j'ai froid et le découragement s'insinue dans mon cœur. J'ai présumé de moi-même, je ne suis pas de taille à me défendre seule.

Les chiens déboulent dans la pièce et Marmotte s'installe tout de suite sur le vieux coussin sous le *cantou* (petit banc à l'intérieur de la cheminée), selon son habitude. Elle me considère en roulant ses gros yeux si expressifs :

« Alors, qu'est-ce que tu attends pour faire la magie du feu ? »

Fripon saute sur mes genoux et se pelotonne en tremblant. J'irais bien mendier des allumettes chez les voisins mais de quoi vais-je avoir l'air ? Ils vont vouloir me garder pour partager leur repas et je n'ai pas envie de parler. En attendant, si j'éclairais le Butathermix à l'allumage automatique ? J'ouvre la bonbonne et j'enclenche le mécanisme. Cela pue le gaz mais ça marche et je m'aperçois que je peux enflammer une de mes allumettes pourries à la veilleuse de cet appareil de chauffage. Après quelques ratés je me décide à utiliser une bûchette d'allume-feu que je garde pour les occasions désespérées et, enfin, parviens à obtenir une bonne flambée. La satisfaction évidente des chiens me rend très fière d'avoir gagné cette première bataille.

J'inspecte la maison, pénétrant dans les chambres. Toutes sont glacées, d'apparence délabrée avec la peinture cloquée sur les murs, les dalles du sol recouvertes d'une fine mousse de poussière verdâtre. Les meubles paraissent ternes et collants ; une odeur de renfermé flotte partout.

Je me réfugie sur la terrasse. Le soleil est éclatant. Le paysage est superbe. Il fait chaud. Je reprends confiance.

Sans aller jusqu'à quitter mon anorak, je me trouve si bien que je décide de déjeuner là, à la table de jardin que nous avions choisie la plus grande possible en prévision des réunions avec les nombreux amis amoureux de notre Ardèche. J'apporte le pain et la charcuterie achetés ce matin. Pas besoin d'assiette, je coupe le pâté de campagne dans son papier d'emballage. Je débouche une bouteille de merlot et m'en verse un verre. Je mâche posément, partageant avec les chiens qui convoitent chaque morceau que je porte à ma bouche. Je bois à petites gorgées. Tout me paraît savoureux, le pain, le pâté, le vin de l'Ardèche, à la fois rêche et riant.

Je remets du bois sur le feu. Il crépite joliment et propage déjà une bonne chaleur. Je rangerai mes affaires plus tard ; profitons d'abord du soleil pour faire un tour, à deux cents mètres de là, jusqu'à la grangette que nous avions aménagée pour en faire un gîte de vacances. Cette petite bâtisse typiquement cévenole, en pierres et lauzes, épouse le rocher sur lequel elle est bâtie, en trois niveaux superposés.

En arrivant par le nord, on pénètre dans cette ancienne grange à foin, d'allure trapue sous une solide charpente de châtaignier. Une étroite fenêtre au midi permet de découvrir la chaîne des monts du Tanargue qui s'élèvent au-dessus de la Beaume, la rivière où nous aimons nous baigner en été. Par un minuscule escalier en colimaçon, on atteint le niveau inférieur, pièce voûtée où le grand-père parquait ses chèvres. Nous l'avions transformée en chambre et cabinet de toilette. En dessous encore, une cave étroite donne de plain-pied sur la terrasse naturelle entourée de murs qui surplombent le ravin. Au fond, le ruisseau des Pargues y cascade depuis un lointain sommet. Vu du côté Sud, le bâtiment ressemble à un donjon, tant il paraît haut et d'aspect austère. Mais cet endroit est magique, imprégné d'histoire car les pierres taillées portent la marque de siècles passés et on se prend à rêver de ces bergers, aïeux de notre famille, qui ont trouvé refuge derrière ces murs défensifs.

Ici, la tornade de l'hiver dernier a décimé la forêt. Les pins abattus, exhibant leurs racines dénudées, gisent enchevêtrés et pourrissent inexorablement dans une interminable agonie. Je ne sais à qui m'adresser pour les sortir du bois et puis… combien cela peut-il coûter ? Trop cher pour moi, sans aucun doute ! Alors on attendra que la nature fasse son œuvre, ce qui ne saurait tarder car, déjà, les bruyères ensevelissent les troncs étendus et de jeunes pousses, se dressant sur ce terreau fertile, promettent la régénération de la sapinière.

Protégé par la grange, un frêle pommier a échappé à l'holocauste des géants et il a produit cette année une récolte extravagante de ces pommes rouges au goût acidulé, grosses comme des prunes, que les sangliers dédaignent mais dont je raffole. En tombant sur le sol spongieux, les fruits ne se sont pas abîmés et je me promets de revenir avec un cageot pour rapporter ma provision.

Les chiens m'ont dépassée pour courir au ruisseau où ils se baignent malgré le froid, car cela fait partie de leurs plaisirs traditionnels d'ici. Ils s'ébrouent vigoureusement et se roulent au sol en grognant de volupté. Brusquement, ils se remettent sur leurs pattes et partent en aboyant férocement : un homme vient à ma rencontre sur le chemin. Vêtu d'un caban de bure par-dessus un pantalon de velours râpé, c'est Pierre, le moine ermite (bien sûr avec un nom pareil !). Sa longue barbe blanche, son front dégarni qu'il cache sous un vieux béret mité, ses yeux bleus si candides, son sourire bienveillant lui donnent l'air d'un de ces saints-sulpiciens que l'on voit rarement maintenant dans les églises rénovées.

Il vient vers moi, les mains tendues pour prendre les miennes. Il m'embrasse à la manière des religieux, inclinant son front vers le mien, par trois fois.

« Comment allez-vous ? »

Ce n'est pas une question protocolaire. Je sens que son intérêt est profond. Il désire me soutenir, m'aider. Ses yeux lumineux de cette paix intérieure qui m'émerveille, vont droit au fond des miens à la recherche de ma peine. D'un coup, celle-ci est magnifiée : je la porte en moi, non comme un fardeau qui m'oppresse mais comme une cristallisation de toi, étincelante d'amour.

« J'ai prié pour vous. »

D'un autre, j'aurais douté du bien apporté, mais venant de lui, je crois à l'apaisement par la prière, à l'intercession des saints, à la miséricorde divine. Je lui suis reconnaissante et me sens étrangement soulagée. Il n'a pas besoin d'en dire plus. Maintenant, je lui raconte que la maison est si humide que je n'arrive pas à ouvrir mes fenêtres. Aussitôt, il me propose son aide.

Est-ce le feu déjà ou sa force d'homme des bois ? Les fenêtres s'ouvrent sans difficulté. Pierre pousse les volets, la maison est claire et joyeuse. Je vais chercher la bouteille et nous sers un verre de vin. Il sort de sa besace un pot de miel. Immédiatement, j'y trempe un doigt pour le goûter. C'est un miel noir, parfumé de bruyère et de pin. Un miel fort, réconfortant, semblable à ce pays.

L'ermite s'en va discrètement au moment où le téléphone sonne. C'est ma fille, très énervée car elle a tenté plusieurs fois de me joindre et « Ça ne répondait pas ! Tu ne peux pas avoir ton portable sur toi ? Je me faisais du souci, je m'imaginais déjà que… »

J'écoute sans l'entendre la litanie de ses remontrances. On dirait que c'est elle la mère, obligée de gronder. Son sens des responsabilités et du devoir m'étonnent toujours, moi qui suis plutôt bohème et nonchalante, voire négligente. Sans doute est-ce une réaction salutaire mais cela m'irrite un peu. À mes enfants, j'ai laissé beaucoup de liberté pour qu'ils prennent goût à l'indépendance et apprennent à se débrouiller seuls. Peut-être, inconsciemment, était-ce pour préserver ma propre indépendance et notre vie de couple. Eh bien, ce n'est pas réussi : ma fille se croit obligée de me protéger et de me gouverner, mon fils s'accroche à moi sans parvenir à dominer ses angoisses.

Je la laisse parler en marmonnant parfois un bref « Hum, hum ! » valant autant pour oui que pour non. Je m'approche de la fenêtre : devant moi, au loin, les montagnes encerclent, de leurs silhouettes sombres, la ville de Joyeuse. Derrière moi, le soleil, prêt à disparaître, balaie le ciel de traînées roses qui se fondent dans l'azur, empourprant l'horizon. J'appuie mon front contre le carreau glacé. Fortifie mon âme, ô Seigneur, par la beauté de ton univers !

« Maman ! Promets-moi ! »

Je sursaute. Quoi, que dois-je promettre qu'elle exige de moi avec tant d'insistance ?

« Mais oui, ma chérie, bien sûr, ne te fais pas de souci.

—Maman, tu sais… on ne vit pas avec les morts ! »

Ah ! C'est ça qui l'effraie, pauvre petite. Je la rassure, me forçant à rire.

« Mais non ! En ce moment, je regarde le coucher de soleil à travers la fenêtre et je suis comblée de joie devant ce spectacle grandiose.

—Fais attention, tu vas prendre froid ! »

Je promets tout ce qu'elle veut. Le bleu de la nuit a effacé les couleurs du jour. L'éclairage municipal de la ville de Joyeuse perce le fond du paysage de mille lampions. Ici, à cinq cents mètres plus haut, je me sens comme un oiseau niché au sommet d'un chêne.

Trêve de rêveries, les chiens m'appellent à de prosaïques exigences : il est l'heure de leur pitance et je n'ai pas encore déchargé la voiture. Je descends et je remonte plusieurs fois, les bras chargés de valises, de caisses, de paquets. La maison est isolée et j'ai toujours eu peur de manquer de quelque chose, alors je fais des réserves folles. J'entasse tout sur la table de la cuisine. Je fouille pour retrouver les boîtes d'aliments canins. Zut, ça, je l'ai oublié ! Marmotte et Fripon ne me quittent pas des yeux, la confiance très ébranlée. Bah ! Ils auront droit au même repas que moi, des nouilles et du pâté, ce qui leur paraîtra un festin.

Au cantou de la cheminée, je mange machinalement, hypnotisée par la danse des flammes. On ne vit pas avec les morts, non, les morts sont vivants en nous tant que notre cœur frémit d'amour en les évoquant. Je caresse le bois du banc : tu es là, auprès de moi et je suis bien.

Mais quand je me couche dans notre lit, le froid des draps humides me rappelle brutalement que je suis seule, que je suis veuve ! Transie, je grelotte, claquant des dents, ne pouvant empêcher les larmes brûlantes de geler sur mes joues. Roulée en boule, les mains entre mes cuisses, la tête sous la couette, je m'abandonne au désespoir qui me frappe jusqu'à l'épuisement.

Petit à petit, mon corps diffuse sa chaleur, mes tremblements s'espacent, je suis bien au creux de ce matelas où je suis lovée comme un enfant dans la matrice. Plus tard, je me réveille, surprise par l'intensité de la clarté bleue qui illumine la chambre. Je vais à la fenêtre : les étoiles d'or ont envahi la voûte céleste, fermant l'horizon au ras du pré devant la maison. Elles paraissent si proches que si j'étendais le bras, je pourrais peut-être en décrocher une. C'est beau comme un dessin de gamin. Je me recouche, songeuse. Se peut-il que tu me protèges et me consoles ?

Je me berce, répétant comme une mélopée :

« Mon amour, mon amour, mon amour, reste près de moi ! »

Et tu es là, appuyé de ton corps contre mon dos, tes bras se croisant par-dessus ma poitrine, tes jambes repliées sous les miennes. Tu me tiens fort et je n'ai plus peur de cette solitude hideuse.

II

Vers les autres

AU MATIN DU DERNIER JOUR DE L'ANNÉE, surprise ! De gros flocons virevoltent au ralenti et se posent délicatement, les uns par dessus les autres, sur le pré feutré de blanc. Les branches noires des arbres sont parées d'un vaporeux boa d'hermine. La neige rétrécit l'espace, nous enferme dans une boîte ouatée, efface les obstacles, étouffe tout bruit. Les chiens s'aventurent d'abord avec méfiance, enfonçant une patte après l'autre, puis ils s'élancent par bonds, trempant leur ventre dans cette douceur glacée. Je les appelle et ne reconnais pas le son de ma voix, happée par les flocons qui l'enrobent et l'entraînent dans leur chute silencieuse. Mes pieds bottés forcent leur empreinte profondément et la neige crisse à chacun de mes pas. J'entaille mon passage, à larges enjambées, l'appareil photo au bout des doigts, prête à saisir l'image insolite. Jamais l'objectif ne rendra la vision parfaite de l'œil percevant, au-delà de l'ombre, le frémissement fugitif de la lumière qui fait palpiter la vie dans l'immobilité. Qu'importe, malgré sa platitude, la photo me rappellera mon émotion de l'instant car mon cœur imprime des détails qu'aucun *zoom* ne peut enregistrer.

Nulle voiture n'emprunte la route et je poursuis mon chemin sans redouter de rencontrer quiconque car je n'ai pas encore envie de parler. Sans réfléchir, je descends vers la ferme de Justine, là-bas, à l'orée du bois de Grosjean. En approchant, j'hésite. Rien ne m'oblige à m'arrêter. Je n'ai qu'à continuer et remonter par Savérac-le-Château. Mais Bergère, la vieille chienne, a flairé Marmotte et Fripon, et elle se précipite au-devant de nous, jappant de contentement. Justine m'a sûrement aperçue de derrière son carreau ; ce serait impoli de ne pas entrer pour la saluer. Je franchis le porche qui s'ouvre sur une cour pavée desservant les communs où, à la belle époque, vaches, chèvres, cochons, lapins et volailles accueillaient chaque visiteur à grandes criailleries. Toute cette joyeuse activité s'est tue quand Gustave s'est cassé les reins en versant avec son tracteur. Justine a remercié Dieu d'avoir préservé la vie de son mari mais, de ce jour, la ferme est morte. La pauvre femme a bien essayé de maintenir les choses en l'état, mais avec un infirme dont il fallait s'occuper en permanence, elle n'a pas pu tenir longtemps et a dû se séparer des bêtes. Seule reste la fidèle Bergère, sans plus de troupeau à conduire, mais qui veille son pauvre maître avec constance.

La porte de la cuisine s'ouvre et, du haut de l'escalier, Justine m'invite à monter :

« Venez vous chauffer, j'ai du café de prêt. »

Je voudrais empêcher les chiens de passer mais ils connaissent la maison et me bousculent pour se faufiler avant moi. Je suis confuse, ils vont tout salir !

« Laissez, laissez, ça n'a pas d'importance, je n'ai pas fait le pavé. »

Justine n'est jamais dérangée par rien ni personne. Elle prend tout du bon côté et n'importe qui, venant chez elle, est accueilli comme l'envoyé de Dieu.

L'antique cuisinière est chauffée au rouge. Il fait suffocant. Dans la cafetière émaillée, en permanence sur le feu, le café répand son arôme brûlé.

« Remettez-vous », me dit Justine en me tendant une chaise. Elle me remplit une tasse à décor de fleurettes et pousse vers moi la boîte à sucre au couvercle graisseux. Je déteste le café bouilli mais celui-ci a le goût incomparable de la générosité et c'est un nectar. Je tente de refuser les biscuits dont elle ouvre un paquet exprès pour moi, mais ce seraient la désobliger car Justine associe la nourriture à l'amour. Elle a su ce que c'était, ne pas manger à sa faim, elle s'est privée pour que ses petits ne manquent de rien. À présent, grâce à la retraite de la sociale que d'autres proclameraient une misère, elle se sent à l'abri du besoin et elle peut même économiser pour faire des cadeaux à ses petits enfants.

Le Gustave est là, appuyé des coudes contre la table. Ses jambes impotentes sont enroulées dans une couverture. Il met un certain temps à me reconnaître malgré Justine qui lui crie dans l'oreille que :

« C'est la Marie, la veuve à ce pauvre Richard qu'est mort. »

Quand enfin il comprend, Gustave la rabroue :

« Crie pas comme ça, j'suis pas sourd ! »

Moi je sais qu'il est sourd et refuse systématiquement de porter l'appareil qui a coûté si cher et que la sécu n'a guère remboursé. De plus, il est aux trois quarts aveugle depuis qu'un éclat de bois lui a crevé le seul œil qui était à peu près bon. Et ne parlons pas de son esprit qui sombre lentement dans la confusion.

« Tu prendras un peu de café ? » questionne Justine pour la forme, sachant très bien que Gustave l'enverra au diable avec sa cafetière.

C'est ce qu'il fait ! Ce qu'il veut, c'est un « canon » de vin.

« Tu sais bien qu'il ne faut pas, le docteur a dit que ça te fait du mal. »

Gustave, il s'en fout de ce qu'il a dit le docteur, un type de la ville qui n'y entend rien. Lui il sait que ça lui fait du bien, que ça lui donne chaud au ventre et qu'il oublie ses jambes mortes pour marcher dans sa tête à travers ses bois et ses prés.

Justine hausse les épaules et débouche la bouteille. Elle remplit un verre à moitié. Gustave allonge le bras pour s'en saisir, sa main tremble mais il s'applique pour ne pas en renverser une goutte. D'un trait, il l'avale et claque la langue, puis il tend à nouveau le bras en direction de la bouteille, mais Justine, d'un geste brusque, l'enlève et la range sur le buffet.

« Cela suffit ! »

Gustave grogne et fait la moue comme un enfant. Je m'approche et tente de le distraire :

« Et alors, votre petit-fils, il a fini son régiment ? »

Il se tourne vers Justine, incertain. Elle dira mieux, lui ne sait pas, ne sait plus. Il laisse tomber sa tête, le menton sur la poitrine, la bouche ouverte d'où coule un filet de bave ; il ferme les yeux, retourne à ses rêves.

Justine approche sa chaise de la mienne. Nous sommes tranquilles, nous pouvons bavarder.

« Alors, comme ça, vous êtes venue ? Vous n'avez pas trop froid là-haut ?

— Non Justine, ça va. J'avais besoin de revenir, j'avais envie d'être un peu seule. »

À elle, j'ose me confier. Je lui raconte combien les enfants sont gentils avec moi mais que cela me pèse parfois. Justine me comprend, elle qui ne s'est jamais plainte de rien et a toujours assumé seule ses peines pour éviter de tracasser sa famille. Elle n'a pas soixante ans mais en paraît dix de plus car le soleil en plein champ a flétri ses joues, le dur labeur a courbé son dos. Elle croise et décroise ses doigts déformés d'arthrose. Ses cheveux gris, coupés trop courts, disgracient son visage épaté. Ses yeux disparaissent derrière les lunettes. Elle n'est ni belle ni soignée et pourtant tous ceux qui la connaissent l'aiment et l'admirent ne voyant que sa bonté, donnée à chacun, sans restriction. Et d'abord à son mari à qui elle voue une éternelle reconnaissance de l'avoir sortie de ce pays si pauvre où elle a vécu sa jeunesse.

C'est un hameau pas très loin d'ici et on se demande pourquoi les habitants de là-bas sont restés accrochés à leurs caillasses arides où seuls poussent les figuiers sauvages, enfonçant leurs racines à travers les fissures du rocher. Pensez donc, la seule eau est celle, si rare, de la pluie recueillie dans des citernes naturelles creusées dans le roc. Les enfants y mouraient de diphtérie, les quelques légumes du jardin, arrosés chichement, restaient rachitiques, les chèvres faméliques ne trouvaient leur vie qu'en mâchant des épines et le cochon, objet de tous les soins, n'était engraissé qu'aux figues. Alors, quand le Gustave *l'a mariée* pour la mener ici, dans cette maison où il y avait l'eau de la source au robinet, Justine s'est crue au paradis.

Dans cette ferme, il y avait *de quoi* !

Qu'est-ce que cela veut dire «*de quoi*» ?

Cela veut dire de quoi travailler avec le contentement d'un homme libre, récoltant le juste prix de son effort. Posséder de la terre profonde sur laquelle le blé se gonfle de beaux épis ; des prés verdoyants où les vaches ruminent la panse garnie ; des châtaigniers aux fruits nourriciers et des bois de pins où des coupes régulières rapportent chaque année autant que l'écureuil de la Caisse d'Épargne. Ils ont élevé trois enfants qui tous ont «fait les écoles» et ont maintenant de bonnes situations. Que demander de plus ? Justine n'a rien à envier à personne, ne pouvant même pas imaginer une vie plus confortable puisqu'elle se trouve comblée. Les enfants leur ont offert la télé. Au début, ils n'osaient pas la faire marcher, maintenant ils la laissent branchée toute la journée.

Elle regarde son Gustave, dodelinant du chef, prêt à s'endormir. Ah ! C'est un brave homme, pourquoi lui refuser un petit plaisir, au point où il en est ? Elle reprend la bouteille de vin et remplit le verre : Gustave a beau paraître endormi, sourd et aveugle, il réagit aussitôt en vidant sa potion magique d'un trait avant que sa femme ne revienne sur sa décision.

Je me relève, désirant reprendre ma route.

« Vous n'allez pas partir comme ça ! Attendez, que je vous plie trois œufs, ils sont de ce matin, vous les mangerez à la coque. »

Je ne peux refuser et Justine court dans la pièce froide du fond, ancien grenier, où elle conserve ses provisions. En plus des œufs, *pliés* dans une page du journal, j'ai droit à un bocal de champignons séchés et un pot de confiture de marrons, également *pliés* dans les feuilles du *Dauphiné Libéré* qui, après lecture, me seront utiles pour allumer mon feu.

Elle m'accompagne jusqu'au porche et ce n'est qu'au moment de l'embrasser que je remarque enfin son teint si gris, son allure abattue.

« Justine, est-ce que vous allez bien ? »

Elle hausse les épaules, tourne la tête de côté pour cacher le tremblement de son menton. Je pose mon bras sur ses épaules.

« Justine, qu'est-ce qu'il y a ?

— Il y a que j'ai le mauvais mal ! »

Mon cœur bat la chamade, le souffle me manque, un frisson me glace le dos. Qui n'a pas peur à cette évocation ? Justine soulève ses lunettes, frotte ses yeux, remet ses lunettes et soupire :

« Moi, ça ne compte pas ! Ce qui me fait souci, c'est qui va s'occuper de mon pauvre Gustave quand je ne pourrai plus ? Vous comprenez, les enfants, ils sont bien braves mais ils ont leur travail, alors il faudra le mettre à l'hospice et il va finir comme un malheureux. C'est ça qui me fait peine ; alors je demande au bon Dieu de me garder encore un peu, le temps de fermer les yeux à mon Gustave et après, je partirai contente. »

Je mords mes lèvres pour retenir ce sanglot qui roule dans ma gorge. Elle a raison, Justine, je la comprends, je l'approuve.

Dans un vieux couple celui qui part le premier, plus que la mort, redoute le désarroi de celui qui reste. Soigner l'impotent, presque gâteux, ce n'est pas une corvée mais un partage d'amour.

Je sais, mon amour, que tu aurais détesté devenir dépendant de mes soins et je rends grâce pour toi que cela ne fut. Mais moi, aujourd'hui, combien j'envie à Justine cette charge qui ne me pèserait pas si je pouvais te chérir en te serrant contre moi.

Je m'éloigne, balançant à bout de bras le sac en plastique dans lequel j'emporte les cadeaux de Justine. Marmotte et Fripon sautent et aboient, joyeux de poursuivre la promenade. Bergère nous accompagne jusqu'au bois, par politesse, puis s'en retourne vers Justine à qui, une fois encore, je fais un adieu de la main.

La neige a cessé de tomber, le soleil encore pâle dissout la grisaille du ciel. Les oiseaux affamés laissent la trace nette et fine de leurs pattes sur la blancheur cristalline. Ils sautillent en quête d'un clos de mousse à découvert où ils piqueront la vermine. La belette les guette. Une buse atterrit à la cime d'un arbre, imprimant une secousse à toute la ramure. Des paquets de neige dégringolent des branches qui se redressent, fouettant l'air d'un sifflement mouillé. Au bord du fossé, je remarque avec dégoût le cadavre d'un blaireau, les pattes raidies, le ventre ouvert sur des entrailles noires. Les chiens sursautent, effrayés, reniflent la charogne avec méfiance et se collent à mes jambes. La nature somptueuse me laisse entrevoir son œuvre de mort. Rien ni personne ne sera épargné et, cependant, c'est de l'humus putride que viendra ensuite la résurrection.

La mélancolie m'étreint le cœur, mes jambes sont lourdes, la tête me tourne. Il y a des moments comme ça où je n'ai plus envie de rien. À quoi bon tant d'efforts ? Pour qui ? Il serait si doux de s'abandonner, de se laisser couler, d'oublier de vivre. Pourtant, je continue, même si je me traîne, et, en voyant de loin les volets rouges de la maison, je reprends courage, pense à la brassée de bois que je vais prendre pour ranimer le feu, et à la soupe que je veux préparer. Je mélangerai à mon bouillon de légumes un cube de concentré de viande pour lui donner du goût. Rien qu'à l'idée de porter à ma bouche ce potage brûlant, je me sens déjà beaucoup mieux.

Devant ma porte, le Bertou, notre facteur, monte la garde, un stock de calendriers sous le bras. Il m'a vue de loin et il bat la semelle en m'attendant. Les chiens foncent sur lui en hurlant, mais il ne se laisse pas impressionner et les caresse.

« J'ai appris que vous étiez là, alors je m'suis dit que j'allais vous souhaiter la bonne année. »

Je connais les usages…

« C'est gentil ça ! Merci Bertou. Vous monterez bien boire un coup pour vous réchauffer ?

— Juste un p'tit alors, pour pas vous dire non car j'ai encore pas fini ma tournée et, avec les chemins comme ils sont, ça va pas être du gâteau ! »

Il m'aide à monter des bûches et s'occupe d'attiser le feu pendant que j'examine les calendriers. Ici, à part quelques inévitables chatons et chiots attendrissants, les images représentent les grandioses paysages de montagnes ou les travaux des champs à l'ancienne avec de robustes chevaux conduits par de rudes gaillards à grosses moustaches. Je choisis un de ces Gaulois farouches menant son percheron avec tendresse et je glisse un billet au Bertou qui se confond en remerciements. Il trinque à ma santé et ne dédaigne pas un deuxième « canon »… pour ne pas partir boiteux. Je lui raconte que je viens de chez Justine, attendant qu'il me dise le reste.

Il n'y manque pas.

« Peuchère ! Elle n'est pas bien vaillante malgré qu'elle essaye de le cacher. Elle qui ne s'est jamais écoutée, qui n'a pris du souci que pour les autres, elle s'est laissé gagner par le mal et, maintenant, elle est perdue d'après ce que m'a confié sa fille. C'est une question de mois. Vaï ! Nous ne sommes pas grand-chose ! »

Il en a les larmes aux yeux car c'est un sensible, le facteur, et il se mouche énergiquement avant d'avaler le troisième verre qu'il n'a pas tenté de refuser. À quoi ça servirait de se priver quand même les braves gens, qui n'ont fait aucun excès, attrapent aussi des cochonneries ?

Après son départ, j'accroche le calendrier par-dessus une dizaine de précédents. Toute une année d'avenir m'offre ses jours sous la garde de 365 saints différents. Et si je sortais la radio de l'armoire ? Je la désentortille de son emballage protecteur et la branche sur France Musique. Fracassantes, les trompettes d'Aïda envahissent l'espace. Il n'y a rien de plus galvanisant pour éplucher des poireaux et des carottes. Je coupe en cadence. Marmotte me regarde avec désapprobation : cela doit lui faire mal aux oreilles.

Le téléphone sonne ! C'est Jean.

« Maman, ça va ? Tu as pensé aux salaires des permanents ? Oui, bon, je ne m'occupe de rien alors ? Tu sais, finalement, je vais réveillonner avec les copains. Je ne voulais pas mais ils insistent tellement que j'irai pour leur faire plaisir. Ne t'inquiète pas si je ne t'appelle pas car je vais sans doute dormir toute la journée, après.

— Profite, mon cher fils, amuse-toi mais sois prudent, ne conduis pas si tu as bu. »

Il me rassure, un peu excédé : il n'est plus un petit garçon, il sait ce qu'il fait. Je vois aussi ma propre contradiction, moi qui désire qu'il s'émancipe et qui pourtant le couve. L'amour maternel se veut protecteur mais il est souvent étouffant, voire castrateur car la femme, plus que l'enfant, ne peut se résoudre à trancher définitivement ce cordon nourricier qui les a liés dans leur chair.

Entre-temps, mon potage cuit. Sans autre préparation, j'en remplis un gros bol de faïence et m'installe sur le banc à l'intérieur de la cheminée. La radio ne diffuse plus que le bla-bla-bla ronronnant des présentateurs musicologues. Le dos voûté au-dessus du bol que je tiens sur mes genoux, je porte machinalement la cuillère à ma bouche. Je racle le fond tout en fixant, hébétée, le spectacle des flammes.

Et maintenant ? Et puis quoi ? Que vais-je faire de tout ce temps qui s'ouvre devant moi en un vide vertigineux ? Malgré le feu, je suis glacée jusqu'à la moelle des os. Je me sens au bord de la nausée.

Qu'est-ce que j'espérais ? Te retrouver ? Mais non, ici je ne trouve que l'ennui du désœuvrement. Je me recroqueville, j'ai envie de mourir. C'est comme si tu m'abandonnais, ne m'aimant plus, repoussant mes mains qui se tendent pour te retenir, te moquant de mes mots d'amour. Les larmes glissent le long de mon nez et tombent dans le bol. Suis-je ridicule de m'apitoyer ainsi sur mon sort ! Cela ne me ressemble pas, cela ne ressemble à rien ! Energiquement, je déchire un morceau d'essuie-tout et me mouche. Cela suffit ! Je farfouille dans le placard et découvre une tablette de chocolat. Avec un café, ce sera la meilleure des consolations. Il ne faut pas que je me laisse aller ou je vais sombrer dans la déprime. Je suis venue pour me reconstruire, pas pour me détruire !

En vérité, la méditation solitaire ne me convient pas. J'ai eu tellement l'habitude du dialogue avec toi. Échanger nos points de vues sur tout et rien, des choses importantes ou insignifiantes, qu'importe. En discuter, parfois jusqu'à la dispute, mais les considérer à deux. Je dois absolument me trouver une occupation. Comme les chiens demandent à sortir, je les suis et en profite pour examiner l'état des plantations. Il y a du progrès à faire ! Le jardin a besoin de soins mais la neige, déjà fondue, a transformé le sol en bouillasse où je patauge, et cela ne m'encourage pas. Nous ne sommes jamais venus assez longtemps pour entretenir de vraies fleurs, celles qui ont besoin d'arrosage régulier et d'affection. J'ai toujours eu envie d'hortensias. Ils sont superbes dans l'Ardèche où ils s'épanouissent dans la terre de bruyère, à l'ombre des maisons. Je pourrais aussi planter un mimosa en remplacement de celui qui a gelé. Et pourquoi pas des tulipes ? Cela ne demande aucun entretien.

Pour étudier la question, si j'allais visiter, cette jardinerie à quelques kilomètres d'Aubenas ? Bonne idée !

À leur profond désappointement, j'enferme les chiens dans la maison et prends la voiture. La route est parfaitement dégagée, le vent ayant chassé les dernières traces de neige. Au *Garden-Center*, j'ai des difficultés à trouver une place pour me garer. Cela grouille de monde, les familles étant venues au complet en cette période de vacances scolaires pour flâner dans les halls d'exposition, en quête d'inspiration plus qu'en résolution d'achat. Chacun pousse quand même son caddie sachant qu'il est impossible de ne pas succomber à la tentation et cela crée un inextricable embouteillage dans les allées trop étroites.

Des mimosas, il y en a une forêt, dans la plus grande des serres, tous sur le point de fleurir, déjà odorants. Je «craque» devant un tout petit, bien touffu, qui forme un bouquet de promesses. Je le charge dans le chariot avec l'avidité anxieuse d'une voleuse d'enfant. Celui-là est pour moi ! Ensuite, j'ai besoin d'un vendeur pour repérer les hortensias car ils ne payent pas de mine : trois bouts de bois sec sortant d'une motte saucissonnée dans un filet. De même pour les rosiers dont seule l'étiquette évoque la future splendeur. Ils sont en promotion, c'est leur unique attrait. Finalement, en arrivant à la caisse, mon chariot est plein. Assurément, mon jardin de Planilhac suscitera l'admiration des passants. Ah ! Qui osera prétendre que nous n'avons pas besoin du regard des autres pour nous encourager à l'effort ? Je charge précautionneusement mes marchandises dans le coffre. J'ai acheté aussi une petite pelle à main, d'un bel acier brillant avec un manche ergonomique jaune «fluo» qui, pour planter profondément mes bulbes de tulipes, me tiendra la main avec la poigne d'un ami.

Il est encore tôt, mais trop tard pour entamer mes plantations. Puisque je suis tout près, je vais faire un tour à Aubenas qui est la grande ville du département. En n'importe quelle saison, il y a un monde fou baguenaudant devant les étalages de magasins en tous genres. Je presse le pas en remontant l'avenue marchande.

Coincée entre une pâtisserie et une charcuterie, Florette tient une boutique de livres (ainsi qu'elle le définit elle-même). Toute en longueur, plus haute que large, sa librairie a conservé le charme désuet du vieil immeuble dont elle occupe le rez-de-chaussée. Plusieurs fois par jour, elle contourne ou enjambe les piles de livres posés au sol pour déplacer son escabeau branlant afin de dénicher, dans les rayons supérieurs, l'ouvrage demandé dont elle peut discuter avec le client, car elle a tout lu et retenu. Elle connaît les auteurs mais aussi les lecteurs et ne présentera pas l'un à l'autre sans être certaine qu'ils auront plaisir à se rencontrer. Avant d'être élu dans la boutique, on doit être agréé par Florette et elle se montre odieuse envers celui qui n'a pas l'heur de lui plaire jusqu'à ce qu'il claque la porte en maugréant contre cette libraire acerbe. De cette façon, Florette n'est entourée que d'une clientèle d'amis qu'elle a sévèrement sélectionnés et qui, intensément flattés, la vénèrent.

De plus, Florette affiche et affirme haut et fort ses opinions politiques qui sont toujours dérangeantes et violentes ; en un mot, anarchistes ! Évidemment, cette curieuse conception commerciale et l'augmentation des taxes professionnelles font péricliter son affaire à grand train sous l'œil concupiscent du pâtissier et du charcutier qui convoitent son local pour agrandir le leur.

En poussant la porte, je heurte la clochette suspendue par une ficelle au plafond. Ce faible grelot suffit pour avertir Florette qui lève les yeux par-dessus ses lunettes, s'arrachant à la lecture de la dernière parution. Malgré le peu de lumière, elle me reconnaît et s'exclame, joyeuse :

« Marie, quel bon vent ! »

Chaleureuse, elle vient au-devant de moi et m'embrasse, puis elle m'entraîne à son bureau, éclairé d'une lampe à abat-jour de taffetas jaunâtre, passablement défraîchi. Elle me fait asseoir près d'elle sur une chaise bancale et me désigne le bouquin ouvert : un roman très médiatisé.

« De la merde, ma chère, et je suis polie, mais vous verrez qu'il obtiendra un prix car, pour plaire, il faut choquer. Les éditeurs n'ont plus l'amour des belles lettres, il n'y a que le fric qui compte. Le scandale et le cul, voilà ce qui rapporte ! Je ne suis pas fleur bleue mais je déteste la vulgarité de notre époque. Cela me met en rage. Je ne suis plus faite pour ce métier. Mais assez parlé de moi ; vous, comment allez-vous ? »

Ses yeux de chatte, étincelants dans son visage à la pâleur accentuée par son incroyable tignasse rousse, hypnotisent les miens. Sans avoir dit un mot, je ne peux rien lui cacher. Elle lit au fond de mon âme, comme une sorcière ou plutôt comme une fée, car elle est bienveillante.

« Non, ma belle, pas vous ! Vous n'allez pas tomber dans le ridicule de vous morfondre comme une veuve éplorée ! Il y a mieux à faire et, croyez-moi, les hommes ne sont pas indispensables à notre bonheur tandis que le contraire est moins certain. Je ne sais ce que deviendrait mon artiste de mari, sans moi pour l'entretenir et surtout pour lui fournir le whisky qui l'inspire. Pourtant, je l'aime comme une dingue, mais je pense souvent que, sans lui pour me pomper, j'aurais pu réussir une autre carrière. Alors, vous, profitez de votre liberté retrouvée pour réaliser vos vieux rêves, voire, vos fantasmes !

Vous savez, à notre âge, nous ne sommes pas encore complètement décrépies mais… pas loin s'en faut ! Inutile de perdre du temps en vains regrets. Le dernier chapitre de notre existence s'ouvre devant nous. Il ne tient qu'à nous de le rendre palpitant ou décevant. Toute vie est un roman mais la fin peut être sublime ou sordide ou — pire que tout — banale ! C'est le moment de déployer votre talent, petite Marie ! »

Je feins de rire. Comme elle y va, Florette. Cependant elle m'a ragaillardie. Suivant ses conseils, j'achète plusieurs livres de jeunes auteurs promis, selon elle, à un brillant avenir. Nous en discuterons en déjeunant ensemble quand je reviendrai à Aubenas. En partant, je me laisse tenter par un gâteau chez le pâtissier. Le moral passe aussi par l'estomac !

La nuit est presque tombée lorsque j'arrive en vue de Planilhac. J'ai un serrement de cœur : le feu doit être mort, il fera froid et noir. Aussi suis-je sidérée en apercevant, de loin, la maison éclairée comme le château de Versailles. Ce ne sont pas les chiens qui ont pu opérer ce prodige. Le mystère s'éclaircit quand je reconnais la berline de mon gendre.

À peine ai-je franchi l'entrée du chemin que Sophie accourt au-devant de la voiture. Je la fais monter à côté de moi.

« Mamie, mamie… nous sommes venus passer le Nouvel An avec toi ! Mais, où étais-tu ? Cela fait des heures que nous t'attendons. »

Je n'ai pas encore coupé le contact que Viviane, impatiente, ouvre ma portière et entonne le même refrain.

« Mais, où étais-tu ? Nous étions heureux de te faire une surprise et nous sommes morts d'inquiétude. Où as-tu pu aller avec un temps pareil ?

— Bonjour ma chérie, merci pour la bonne surprise, excuse-moi pour ce retard inconvenant. J'ai été à la jardinerie car je voudrais fleurir le jardin. Regarde cet amour de mimosa que j'ai acheté.

— Mais ce n'est pas le bon moment pour planter : il va geler, tu t'es fait avoir ! »

Heureusement, Sophie me console en s'extasiant et battant des mains devant l'adorable arbrisseau. François, mon gendre, survient fort à propos pour sortir le mimosa du coffre et le porter dans la cave en attendant que l'on choisisse le coin le plus propice pour l'installer. Dès l'entrée dans la maison, j'apprécie la vraie chaleur, celle qui a pénétré profondément dans les murs épais, chassant définitivement l'humidité. Dans la cheminée, le feu s'étire voluptueusement sur un lit de braise. Marmotte reprend place sur son coussin roussi, l'air pleinement satisfaite, tandis que Fripon guette un moment d'inattention de Viviane pour sauter sur le canapé, sachant qu'elle ne le tolère pas.

« Tu n'avais pas lavé ton bol ! » me réprimande ma fille qui a dressé une jolie table et qui surveille dans sa casserole un appétissant lapin aux pruneaux. Oui, elle est parfaite, dommage qu'elle éprouve le besoin de le faire remarquer. Plus tard, après le repas, quand nous dégustons une infusion de tilleul dans un silence paisible, elle soupire ostensiblement.

« Qu'est-ce qui te tracasse Vivi ?

—Quand même ! Je trouve que Jean aurait pu venir avec nous. Ce n'est pas chic de sa part de te laisser tomber pour aller danser, si peu de temps après la mort de papa.

—Cela signifie-t-il que toi, tu es venue par souci des convenances ?

—Mais non ! Tu le sais ! J'aime être avec toi ! Oh la la ! Qu'est-ce que tu es susceptible ! »

Je réfrène mon envie de répliquer, et je lui adresse, au contraire, mon plus tendre sourire. Totalement indifférent à la conversation, François, qui a sorti la télévision de l'armoire, tripote la télécommande à la recherche du programme exceptionnel de variétés promis pour le réveillon. Comme chaque année, des danseuses dévoilent leur nudité dans une envolée de plumes et agitent leurs longues jambes par-dessus leur tête. La voix amplifiée du commentateur veut nous forcer à l'admiration. C'est d'un sinistre ! L'image zigzague, se crève de pointillés rouges et verts. Cependant, nous restons scotchés devant l'écran, espérant je ne sais quel miracle nous gratifiant d'un spectacle merveilleux.

Le miracle survient en nous plongeant brutalement dans le noir absolu : une panne de secteur ! Cela peut durer longtemps. À tâtons, je cherche les bougies, toujours rangées, en prévision, dans le tiroir de la desserte. Fichées dans de vieux bougeoirs de cuivre oxydé, elles éclairent la pièce d'ombres fantastiques.

Sophie, enchantée, s'imagine au château de la Belle au Bois Dormant. La magie opère, nous nous sentons bien et quand je propose d'aller regarder les étoiles, tous acquiescent, enthousiastes.

Vêtus d'anoraks et de bottes polaires, nous nous aventurons d'abord sur la terrasse, le nez en l'air à la recherche de la Grande Ourse et de son ourson. C'est François qui décrète que nous les observerions beaucoup mieux depuis la tour du Diable, cette montagne toute proche qui nous surplombe. En moins d'une heure de marche, nous pouvons atteindre son sommet d'où l'on découvre un des plus beaux panoramas de l'Ardèche. À mon grand étonnement, Viviane oublie d'être raisonnable et suggère d'y monter avec la bouteille de champagne et le gâteau pour célébrer saint Sylvestre plus près du ciel.

La nuit scintillante se reflète sur la neige qui renvoie des éclats d'argent. François et Viviane marchent devant, se donnant le bras. Cette tendresse m'émeut, cela fait si longtemps que je ne les ai plus vus manifester leur affection. Sophie a mis sa main dans la mienne. Je tiens ses doigts croisés entre les miens et, à travers l'épaisseur de nos gants, je sens sa jeune ardeur qui réchauffe mon cœur frileux.

Parfois, Viviane se retourne et crie :

« Hou, hou, ça va ? »

Nous répondons en duo :

« Hou, hou, ça va ! »

Pas plus, car la grimpette absorbe tout mon souffle et je m'astreins à contrôler ma respiration. Inspirer longuement : un… Expirer par petits coups : deux ; trois ; quatre ; cinq !

De temps en temps, Sophie s'inquiète :

« C'est encore loin ?

— Non, derrière le tournant, pas celui-là, l'autre après ! »

Les pins de la forêt domaniale, en rang serrés comme un bataillon de grenadiers aux bonnets poilus, noircissent la route de leur ombre accablante. Mais bientôt, la végétation renonce à croître sur les rochers blanchis, polis par le froid et le vent. Nous atteignons enfin l'antique tour de guet, unique vestige de la forteresse moyenâgeuse qui, au sommet de la montagne, effleure le ciel.

Médusée, Sophie s'exclame :

« Regarde mamie : papa et maman qui s'embrassent ! »

Oui, Viviane et François sont arrivés un peu avant nous et ils s'enlacent, ne pouvant résister à ce sentiment d'amour qui vous envahit devant l'émouvante harmonie de la nature. Jaillissant de la sphère lunaire, une pluie de lumière, pailletant le velours céleste, s'écoule lentement en ondes éblouissantes. Les sommets enneigés des Cévennes resplendissent dans leur gloire altière. Nous ne sommes que de petits êtres insignifiants face à tant de magnificence et pourtant, nous nous sentons à l'unisson fortifiés dans nos âmes, investis d'un rôle essentiel. Assises sur un banc de pierre devant la table d'orientation, nous nous tenons serrées, Sophie et moi, nous laissant imprégner de cette aura exaltante.

François se libère de son sac à dos et en sort le champagne. Zut ! il a oublié les verres. Il va falloir boire à la bouteille. Nous rions aux éclats en nous éclaboussant du vin grisant qui pétille à travers notre nez. Le couteau manque aussi et nous déchiquetons le bon gâteau de Viviane pour le manger à grosses bouchées.

« Vous êtes vraiment des cochons ! » nous déclare Sophie à qui ses parents enseignent avec sévérité les bonnes manières. Nous rions de plus belle, gagnés par une hilarité incoercible. Notre rire cogne les étoiles, rebondit et éclate en bulles effervescentes qui se scindent en mille particules de joie. Doucement, le silence reconquiert l'espace. Fulgurant, un élancement de chagrin me transperce.

La bouteille est vide mais, soucieux de l'environnement, nous ne la laisserons pas traîner ici et Viviane la remet dans le sac. Il ne restera de notre passage que quelques miettes dont se régaleront les oiseaux. Sophie n'en peut plus de fatigue et son père la porte à califourchon sur son dos, retenant ses jambes dans l'anneau de ses bras. La petite joint ses mains sous le cou paternel et appuie sa tête contre son épaule. Nous suivons, Viviane et moi, bras dessus, bras dessous, sans dire mot mais unies dans une rare complicité. L'euphorie du départ s'est muée en épuisement et nous trébuchons de fatigue pour franchir les derniers cent mètres.

La sérénité de la nuit vole en pièces sous les martèlements d'une musique percutante. Notre indignation virulente fait place à la honte la plus coite en nous apercevant que cet outrage provient de notre maison, lumineuse et sonore. L'électricité a été rétablie en notre absence et la télé braille, à pleins décibels, son programme de cabaret !

Repoussant avec mépris mes préceptes spartiates, ma fille a branché d'autorité un radiateur dans ma chambre. La douce chaleur me paraît une marque de sa sollicitude et je me couche entre les draps tiédis, ressentant un bien-être qui éloigne cette douleur lancinante de toi qui vrille d'habitude mon sommeil.

Pourtant, peu à peu, l'assoupissement fait place à un éveil aigu et je remonte à la tour du Diable pour te rejoindre. Je veux partager avec toi cette beauté et cette émotion. Je veux t'entendre rire. Je veux sentir la force de tes bras m'enlaçant, la chaleur de tes lèvres m'embrassant.

Je me retourne sur le vide, étreignant l'oreiller pour enfouir mon gémissement. Tout mon désir de toi ne peut te ramener à la vie. J'ai ri sans toi et tu t'éloignes encore plus, élargissant ce gouffre qui nous sépare !

Si fragile, ma raison cède devant le raz de folie qui s'abat sur elle et l'engloutit.

La longue lame pénètre dans ma gorge et me déchire jusqu'au ventre. Comme une déflagration, le chagrin explose en moi, déchiquetant mes entrailles, écrasant mes poumons entre mes côtes. Soudain imbibé d'un flot de larmes, mon cerveau se dilate et se presse sous l'étau de mon crâne. Chaque os de mon squelette est un barreau de prison empêchant mon corps supplicié de s'évader. La souffrance physique est telle que je ne peux retenir un hurlement. Mais de ma gorge tuméfiée ne sort qu'un gargouilis, absorbé par l'oreiller tout comme les larmes et la morve qui ruissellent en un flux intarissable.

Je me débats contre cet étouffement qui m'asphyxie, je me redresse, dans un sursaut instinctif, pour me libérer de l'oppression qui m'écrase. J'ai oublié mon chagrin pour ne plus penser qu'à me soustraire à cette torture insupportable. Je m'agrippe désespérément à la vie.

Cette douleur, je la connais bien et, si atroce soit elle, je sais qu'on n'en meurt pas. Elle ne va pas au-delà d'une certaine limite. Au bord de l'intolérable, elle s'arrête et lentement régresse jusqu'à l'apaisement par l'épuisement.

Je coule au plus profond d'un sommeil miséricordieux.

Le lendemain, avant de sortir de ma chambre, je roule mon chignon et me maquille soigneusement. Personne ne doit déceler sur mon visage le désarroi de mon âme. La neige s'est fondue en un brouillard compact qui surgit au ras des près, se gonfle comme le lait bouillonnant et s'élève à l'assaut de la maison. Progressivement il se délite en gouttelettes microscopiques et soudain disparaît, écrasé sous une pluie lourde.

« Quel pays ! » ne cesse de se lamenter Viviane qui se dandine devant la cheminée pour se réchauffer. Elle a le réveil grincheux, tire sur les manches de son pyjama, renifle, toussote, houspille Sophie qui arrive en raclant le carrelage de ses pantoufles gigantesques à tête de Mickey. Imperturbable, François met la cafetière en route, sort le pain de la huche, dispose sur la table les bols, la confiture et le beurre. Les crachotements de l'eau brûlante sur la poudre de café diffusent l'odeur magique qui me fait accueillir chaque matinée avec bonheur. Peu importe l'humeur des autres, rien ne peut m'atteindre quand je savoure la première gorgée du breuvage amer qui dilate mes veines, insufflant la chaleur tout le long de mon corps. Avec François, nous partageons cet instant privilégié, nous regardant avec connivence à travers la vapeur qui s'élève de nos tasses. Viviane s'agite pour préparer son thé dont elle seule connaît le degré d'infusion nécessaire. Sophie, maladroite et appliquée, verse le lait froid sur son chocolat soluble.

Le petit-déjeuner a toujours été le moment particulier où, après ce temps d'absence dû au sommeil, chacun, à sa manière, reprend pied pour entamer l'aventure d'un jour nouveau, plein d'espoirs comme d'incertitudes. En apparence, nous sommes ensemble mais d'abord, nous sommes seuls, chacun plongé dans ses réflexions, pas tout à fait revenus des rêves de la nuit même si nous ne nous souvenons d'aucun.

Sophie, renversant la bouteille de lait, nous ramène brutalement à la réalité. Sursauts, cris, pleurs et vigoureuse activité de nettoyage nous réveillent pour de bon. De toutes façons, il faut se bouger si on veut descendre au restaurant du Gua, au bord de la Beaume. De coutume, on y va à pied, mais aujourd'hui, avec le temps qu'il fait, on prendra la voiture. J'aurais aimé aller à la messe chez les moines du monastère de la Rouvreyre, mais je préfère ne pas en parler car personne dans la famille ne partage mes idées. Ils décideraient sans doute de m'accompagner, pour me faire plaisir, mais leur scepticisme goguenard me perturbe tant que, avec eux dans mon dos, je ne peux participer du fond du cœur à l'eucharistie. J'évite ce sujet, n'essayant plus, depuis longtemps, de débattre avec qui que ce soit de mes convictions.

La pluie redouble de rage quand nous nous engouffrons dans la voiture sans pouvoir éviter de nous coller de la boue plein les souliers. Ici la terre, dure comme pierre sous l'effet de la sécheresse, devient particulièrement visqueuse lorsqu'il pleut. François, si maniaque, doit regretter d'avoir proposé son véhicule qui deviendra vite dégoûtant sous l'action conjuguée des chemins défoncés d'ornières et de nos pieds glaiseux. Mon gendre serre les dents pour ne pas jurer à chaque flaque maculant d'une giclée boueuse son rutilant carrosse. Nous retenons notre respiration pour éviter d'augmenter la condensation qui embue les vitres.

Pourquoi diable avoir pris ce raccourci à travers la forêt qui n'est qu'un chemin de randonnée ?

Sans doute l'habitude enracinée de passer par là pour tant de balades joyeuses quand, en famille ou entre amis, nous partions à la découverte de sites magnifiques au détour d'un sentier ardu. Nous laissions derrière nous les tracas du travail pour profiter avec arrogance de notre bonne forme. Fiers et intrépides, nous recherchions la performance, allongeant chaque fois l'itinéraire, augmentant les difficultés du parcours. La récompense était traditionnellement, en été, la baignade dans la rivière, en hiver, un repas rustique à l'auberge du Gua, chez André et Monique.

Mais ce ne sera jamais plus comme avant même si nous essayons de faire semblant. Tu manques et c'est comme si manquaient le sel et la lumière.

Il pleut toujours quand nous nous garons devant le restaurant. Déception ! Les volets sont clos. Bataillant avec son parapluie, Viviane part s'informer au bistrot d'en face. Elle revient, accablée :

« Monique est morte d'un cancer, il y a quelques mois, et André est parti sans laisser d'adresse. Où va-t-on bien pouvoir aller manger maintenant, surtout qu'on n'a rien réservé et, qu'un Premier de l'an, cela doit être bondé partout ! »

Je ne peux me retenir d'un sentiment de satisfaction. Je bénis André d'avoir renoncé. Lui et moi n'aurons pas à nous forcer pour faire bonne figure malgré nos cœurs en charpie. Allons ailleurs, n'importe où, mais que ce soit un lieu où je n'ai aucun souvenir de toi.

Finalement, nous échouons, par la chance d'une réservation annulée en dernière minute, dans un restaurant gastronomique du Tanargue. Moquette, musique douce, courbettes du maître d'hôtel. C'est chic et cher, Viviane est à son aise.

« Reconnais, maman, que c'est autre chose que votre gargote ! »

J'obtempère, affichant la moue reconnaissante qu'ils attendent de moi.

Comment pourrais-je leur expliquer le goût du civet de sanglier, cuisiné par la brave Monique pour quelques rares clients qu'elle servait elle-même, sans enlever son tablier de cuisine ? Et quand André nous faisait déguster, avec des mines gourmandes, l'âpre petit vin de pays qu'il avait déniché chez un paysan du coin, je ne connaissais pas de meilleur cru. Je revois la salle modeste, les tables recouvertes de nappes à carreaux, la vaisselle simple, la cheminée pour tout chauffage. Ce n'était peut-être pas réellement si bien, pas vraiment si bon, mais ma mémoire me restitue l'amour et je suis sûre que c'était incomparable.

Le repas dure des heures ; c'est si raffiné que l'on doit demander des explications pour savoir ce que l'on mange. Pendant l'attente, entre deux plats, François et Viviane engagent la conversation avec ceux de la table d'à côté qui ont aussi une petite fille. Quelle coïncidence ! Ils sont également de la région d'Avignon et les jeunes couples se trouvent plein de points communs. Les voilà tous terriblement excités, échangeant leurs adresses car ils vont certainement se revoir. Bien entendu, les autres « adorent » l'Ardèche et sont particulièrement intéressés par notre maison de famille. Ah ! Ces bâtisses d'autrefois, quel « caractère », quelle « authenticité »... (et autres rengaines sur l'air écolo !) Du coup, Viviane surenchérit, dévoilant sa passion (jusqu'à présent bien cachée) pour les vieilles pierres « qui ont une âme », et elle promet d'inviter ces inconnus à Planilhac... aux beaux jours.

Heureusement, Sophie n'éprouve aucune attirance pour la petite fille, plus jeune qu'elle, et me tient compagnie dans une réserve indifférente. Je frémis à l'idée de voir ma retraite envahie par des snobs en quête de « valeurs vraies ».

Sur la route du retour, évitant cette fois tout raccourci, Viviane savoure encore son repas et sa rencontre sans remarquer mon mutisme.

« Ne sont-ils pas charmants ? »

Elle est si contente, pourquoi lui gâcher son plaisir ? J'approuve mollement et, aussitôt, elle s'emballe, prévoyant déjà une excursion prochaine avec Hervé et Odile, ces amis tout frais, pour leur faire découvrir notre Ardèche profonde.

« Cela te fera une distraction, maman ! »

Je réfrène le gros soupir qui me gonfle les poumons. Après tout, cela ne durera pas longtemps et si je veux que mes enfants s'attachent à cette demeure, il faut que je leur permette d'y vivre comme bon leur semble, recevant qui leur plaît.

Le lendemain, ils me quittent, se félicitant que leur visite m'ait fait beaucoup de bien car j'ai meilleure mine. Il est vrai que, malgré tout l'amour que je leur porte, je suis radieuse de retrouver enfin ma tranquillité.

III

La traversée de l'hiver

TANT DE PLUIE m'a permis de tester l'étanchéité de la toiture. Ce n'est pas fameux. Sournoises, de nouvelles gouttières s'écoulent en dehors des diverses bassines et cuvettes disposées dans le grenier pour pallier les défaillances des tuiles. Léchant la charpente, noire de siècles de suie accumulée, l'eau suit la pente du plancher, se heurte contre les murs et dégouline jusqu'au rez-de-chaussée, dessinant de brunâtres coulures parallèles.

Il y a longtemps que nous parlions de refaire le toit. C'était un projet fermement décidé à chaque orage, remis à plus tard dès le soleil revenu. Ce n'était pas si grave, cela pouvait attendre quand nous aurions plus de temps pour entreprendre ce chantier ! C'est si terrible pour une maison de se retrouver à ciel ouvert, aussi terrible que si on laissait un humain les tripes à l'air. À partir de ce moment-là, il faut intervenir très rapidement car, de toute évidence, le danger de destruction, de mort, est imminent.

Je suis inquiète, je n'aime pas prendre de grandes décisions, choisir, trancher, commander. Discuter avec un maçon, étudier un devis auquel je ne comprends rien, marchander, me renseigner sur les formes de crédits possibles auprès de la banque. Quel ennui, quel tracas, ce n'est pas dans mes compétences, je ne suis pas du genre femme de tête !

Évidemment, Jean n'a pas le temps de s'en occuper.

« Débrouille-toi, maman, tu es sur place, je te fais confiance ! »

Je suis tentée de renoncer, d'attendre encore, de repousser ce problème d'un « On verra plus tard ». Puis je me reproche mon inconséquence : combien de fois me suis-je plainte que Richard ne tenait pas compte de mon avis, agissait à sa guise alors que j'avais des idées à faire valoir. Eh bien, maintenant que j'ai toute autorité, je ne vais pas me dégonfler ?

Je monte au grenier avec seau, balai et serpillière. Le sol est recouvert de bâches plastifiées qui retiennent les flaques aux couleurs jus de chique. Pouah ! Je ne vais pas éponger cela à mains nues ! Je redescends prendre les gants de caoutchouc. Je trempe ma serpillière, j'essore dans le seau une eau noire, je trempe, j'essore, je trempe, j'essore. Je pense à ces malheureuses sœurs Danaïdes, condamnées à remplir leur tonneau sans fond. Je me redresse et m'étire, appuyant la main au creux de mon dos courbatu. Un craquement effroyable me fait sursauter et, en même temps, le sol se dérobe sous mes pieds. Sans comprendre ce qui m'arrive, comme dans un cauchemar, je m'enfonce lentement à travers le plancher pourri. La bâche se déchire sous mon poids mais ralentit quand même un peu ma chute. J'étends les bras, essayant désespérément de m'accrocher à quelque chose et n'attrape que le seau. Inexorablement, je suis aspirée par le vide et j'atterris brutalement dans la magnanerie, sur la table qui s'effondre dans un grand fracas. Tétanisée, je reste immobile, renversée sur le dos, incapable de ressentir ni peur ni douleur. La magnanerie est plongée dans l'obscurité et je me demande si je ne suis pas morte, déjà détachée de mon corps, tant la situation me paraît surnaturelle.

Les aboiements frénétiques de Fripon qui gratte à la porte m'assurent que je suis encore de ce monde et, en tous cas, pas sourde. Précautionneusement, je tente de me redresser et me rends compte que je suis mouillée d'un liquide poisseux... Du sang ?

Comme une lame de fond, la panique me saisit et me fait chavirer la raison. Je dois avoir les jambes brisées, mes os ont perforé ma chair, je saigne à mort ! Qui viendra à mon secours ? Qui pourrait entendre mon appel dans cette solitude ?

Je ne veux pas mourir !

Je me débats avec l'énergie du désespoir et me relève complètement.

Tiens donc, mais je n'ai rien du tout !

À pas prudents je marche jusqu'à l'interrupteur, éclairant la pièce. Je me tâte : si je suis mouillée, c'est de cette eau dégoûtante car le seau plein m'a suivie dans ma culbute. Mes vêtements sont déchirés, maculés de poussière. Du plafond crevé, des lambeaux de plastique pendouillent en se balançant au gré du courant d'air. Le vieux miroir terni me renvoie mon image, ahurie, sale, le chignon défait, les joues griffées. Je tente de rire mais j'éclate en sanglots. Mes jambes tremblotent, je vacille.

M'appuyant aux murs je me traîne jusqu'au coin du feu, me laissant choir sur le banc. Fripon qui croit à un nouveau jeu bondit joyeusement autour de moi. Pleurs et tremblements me font hoqueter. Je tiens ma tête entre mes deux mains, je suis la plus misérable des femmes. Puis, je brûle de colère, tout ça est de ta faute, je t'en veux de m'avoir abandonnée. Ne vois-tu pas combien je suis malheureuse de ton absence ? Marmotte, qui comprend ma peine, s'approche pour me consoler à grands coups de langue râpeuse. Mes larmes tarissent, je suis épuisée mais calme. Cette fois, ma décision est prise: j'ai besoin d'aide, je vais aller voir le maçon!

Quand Jean m'appelle, comme tous les soirs, je me suis reprise et je peux lui raconter ma performance à la façon d'une blague désopilante. Je fanfaronne en lui affirmant:

« Elle est encore solide, ta vieille mère! »

Il est vrai que cette mésaventure m'a donné un regain d'énergie. Il faut que je me défende et j'en oublie ma mélancolie.

*

* *

Les Balthazar, père et fils, maçons de père en fils depuis plusieurs générations, sont les incontournables artisans de la région. Leur renommée fait qu'ils sont très sollicités et rarement disponibles. Comme tout bon artisan qui se respecte, le père Balthazar ne refuse aucun client mais le fait lanterner jusqu'à la crise de nerfs; jusqu'à ce que le malheureux renonce à formuler la moindre exigence personnelle pour s'en remettre, pieds et poings liés, aux décisions du maître ès maçonnerie.

Prenant mon courage à deux mains, je sonne au logis des Balthazar qui habitent au vieux village. Une vieille femme entr'ouvre la porte avec méfiance. C'est la grand-mère qui s'occupe de son fils et de ses petits-fils depuis que sa bru est partie un jour, comme une moins que rien, avec un qui valait moins encore. La vieille, pas très aimable, me rembarre: si je veux rencontrer ses hommes, le mieux c'est que j'aille les trouver sur le chantier, la nouvelle maison de la Germaine qu'ils construisent au lieu-dit de La Combette.

Du plus loin, ils me regardent approcher sans interrompre leur travail. Le père est un peu plus enveloppé, mais les trois fils n'ont rien à lui envier pour la taille: ils doivent frôler tous les deux mètres et m'impressionnent terriblement. J'avance prudemment sur le chemin fangeux, sautillant à cloche-pied pour éviter les ornières pleines d'eau, consciente de mon allure ridicule. Vus de près, ils n'ont rien d'avenant : mal rasés, le bonnet enfoncé jusqu'aux yeux, l'air renfrogné de ceux qui font comprendre qu'on les dérange. Le père Balthazar, plissant les yeux, méfiant, ne daigne me saluer, en relevant le menton, que lorsque je suis à deux pas de lui.

Évidemment, quand je lui parle de mon toit, il est d'accord, il viendra établir le devis, mais, pour les travaux, faut pas compter les commencer avant le mois de juin au plus tôt, et encore, pas sûr ! Il n'a pas que ça à faire ! Des chantiers, il en a tant qu'il ne sait plus où donner de la tête. Et puis, on ne monte pas sur les toits en cette saison, c'est évident !

Je sens que je deviens livide, au bord des larmes : c'est maintenant que j'ai besoin d'être à l'abri ! Cependant je ne trouve pas un argument pour plaider ma cause et reste plantée stupidement dans la boue, totalement abasourdie par la déception.

Le géant irascible a le cœur sensible et devant ma mine défaite, il succombe à la pitié. Il me tapote le dos, se voulant réconfortant.

« Ne vous frappez pas comme ça, ma petite dame, je vais venir voir ce que je peux faire, mais je ne vous ai rien promis, hein ! »

Je comprends que mon avantage réside dans ma faiblesse et j'en rajoute une couche en levant vers lui un regard d'espérance et de reconnaissance éperdue. Un homme fougueux comme le père Balthazar ne peut endiguer la pulsion chevaleresque qui le pousse à secourir une pauvre femme en difficulté. Il ne faut pas lui laisser le temps de revenir sur ses bons sentiments.

« Quand viendrez-vous ? »

Nous soupirons tous les deux : moi, d'attente anxieuse ; lui, d'acceptation résignée.

« Disons en fin d'après-midi, ce tantôt, avant qu'il fasse nuit. »

Je repars toute guillerette. Comme il fait nuit dès cinq heures, je pense qu'il sera là à l'heure du goûter et, pour l'amadouer, je décide de préparer un gâteau dont je lui offrirai une part, accompagnée d'une tasse de bon café. Décidément, je suis bien une femme, prête à user de mes armes pour parvenir à mes fins. Un homme, digne de ce nom, ne résiste ni à la gourmandise ni aux éloges.

Je me prépare au rendez-vous dans l'excitation d'une bataille à gagner. Pendant que le cake cuit dans le four, je range minutieusement la cuisine, dispose sur la table le service à café (qui date du mariage de la grand-mère), active le feu et compose un bouquet odorant de branches de sapin mélangées d'églantiers aux fruits orangés. Je me recoiffe et, après une brève hésitation, m'envoie un coup de *blush* sur les joues. Je veux bien inspirer de la pitié, mais ne veux pas avoir une allure pitoyable.

Le vieux Balthazar a dû flairer le piège car il a pris la précaution de se faire escorter par l'aîné de ses fils. Tant mieux ! Je suis à l'aise avec les jeunes gens qui me rappellent mon Jean. Avec un sérieux professionnel, ils examinent mes toitures, testant la solidité de la charpente, soulevant et relevant une tuile de-ci de-là pour combler un vide. Ils restent plantés en arrêt devant le trou béant dans le plancher.

« B'en vrai, vous l'avez échappé belle ! »

En réalité, je crois qu'ils sont subjugués par la délicieuse odeur de pâtisserie qui s'insinue depuis l'étage en dessous. Lorsque je propose de redescendre pour boire ce café, ils m'emboîtent le pas sans faire de chichis.

Pendant que nous buvons le café tous les trois et qu'ils engloutissent mon cake, j'évite de parler des travaux pour m'intéresser uniquement à eux, les questionnant sur leur métier et leur famille. Balthazar père, plus vite rassasié, me raconte sa vie tandis que le fiston se sacrifie pour terminer le dernier bout du gâteau. C'est l'histoire d'une famille d'artisans, fiers de leur savoir-faire, forts de cette équipe soudée du père et de ses trois fils. Pour encore plus se lier, ils portent tous des prénoms commençant par un B. Bastien, le père, dit Boubou, et, successivement, Bertrand, Barnabé et Benjamin, dits Baber, Babar et Bénichou.

« Appelez-moi Boubou, comme tout le monde ici ! m'ordonne le patriarche avec bonhomie.

— Bien volontiers, si vous m'appelez Marie ! Allez, encore un peu de café... Boubou ?

— Oh, la, la ! Je ne vais pas dormir, Marie, mais tant pis ! Je penserai à vous cette nuit.

— Et à mon toit également, j'espère ? »

Nous y voilà, en plein dans le vif du sujet ! Mais le terrain a été bien préparé (mon cake bien cuit) et les insurmontables difficultés ont disparues par magie. Demandant, à peine, un accord de principe à Baber qui approuve, la bouche pleine, Boubou me promet que, si le temps se maintient au beau, dès la semaine prochaine, ils abandonneront le chantier de la Germaine pour attaquer chez moi. Quant au devis, il va me le faire au plus juste mais, que je ne me fasse pas de bile, ce sera quand même du travail soigné car il y va de leur réputation.

Nous nous quittons très contents les uns des autres. Je les accompagne jusqu'à leur camionnette cabossée et rouillée, composant devant eux une apparence de réserve et de gratitude soigneusement dosées, mais dès qu'ils ont le dos tourné, je jubile, ris comme un cheval et tirerais volontiers dans mon chapeau, si j'avais un revolver et un chapeau à jeter en l'air comme un cow-boy facétieux. Je me frotte les mains et danse un pas de gigue devant mon joli mimosa (toujours cantonné dans la cave) qui semble participer à ma joie en agitant ses pompons floconneux. N'y tenant plus, je téléphone à Jean pour lui communiquer la bonne nouvelle. Il n'est pas là. Sachant pourtant que je m'expose à une douche froide, j'appelle Viviane.

« J'ai le maçon pour refaire le toit ! Il commence la semaine prochaine !

— Tu as fais faire un devis, au moins ?

— Pas encore, mais ne t'inquiète pas, il est très raisonnable.

— C'est toi qui n'es pas raisonnable. Tu vas encore te faire avoir. Il faut contacter différentes entreprises pour comparer les prix et les prestations. On ne fait pas cela à la va-vite, tu cours au désastre ! »

Je le savais, comme donneuse de leçons, elle n'a pas son pareil, mais je suis si remontée qu'elle ne peut calmer mon ardeur et je réplique sur un ton de colère qui ne m'est pas coutumier :

« Écoute ma fille, avec de la prudence et de la méfiance, on dégoûte la chance. Tu ne me feras pas revenir sur ma décision, que cela te plaise ou non !

— Ne te fâche pas, ce que j'en disais c'est pour ton bien, mais tu fais ce que tu veux !

— Encore heureux, merci quand même. Ma chérie, excuse mon emportement mais je suis sûre que j'ai fait le bon choix et aujourd'hui, pour la première fois depuis longtemps, je suis vraiment contente. Peux-tu comprendre ? »

Oui, elle comprend qu'il n'y a pas à discuter et elle se montre toute douce, étonnée par ma vivacité. Je ne lui parlerai pas des bleus monstrueux qui marquent tout mon corps car elle s'imaginerait que ma tête a pris également un coup dans ma chute.

Dès le lendemain, j'ai tous les courages et, avant tout, l'envie de me démener. Le jardin m'attend désespérément : je lui ai tant promis et encore rien donné ! Je sors mon mimosa de la cave où il devait se morfondre et je le promène dans la brouette à la recherche de l'endroit propice pour sa plantation.

Je le pose par terre, prends du recul pour juger de l'effet, étudie l'orientation vis-à-vis du soleil et du vent puis, dubitative, prospecte un autre lieu. Finalement, mon choix se porte sur ce petit enclos de pierres sèches où, à une époque pas si éloignée, était installé le *caguadou.* C'est à l'abri des vents tourbillonnants et bien exposé au midi. Je creuse à la bêche dans le terrain fertile et jamais mon trou ne me paraît assez grand ni profond pour le confort de mon mimosa. Baignant dans le terreau, dûment tuteuré, abondamment arrosé, mon arbrisseau est l'objet de ma tendresse vigilante et, même si je ne sens plus mon dos après tous ces efforts, je suis pleinement satisfaite. Demain, je m'occuperai des tulipes. Je sais où je vais les enfouir, là-bas, sur cette butte qui surplombe le pré.

Toute la semaine, je m'active dans l'enthousiasme et la précipitation. Malgré mes gants en peau de buffle, mes ongles sont cassée, mes mains rêches. Le soleil que je trouve si délicieux m'a rougi le nez et les pommettes. J'ai mal à toutes les articulations, marche en canard en me soutenant les reins, mais je dors comme une bienheureuse.

J'ai supposé que Balthazar pourrait profiter du dimanche pour venir m'apporter son devis. Pour être sûre de ne pas le manquer, je n'ai pas été à la messe. Je suis restée à la maison et j'ai fait une tarte aux pommes.

En pétrissant ma pâte, j'ai retrouvé cette sensation délicieuse de cuisiner pour le plaisir des autres en mettant tout mon talent et mon cœur pour satisfaire leur appétit. Il n'est de vrai bonheur que celui qu'on donne en prenant sur soi. Une simple tartine beurrée avec tendresse par maman est meilleure qu'un gâteau du plus savant pâtissier.

La maison est propre, j'ai même fait les carreaux. L'après-midi, j'essaye de lire pour tromper mon attente mais je suis trop distraite. Lorsque j'entends tinter la cloche à l'entrée, je me précipite, au risque de me casser la figure dans l'escalier. Les chiens m'ont précédée en hurlant pour terroriser l'ennemi potentiel.

C'est Florette !

Ma stupéfaction est telle que Florette y discerne aussitôt le désappointement.

« Ah ! Je tombe mal, ce n'est pas moi que vous espériez, mon amie ?

—Non, pas du tout, je suis surprise, je ne m'attendais pas… »

Je ne sais pas mentir sans que cela se voie comme le nez de Pinocchio. Connaissant l'esprit moqueur de Florette, je m'affole et m'empêtre dans de sottes élucubrations : si Balthazar survient, que va-t-elle penser, de quoi vais-je avoir l'air ? Je me sens ridicule, presque coupable, et souhaite ardemment que le maçon ait la bonne idée de ne pas se presser pour apporter mon devis. Je m'en veux de ne pas avoir répondu la vérité, tout simplement.

Florette me sourit (ironiquement me semble-t-il) et demande à voir mes plantations. Je reprends pied car, là, je suis fière de moi et je la promène à travers le jardin sans lui faire grâce d'une explication au sujet de mes tentatives horticoles. Mais cela ne l'ennuie pas car Florette est une jardinière émérite, gratifiée de la « main verte », et notre amour des fleurs nous rapproche autant que celui de la lecture. Absorbée par nos échanges bucoliques, j'ai oublié mon appréhension et, quand la fourgonnette cabossée de l'entreprise Balthazar patine à l'entrée du chemin, je parviens à paraître très détachée.

« Oh ! Ce n'est que le maçon qui doit m'apporter le devis pour la réfection du toit. Attendez-moi là, j'en ai pour une minute. »

Mais, curieuse comme une chatte, Florette m'emboîte le pas et peut constater la familiarité de nos salutations :

« Bonjour Marie !

– Salut Boubou. »

Me voilà bien obligée de faire les présentations et de les inviter tous les deux à monter dans la maison.

Dès la porte, Florette s'exclame :

« Mmm ! La bonne odeur ! »

Boubou aggrave mon cas :

« Avec Marie, c'est toujours comme ça, elle nous gâte ! »

Je pique un fard, ne sachant comment me disculper du soupçon qui doit naître dans l'esprit malicieux de mon amie. J'affecte une mine distraite, activant le feu, branchant la cafetière, mais Florette a certainement découvert la preuve de ma duplicité puisque tout est déjà prêt sur la table : la tarte, les tasses, le sucre.

Ne voilà-t-il pas que Boubou chante mes louanges, racontant ma chute, vantant mon courage, expliquant l'impression formidable que je lui ai faite et qui le pousse à délaisser ses clients pour se consacrer à moi. Pour donner plus de poids à ses dires, il entraîne Florette au grenier afin de lui montrer le trou béant qui s'ouvre dans la magnanerie. Il déambule à travers la maison, tellement à son aise, ce balourd, que je ne doute plus que ma réputation soit totalement compromise. Je suis presque tentée de l'envoyer paître, lui et son devis, mais mon toit compte plus que l'apparence de ma vertu et je ronge mon frein.

« Vous avez l'air en souci, Marie, insiste-t-il en souriant de toutes ses dents carnassières. Regardez donc mon devis et vous verrez que je ne vous fais pas de mauvaises manières. »

Je n'ai vraiment pas envie de discuter de cela devant Florette, mais contrainte, j'ouvre l'enveloppe et survole distraitement son projet détaillé pour ne prêter attention qu'au prix total, en bout de page, heureusement parfaitement ajusté à mes possibilités financières.

Boubou aspire bruyamment son café sans me quitter des yeux. Il enfourne une énorme bouchée de tarte :

« Et alors, qu'est-ce que vous en dites ? C'est cadeau, n'est-ce pas ? »

Je grimace :

« Cela me semble correct mais je dois en parler à mes enfants car cela les regarde également, n'est-ce pas ? »

Il est tout déconfit. Qu'est-ce qu'il attendait ? Que je lui saute au cou ? En vérité, je n'ai pas besoin de l'avis de mes enfants, mais je veux rétablir un peu de distance entre nous ou il se croira tout permis. Rassérénée par ma petite méchanceté, je redeviens aimable et propose une seconde part de tarte. Il accepte, mais l'appétit n'y est plus et il ne tarde pas à proposer de nous laisser. Comme nous ne faisons pas d'effort pour le retenir, il s'en va, l'air vaguement inquiet, insistant pour que je le tienne, rapidement, au courant de ma décision. Je promets et le pousse vers la porte sans l'accompagner jusqu'au portail.

À peine a-t-elle entendu le bruit de la voiture qui démarre, que Florette éclate de rire :

« Et bien, ma chère, vous avez fait une touche ! Avez-vous remarqué comme il vous regarde avec des yeux de merlan frit ? C'est trop drôle ! Et vous, comme vous êtes dure avec lui, vous le menez par le bout du nez. Moi qui croyais que vous étiez noyée dans le chagrin, je m'aperçois que vous savez mener votre barque. »

Vexée, je tente de me défendre :

« Qu'allez-vous imaginer ? Vous vous méprenez complètement, Florette ! Vous savez qu'on n'attrape pas les mouches avec du vinaigre et si je fais des efforts d'amabilité avec ce maçon, c'est que j'ai besoin de ses compétences d'artisan, de toute urgence. Vous n'avez certainement pas de problèmes de toit, sinon, vous comprendriez quelle angoissante insécurité je ressens dans cette maison où je suis venue chercher refuge.

— Pardonnez-moi, j'ai l'esprit mal tourné et, à force de lire des romans, je vois des intrigues partout. Avouez cependant que vous vous étiez mise en frais, plus que nécessaire, pour accueillir ce brave homme. N'importe qui, comme moi, y verrait anguille sous roche.

— Vous êtes une intellectuelle, Florette, avec plus d'aptitude aux discussions philosophiques qu'aux tâches ancillaires. Moi, je suis avant tout une ménagère, au sens ancien du terme, celle qui gère sa maison, pour le profit des biens et le bonheur des gens. Depuis que Richard n'est plus, je reste les bras ballants, désemparée devant ce vide que je ne sais comment remplir. Chaque fraction du jour était organisée en fonction de lui, de son travail, de son repos et, particulièrement, de ses repas. Savoir qu'il allait revenir, affamé par la fatigue d'une rude journée, et préparer le dîner en choisissant ce qu'il aimait ; mettre le couvert en l'imaginant assis à sa place habituelle ; poser le pain, le sel, l'eau et le vin à portée de sa main ; l'attendre et l'accueillir d'un baiser ; le servir, l'écouter et l'approuver. Comprenez-vous, Florette, à quel point cela remplissait ma vie ? Et quand je lavais son linge, repassais ses chemises ou reprisais ses tricots, je pensais encore à lui qui serait bien, à l'aise, au chaud ou élégant grâce à mes humbles travaux domestiques. C'est tout ça qui me comblait de joie et c'est cela qui me manque aujourd'hui, bien plus que ses étreintes.

— Mais ce n'est pas de l'amour, c'est de l'asservissement au bien-être de l'autre à l'aide de casseroles et de fer à repasser. Évidemment si c'est cela qui vous rendait heureuse, cuisiner pour un Boubou devrait suffire pour vous rendre le bonheur.

— Non ! Ce n'est pas ça, cela n'a rien à voir ! Il faut qu'il y ait l'amour ! Je dois vous paraître complètement ridicule, mais comment raconter l'amour qui transfigure le banal en sublime et transforme le don en partage ? On est confronté plus souvent au manque d'amour qui rend subalterne toute tâche accomplie pour l'autre, et qui pousse les couples à s'opposer dans une incessante lutte de prérogatives.

Il me plaît d'accueillir quelqu'un comme Boubou avec considération, de m'appliquer pour le satisfaire. Je reconnais même que j'en éprouve du plaisir. Mais, ce faisant, je ne crois pas commettre d'infidélité à la mémoire de Richard car personne ne pourra jamais me faire ressentir cette parfaite plénitude qui m'envahissait sous l'éclat de son regard amoureux.

— À vous entendre, c'était un être d'exception, ce Richard, pour mériter un tel dévouement !

— Loin de là ! Et je sais qu'il n'a pas plu à tout le monde car son intransigeance lui a valu bien des conflits. Mais, pour gonfler notre amour, nous pourtant si différents l'un de l'autre, il y a toujours eu ce levain fait d'estime, d'admiration mutuelle et d'attirance physique. Une alchimie qui ne s'explique pas mais qui s'entretient par la tendresse.

— Arrêtez, vous allez me faire pleurer. C'est si loin de ce que je vis avec Arthur, mon mari. J'ai plus souvent laissé brûler la marmite (et même le torchon) que mijoté de bons petits plats. Nous sommes plus coutumiers des coups de gueule que des bisous, mais c'est notre façon de nous aimer. Je ne suis certainement pas ménagère mais sûrement mégère ! Galvanisé par une franche dispute, mon sculpteur d'époux frappe de son ciseau contre la pierre avec une ardeur créative renouvelée. Je m'enorgueillis d'avoir inspiré ses œuvres les plus réussies. Heureusement qu'il a ce talent car sinon, c'est sur sa femme qu'il taperait pour se défouler !

Quant à moi, je ne me révèle vraiment que dans la colère qui me fouette le sang, décuple mes forces et me donne toutes les audaces. Je suis partante pour toutes les causes utopiques, perdues d'avance, et je ne baisserai jamais les bras devant la bêtise humaine. J'espère, à force de persévérance, participer un peu à l'élaboration d'un monde meilleur. Croyez-moi, il faut une sacrée dose d'adrénaline pour tenir le coup. J'entretiens donc ce sale caractère qui est signe de mon tempérament de battante.

— Sacrebleu ! Je dois vous paraître bien fade ?

— Non, ma chère. Bien touchante et j'admire votre façon d'aimer, sans l'ombre d'une dispute.

— Il ne faut pas exagérer, nous avons eu des différends, sans que ce soient des désaccords, et l'énervement nous a conduits parfois à des fâcheries. Ce fut si rare que nous l'avons chaque fois ressenti comme une atteinte très grave à notre entente. Nous éprouvions alors un regret violent qui nous poussait à nous témoigner encore plus d'amour pour panser cette éraflure qui nous faisait souffrir comme d'un abcès. Ce regain de tendresse pour effacer le malentendu nous faisait chérir l'objet de notre dispute.

— Vous avez vécu un roman d'amour exceptionnel. Vous aurez du mal à retrouver un compagnon aussi attachant.

— Mais je ne le veux pas ! Cette idée me révulse. Richard est irremplaçable et son souvenir suffit à combler ma vie de bonheur.

— Ce n'est pas ce que vous disiez tout à l'heure avec vos bras ballants devant les casseroles. Oh ! Je suis méchante, je comprends vos sentiments, je voulais juste vous faire rire avec une réflexion stupide, pardonnez-moi.

— C'est moi qui suis d'une complexité tordue. Je ne sais plus où j'en suis, je suis une boussole qui a perdu son aimant.

— Jolie comparaison, et preuve que nous avons besoin d'aimer pour donner un sens à notre vie. Peut-être serez-vous capable de transcender le charnel pour évoluer dans les sphères du mysticisme, mais moi je vous conseille de rester sur terre et de cueillir les fruits de chaque jour, les acceptant avec simplicité, sans vous poser de questions.

— Mais c'est vous qui posez des questions ! »

Nous éclatons de rire et, spontanément, tombons dans les bras l'une de l'autre. Nos yeux sont brillants, l'émotion est au bord des cils. Cela nous donne chaud au cœur et nous nous étreignons dans un silence vibrant d'amitié.

« Alors, on la finit cette tarte ? »

Nous nous attablons et mangeons joyeusement. Je me sens légère, libérée, lavée. Je m'étonne : Florette n'est qu'une amie lointaine, avec laquelle je n'avais que des rapports superficiels et pourtant, c'est à elle seulement que j'ai pu me livrer, comme si sa relative indifférence me mettait à l'abri d'une implication que je ne désire pas.

IV

Sous mon toit

De très loin on aperçoit la grue plus rouillée que jaune, et dont la flèche dépasse du toit comme l'aile d'un moulin. Les maçons sont à l'œuvre, et la maison frémit sous l'élan des scies, marteaux, pics et autres outils qui, maniés vigoureusement, la nettoient des outrages du temps. Je me fais toute petite, ne voulant pas avoir l'air de les surveiller car je sais combien il est horripilant de sentir un curieux à l'affût dans son dos quand on travaille durement, mais je n'en perds pas une miette. Ce que mes yeux ne peuvent percevoir, mes oreilles, à l'écoute du moindre frôlement, l'entendent. Je voudrais être une mouche afin de suivre l'avancée des travaux, mais, assurément, je serais celle du coche que l'on cherche à écraser d'un revers de la main. Alors, je préfère monter sur la plus haute faÿsse, à l'ouest de la maison, et je m'assieds au pied du muret, cachée par les chênes et les églantiers qui ont envahi cette terrasse jadis plantée de vigne. De là, j'observe et j'admire la précision et l'habilité de ces hommes qui maîtrisent si bien leurs gestes pour accomplir la besogne.

Ils se lancent les vieilles tuiles de la main à la main pour les empiler en bordure avant de les descendre dans le jardin. De temps en temps, il y en a une, friable comme un biscuit sablé, qui éclate en vol, saluée par un « merde ! » retentissant, parfaitement synchronisé de la part des trois garçons. D'en bas, le père, qui dirige la manœuvre, s'exclame :

« Mais qu'est-ce qu'il y a encore ?

— Rien ! » répondent les fils sans interrompre leur lancer.

De mon observatoire, je vois le regard inquiet que Boubou jette furtivement vers la hauteur. Malgré son apparence désinvolte, il redoute toujours l'accident. Ça n'arrive pas qu'aux autres ! Il en sait quelque chose pour avoir fait une chute qui faillit lui coûter la vie. Elle ne lui coûta que son épouse qui profita de son séjour en centre de rééducation pour partir avec un jeune infirmier rencontré à l'hôpital. Depuis, il boîte légèrement de sa jambe et profondément de son cœur. Il ne peut éprouver d'amour que pour ses fils mais, en revanche, son amour-propre le pousse à courir après tous les jupons pour se prouver qu'il plaît aux femmes. Cependant, il ne veut faire confiance à aucune et entretient sa réputation de séducteur inconstant, arrogant et vaniteux.

Je sais tout cela par les commérages du quartier car, apprenant que j'emploie cette équipe de maçons, les voisins se sont empressés, par des allusions perfides, de me prédire des déboires. J'attribue leur médisance à la vexation car certains attendent depuis belle lurette l'exécution d'un petit travail chez eux et ils supportent mal que Balthazar les néglige pour favoriser une « étrangère ». Je suis à un âge où je ne me fais plus d'illusions sur la sincérité des gens, surtout quand il y a des intérêts en jeu, mais je ne m'en formalise pas et j'applique la devise d'un de nos vieux cousin prêtre : « Bien faire et laisser braire ! »

Comme les chiens m'accompagnent partout et que Marmotte aboie aux quatre vents, ma retraite est vite découverte et, au bout d'un moment, Boubou, comme par hasard, vient me rejoindre. Malgré le livre-alibi par lequel je fais semblant d'être absorbée, il ne se sent pas opportun et n'hésite pas à s'asseoir près de moi, sur une pierre, pour se rouler tranquillement une cigarette. Il faut bien souffler un peu et prendre le temps de vivre. Lui aussi, il aime lire, surtout des romans du terroir, des choses simples vécues par des gens comme lui. Il ne veut pas se prendre la tête ! On a assez d'emmerdements sur terre sans en chercher, en plus, dans des bouquins !

Je me garde de répondre, ne voulant pas m'engager dans un débat. Je le vois venir avec ses gros sabots et devine qu'il s'agit d'une tentative d'approche ; il envoie ses filets ! Les yeux fermés, pour mieux l'apprécier, il avale la fumée de sa cigarette. Je lui jette un coup d'œil en coin avant de vite revenir à ma page. Sans être beau, il n'est pas mal dans son genre. Un homme un peu rustre mais avec un charme certain malgré son visage buriné, ses cheveux en bataille et son embonpoint. Pourquoi me le cacher, je me sens flattée. Après tout, c'est assez réconfortant pour une quinquagénaire de savoir qu'elle intéresse encore le sexe opposé. Je sais à quoi m'en tenir, je ne suis pas dupe de ses simagrées, mais je ne résiste pas au plaisir de jouer à ce petit jeu équivoque.

Aussi quand, sa cigarette terminée, il se relève en déclarant : « C'est pas le tout mais il faut bien retourner au boulot », je lui décroche mon sourire le plus enjôleur avant de replonger dans mon roman dont j'ai, bel et bien, complètement perdu le fil.

Bientôt, les trois jeunes gens ont démonté une grande surface de toiture et je suis partagée entre joie pour le travail entrepris et inquiétude pour l'extrême vulnérabilité de la maison à ciel ouvert.

« Ne vous faites pas de bile, la météo a promis du beau temps pour toute la semaine. »

Les prévisions météorologiques, on sait ce que cela vaut et je ne suis pas rassurée plus que ça.

Cependant, jour après jour, dans un froid cinglant, le soleil étend ses rayons protecteurs sur mon domaine. Le marchand de matériaux livre un plein camion de poutres et de chevrons que la grue soulève comme fétus jusqu'au sommet de la maison pour les disposer du faîte au mur extérieur, à intervalles méticuleusement calculés par le père. Bénichou, en équilibre comme un funambule, règle le niveau des lambourdes et moi, tapie dans un coin, j'observe avec ravissement le jeu d'ombres et de lumières qui quadrillent de barres parallèles le plancher du grenier. La bétonnière tourne inlassablement pour malaxer un mortier onctueux comme une pâte à beignets. Alternativement, les trois frères grimpent à l'échelle, hissant des seaux débordants qui sont déversés dans les entailles prévues pour le scellement. Les tasseaux sont cloués perpendiculairement pour soutenir les planches qui porteront les tuiles.

Petit à petit, le ciel s'efface, le grenier s'assombrit, la maison, presque à l'abri, se réchauffe, tandis que par-dessus le toit s'élève la musique endiablée du transistor, branché en permanence au plus fort de son volume. Quand tout va comme il faut, les Balthazar l'accompagnent en chantant à tue-tête et, ma foi, fort bien. Quand les tracas s'en mêlent, la petite radio entretient vaillamment le moral. Je me surprends à fredonner moi aussi et je n'hésite pas à escalader l'échelle pour admirer les rangées de tuiles roses qui s'allongent en un moutonnement régulier.

Le vendredi soir, une grande partie de la toiture est couverte et j'offre le pastis à mon équipe. Je cache mal mon impatience car je ne comprends pas qu'ils puissent s'arrêter pendant le week-end. Dieu sait quel temps il fera lundi et j'appréhende des intempéries qui retarderaient l'achèvement des travaux. Mais pas question pour les jeunes de rater la sortie en discothèque… et mon toit peut bien attendre !

Quelle n'est pas notre surprise, alors que nous discutons à bâtons rompus, de voir soudain paraître Viviane. Nul n'a entendu arriver sa voiture. Son regard réprobateur douche notre gaieté et les Balthazar en profitent pour s'esquiver.

Il a dû se passer quelque chose, mais je connais son caractère ombrageux et je me garde de la questionner, attendant qu'elle se confie d'elle-même. Elle monte son bagage et enfin je remarque sa boiterie.

« Tu t'es fait mal ?

— B'en oui, ça se voit non ? Une entorse ! Sinon, je serais aux sports d'hiver avec Sophie, comme c'était prévu, pour les vacances de carnaval.

— J'avais oublié ! Ce sont déjà les vacances ! Comme le temps passe vite !

— Ma pauvre maman, j'ai l'impression que tu ne fais plus attention à rien. »

Au son de sa voix, je décèle le reproche, à peine voilé. Ou… est-ce une plainte ? J'étends la main pour caresser sa joue mais elle tourne la tête et je n'effleure que ses cheveux.

« Et Sophie, et François, qu'est-ce que tu en as fait ?

— Et bien, je te l'ai dit ! Ils sont partis à la neige. »

Je ravale les questions qui me brûlent les lèvres. Si Viviane est venue seule ici sous prétexte d'une entorse, c'est qu'il y a une dispute qui la sépare de son mari. Sinon, rien ne l'empêchait de partir avec sa famille, quitte à faire de la chaise longue au lieu du ski.

« Laisse-moi t'aider, tu dois avoir mal après avoir conduit. Je vais préparer ton lit, reste au coin de la cheminée car il ne fait pas très chaud ici quand on n'est pas habitué.

— N'exagère pas, je ne suis pas infirme. »

Je réprime un haussement d'épaules et me saisis de son sac pour l'apporter dans sa chambre. Je branche le radiateur électrique ; je sors une paire de draps de l'armoire. Viviane a enlevé le couvre-lit et l'édredon. Elle attrape le bout de drap que je lui lance et, ensemble, nous le déplions et l'étirons de chaque côté du matelas. Sans mot dire, rapides et appliquées, nous faisons le lit au carré, bordant la couverture, tapotant l'oreiller pour regonfler les plumes, rabattant la couette. Ces gestes simples nous rassérènent. La chaleur se fait déjà sentir, la lampe de chevet nimbe la pièce d'une lumière rose.

Viviane s'appuie des deux poings sur le lit avec une grimace de souffrance. Je sens que c'est le moment propice.

« Étends-toi, laisse-moi regarder ton pied, je vais te faire un petit massage, cela te soulagera. »

Soudain soumise, Viviane se couche sur le dos et je m'assieds près d'elle pour délacer sa chaussure, enlever sa chaussette. Effectivement, la cheville est légèrement enflée. Ce n'est pas si terrible, mais je garde mes réflexions pour moi. Je vais chercher le baume. Viviane n'a pas bougé, les yeux au plafond, une main à l'envers sur son front. Lentement, d'un mouvement régulier, mes doigts imprègnent la zone douloureuse de pommade camphrée. Mon geste est caresse et je continue au-delà du nécessaire. J'entends au fond de mon cœur l'appel pathétique que ma fille m'adresse par le moyen de cette entorse, qui n'est que la partie extérieure d'une douleur beaucoup plus profonde.

Un léger reniflement me fait lever les yeux et je vois les larmes qui roulent sur ses joues. Je ne quitte pas ma place mais je me baisse pour embrasser son pied, puis je reprends mon lent massage.

Cette fois, Viviane ne retient plus les sanglots qui l'oppressent et elle se tient le visage à deux mains pour cacher le rictus qui la défigure. Je lui donne mon mouchoir, j'éteins la lampe et je m'allonge contre elle, amenant la couette pardessus nous. Je passe un bras sous son cou pour l'attirer au creux de mon épaule et, imperceptiblement, je la berce.

Progressivement, ses pleurs deviennent soupirs et elle balbutie : « Maman… »

Je voudrais répondre : « Oui ma petite fille, ma Vivi, mon bébé, maman est là qui t'aime et qui t'écoute. » Mais je me contente de la serrer un peu plus contre moi en posant mes lèvres sur son front.

Progressivement elle se détend et me parle, mais d'une voix si menue que je devine plus que je ne comprends. C'est François ! Elle ne peut plus le supporter car elle vient d'apprendre qu'il a eu une aventure. Cela s'est passé il y a longtemps et il lui a juré que tout était fini, qu'il regrettait, qu'il n'aimait qu'elle. D'abord, elle a cru qu'elle pouvait être magnanime et pardonner. Surtout qu'elle ne s'était aperçue de rien et, s'il n'y avait pas eu cette peste de collègue qui lui a tout dévoilé (pour son bien !), elle n'en aurait jamais rien su ! Mais voilà, à présent, cela la ronge, elle n'a plus confiance et fait des scènes à tout propos. Cela devient intenable et elle sait que sa jalousie détruit inexorablement son couple.

Viviane reprend de l'assurance, elle se détache de moi, se redresse sur un coude et poursuit avec une certaine véhémence :

« C'est de votre faute, à papa et à toi ! J'ai toujours voulu vivre une histoire d'amour comme la vôtre, je voulais vous égaler et j'ai échoué. Je vous en veux, car si vous vous étiez moins aimés, je n'aurais pas si mal en ce moment. »

Je sursaute, le souffle coupé et, en même temps, une onde de plaisir me chauffe tout le corps. Face à la colère de notre fille, tu es là, car c'est à nous deux qu'elle s'en prend et tu es donc vivant, près de moi. Je ne suis pas seule à affronter sa révolte. À ses yeux, tu es présent là où je suis et je réponds pour toi autant que pour moi.

Mais, que dois-je répondre ?

J'étends le bras et la rappelle contre moi. Elle se laisse aller, épuisée, mais je la sens aux aguets, attendant que je lui donne une raison de croire au regain du bonheur.

Où est l'amour quand l'orgueil blessé nous fait souffrir ? Il est écrasé, piétiné, vomi ! Je cherche les mots pour consoler et demeure muette. Mon Dieu, aidez-moi ! Tout naturellement, la lettre de saint Paul me monte aux lèvres. Je la connais par cœur pour l'avoir lue si souvent aux grandes occasions de la vie et j'y ai choisi ma ligne de conduite.

« J'aurais beau posséder toutes les richesses de la terre… S'il me manque l'amour, je ne suis rien.

L'amour prend patience, l'amour ne jalouse pas ; il ne se vante pas, il ne se gonfle pas d'orgueil ; il ne s'emporte pas, il n'entretient pas de rancune ; il supporte tout, il fait confiance en tout, il espère tout, il endure tout.

L'amour ne passera jamais. »

Viviane s'agite un peu.

« Oh ! Toi, maman, avec tes bondieuseries ! Ce n'est pas vrai tout ça : l'amour passe et trépasse !

— Ne dis pas ça, ma chérie. Si tu n'aimais plus François, tu n'aurais pas si mal. Et lui, il doit être encore plus malheureux que toi car il est comme le conducteur qui porte la terrible responsabilité d'un accident de voiture où toute sa famille a été blessée. Car ne crois pas que Sophie soit épargnée parce que vous essayez de lui cacher ce qui vous oppose. Un enfant a des antennes qui lui permettent de percevoir l'impalpable. Ma Viviane, personne n'est irréprochable et chacun porte une part du mal qui l'atteint par négligence d'amour. Nous qui accordons tant de soins à notre apparence, à notre carrière ou à nos affaires, nous oublions d'entretenir l'amour en pensant qu'il est acquis une fois pour toutes, indémodable, inaltérable, à l'épreuve du temps, du feu et de l'eau. Pourtant, ce sentiment divin est le plus vulnérable de tous car il est une grâce qui ne se mérite pas mais qui se reçoit quand, faisant abstraction de notre égoïsme, nous aimons notre prochain comme nous-mêmes. L'amour est délicat comme un pauvre oisillon : il ne faut pas oublier de le nourrir sous peine de le retrouver un matin, raide, ébouriffé, les pattes en l'air, ni de lui prodiguer une tendre affection sinon, il nous quittera pour s'envoler à tire-d'aile.

Ma fille, si belle, si fière, si sûre de toi, as-tu assez pensé à la tendresse ?

—Mais, maman, tu sais que n'est pas mon genre de montrer mes sentiments ! François, il savait, je n'avais pas besoin de dire !

—Ma guerrière ! Tu conduis l'amour comme un combat et redoute de montrer la faille qui te rend vulnérable. Range ton épée, pose ton armure et offre ton cœur.

—J'en étais certaine : tu vas me conseiller de pardonner !

—Évidemment ! Seul le pardon te rendra le bonheur. Mais ne pardonne pas avec l'humiliante magnanimité d'un Auguste envers les vaincus. Pardonne humblement, du tréfonds de ton âme, en reconnaissant combien tu as besoin d'être aimée.

—Maman, je ne suis pas prête encore. Je ne peux pas oublier qu'il m'a bafouée. Je n'ai envie que de vengeance, lui rendre la pareille, le faire souffrir à son tour ! »

Je relâche mon étreinte, à bout d'arguments. Pourtant, je sais que Viviane espère ma réponse. Si elle est venue ici, jusque dans mes bras, c'est avec le désir de chercher la voie de la réconciliation à laquelle elle aspire secrètement. Mais sa fierté arrogante lui impose une attitude inflexible qui la conduit à détruire au lieu de reconstruire.

Dans le silence qui s'ensuit, nous entendons les cris plaintifs des chiens enfermés dans la cuisine. Ils ont tout simplement faim car c'est l'heure de leur soupe. Cette diversion nous permet de reprendre pied avec légèreté, au propre comme au figuré, car Viviane saute en bas du lit sans ressentir aucun élancement dans sa cheville. Elle est même de très bonne humeur et nous rions toutes les deux en préparant notre repas. Nous tirons la petite table devant la cheminée et nous installons face au feu. J'ai posé des saucisses sur la grille au-dessus de la braise et nous surveillons la cuisson, mises en appétit par l'odeur délicieuse. Elles sont presque cuites quand Baber, l'aîné des fils Balthazar, pousse la porte.

« Madame Marie, faites excuse pour le dérangement, mais mon père m'a envoyé vous prévenir de ne pas nous attendre ce lundi. Il faut, d'urgence, qu'on aille chez la Germaine ou elle va faire un scandale à ameuter la troupe.

— Et moi alors ? Vous m'abandonnez avant d'avoir fini ?

— Non, non, non, c'est juste pour lundi, après on revient !

— Ah ! Tu me rassures mon garçon. Dis-donc, cela te dirait de manger une saucisse avec nous ? Elles sont juste à point.

— C'est pas de refus, madame Marie, car je crève la dalle, et, ici, ça sent rudement bon. »

Viviane me regarde avec stupéfaction mais elle se lève pour aller chercher un couvert de plus et Baber, très à l'aise, s'assied entre nous deux. Je débouche une bouteille de mon bon vin rouge ardéchois et nous trinquons avec entrain.

Je ne m'étais jamais aperçue auparavant combien Baber avait la parole facile et l'esprit pétillant. Il raconte avec humour les démêlés de son père avec l'irascible Germaine, et ma fille s'esclaffe, conquise par la verve du jeune homme. Celui-ci, encouragé par son succès, enchaîne les histoires désopilantes et nous rions à en perdre le souffle, mais pas l'appétit. Quand il ne reste vraiment plus rien à manger, nous contemplons la danse des flammes dans la cheminé en sirotant un petit verre d'alcool de verveine. Viviane et Baber, devenus copains, se tutoient. Je réalise que ce garçon est à peine plus jeune qu'elle. Aussi, est-ce sans façons qu'il l'invite à l'accompagner le soir même à la discothèque.

À moi d'être stupéfaite en entendant Viviane accepter avec empressement.

« Mais… et ton pied ?

— Bof ! Je ne sens plus rien. »

Baber, déjà attentionné, certifie que, si elle ne veut pas danser, ils resteront tranquillement à boire un whisky en regardant les autres se trémousser.

Minaudant, Viviane prie le jeune homme de lui laisser le temps de se pomponner un peu car elle veut défendre l'honneur des Provençales. À peine a-t-elle tourné les talons que Baber, tout ébloui, me vante les charmes de ma fille. C'est vrai qu'elle peut se montrer charmante quand elle le veut, et je me garde de détromper le jeune blanc-bec, visiblement épaté d'avoir si belle compagnie à exhiber devant ses collègues.

Après leur départ, je reste longtemps devant le feu, plongée dans mes rêves. Je t'imagine près de moi, crois même ressentir le poids de ton bras appuyé sur mon épaule. Partages-tu mes soucis afin qu'ils me soient plus légers ? J'en suis certaine car mon cœur est paisible. Je ne me tracasse pas pour Viviane. Je suis si heureuse qu'elle soit venue chercher réconfort près de moi, sachant que dans cette maison, berceau de notre famille, elle renaîtra à l'espérance.

Je me couche mais ne peux dormir, écoutant sonner les heures à l'antique horloge comtoise. Me revoilà au temps où je guettais le retour des enfants le samedi soir, appréhendant l'annonce d'un accident. Cette fois, je ne suis pas réellement inquiète, mais mon réflexe de mère poule a resurgi d'instinct. Les premières lueurs de l'aube blêmissent le ciel quand j'entends la voiture ralentir et s'arrêter au bas du chemin. Une portière claque, les chiens aboient mais se taisent rapidement en reconnaissant le pas de Viviane.

Elle aussi renoue avec l'ancienne habitude de sa jeunesse. Elle gratte à la porte de ma chambre : « Maman, je suis là, tout va bien ! »

Je me retourne, le nez dans l'oreiller et je m'endors aussitôt.

Le lendemain, quand elle se lève à midi, je scrute son visage à la recherche d'un indice qui me permette de connaître son état d'esprit. Elle paraît gaie sans être triomphante. Elle devance la question que je n'ose lui poser :

« Ne t'en fais pas, il n'y a rien eu, mais je suis contente de savoir que si j'avais voulu, j'aurais pu !

— Mais tu n'as pas voulu ?

— Ou je n'ai pas pu… sauter le pas ? Je ne sais pas au juste !

— Tu joues avec le feu.

— Ce n'est pas moi qui ai commencé !

— Peut-être, mais c'est de toi que dépend le sauvetage de ta maison. »

Viviane me jette un regard perplexe et pousse un gros soupir :

« Oh, la, la ! Maman, qu'est-ce que tu es ringard ! On ne règle pas tout par la raison !

— C'est toi qui dit ça, ma grande fille si raisonnable ? Je ne te reconnais pas. »

Viviane ne répond plus et je remarque la rêverie qui ombre ses yeux de douceur, son léger sourire. Où est passée ma révoltée, mon agressive ?

Elle se reprend, me regarde gentiment et, brusquement, vient m'embrasser dans un élan fougueux.

« Ma petite maman, tu sais que je t'aime ? »

Instantanément, j'ai la prescience qu'elle veut dire « je l'aime » autant que « je t'aime ».

La surprise m'étrangle. Où est passée « madame Quant-à-soi » ? L'inquiétude s'insinue. Je me souviens de ses quinze ans quand elle était follement éprise d'un jeune voyou, beau et sympathique, mais cancre notoire, qui faisait les quatre cents coups au lycée. Non ! Elle ne va pas remettre ça à trente-deux ans ? Cependant je me laisse gagner par son humeur tendre et l'embrasse en retour, ne refusant pas cette complicité qu'elle me propose.

Une femme ne tombe pas amoureuse s'il n'y a pas un vide dans son cœur. Derrière l'apparence « sans histoire » de leur couple, François et Viviane ne cachent-ils pas leur désaffection mutuelle ?

Mes provisions ayant été englouties hier soir par ces morts de faim, nous nous rabattons sur une boîte de cassoulet frôlant dangereusement la date limite de consommation. Il est urgent de réapprovisionner mon garde-manger. Nous irons ensemble faire des courses au supermarché d'Aubenas. Le samedi après-midi est le pire des jours possibles quand on redoute la cohue, mais cette fois, je n'ai aucune appréhension car, en compagnie de ma fille, je me sens comme en vacances scolaires, et la foule empressée m'amuse par sa diversité. Viviane, saisie d'envies farfelues, ne résiste pas à l'achat d'un pantalon en peau de lézard vinylique et d'un pull-over péruvien avec bonnet et moufles assortis. C'est tellement contraire à ses choix habituels, bon chic, bon genre, que je ne doute plus du grain de folie griffant son cœur. Je dois réfréner sa boulimie qui l'incite à remplir mon chariot d'aliments exotiques, offerts en promotion. Malgré mes appels à plus de mesure, le coffre de la voiture contient à peine la surabondance de provisions achetées. Par bonheur, le rayon crèmes glacées à échappé à notre raid et, comme rien ne risque de fondre lamentablement, nous pouvons faire un saut jusqu'au centre ville, histoire de rendre visite à Florette en sa boutique.

D'autorité, Viviane a pris le volant car elle se dit exaspérée par ma conduite « mémère ». Gardant les yeux écarquillés sur la route, j'essaye de paraître détachée tout en m'efforçant de dominer le réflexe de mon pied qui cherche un frein salutaire. Doublant les voitures en les frôlant, elle injurie les malheureux conducteurs, les traitant de poules mouillées dans le meilleur des cas. Quand, après des manœuvres téméraires, elle gare enfin la voiture, mes nerfs se détendent tellement que je flageole sur mes jambes et dois m'accrocher à son bras pour franchir les quelques mètres qui nous séparent de l'avenue

Gambetta. Elle s'est coiffée de son bonnet brodé et se hâte, impatiente de rencontrer sa copine.

Depuis son adolescence, Viviane est subjuguée par mon amie libraire qui, sans mises en garde moralistes, l'a initiée aux auteurs modernes de la littérature, considérant la jeune fille comme une femme assez intelligente pour comprendre avec discernement. Viviane lui en est reconnaissante et une relation désinvolte, faite d'entente et de confiance, les unit malgré leur différence d'âge.

En passant devant la pâtisserie, nous achetons les macarons aux amandes dont nous sommes si friandes.

Florette, lisant, assise sur la plus haute marche de son escabeau, baisse ses lunettes sur le bout de son nez pour nous reconnaître lorsque nous bousculons sa porte, alarmant la clochette qui tinte avec frénésie. Elle s'exclame mais ne bouge pas de son perchoir précipitamment, comme moi je l'aurais fait. Florette est une femme-chat, sachant prendre son temps avant de manifester son plaisir. Nous engageons la conversation, elle en haut, nous en bas, jusqu'à ce que Viviane, excédée, secoue l'escabeau en brandissant le sachet de macarons.

« Alors, tu viens ? Tu auras quelque chose de bon si tu nous offres le café. »

Florette daigne descendre, lentement, à pas prudents, mais ensuite, elle nous serre contre elle avec effusion.

« Mes chéries, que je suis heureuse de vous retrouver ; il y a si longtemps ! »

Je tique ! Non, il n'y a pas si longtemps !

Oui, mais elle s'adresse à Viviane et elle occulte notre rencontre de l'autre jour comme un épisode trop intime qui doit rester notre secret. Elle sait que les jeunes, trop impétueux, ont des tourments qu'ils préfèrent souvent dramatiser au lieu de les résoudre. Florette a vu sur le visage de ma fille, malgré les oreilles du bonnet ridicule qui lui mangent les joues, que sa joie était factice. De son seul regard, effilé comme un scalpel, elle détache le masque effronté et met à nu la peau griffée de désespoir.

Viviane n'essaye plus de rire, elle baisse la tête, et Florette la prend par la main pour l'amener au fond du magasin. Silencieuse, en habituée, je mets la cafetière en marche et cherche, au fond du placard, les tasses dépareillées. J'évite de heurter les objets afin qu'aucun bruit ne trouble Viviane, qui s'épanche en un long monologue monocorde comme si elle vidait précautionneusement une bassine d'eau sale dans l'évier en évitant de s'éclabousser. Florette lui tient toujours la main et, de temps en temps, la serre pour lui donner le courage de continuer.

J'ai versé le café dans les tasses, servi les macarons sur une assiette. Nous buvons à toutes petites gorgées, trempant le biscuit dans le liquide brûlant pour le ramollir. Il fond dans la bouche, moelleux et croustillant à la fois, comblant la langue et le palais d'un plaisir suave.

« Mmm ! Que c'est bon ! soupire Viviane, les yeux fermés pour mieux savourer.

— Je dirais, et qui plus est, que c'est jouissif ! ajoute Florette. »

Viviane ouvre les yeux et nous regarde, soudain méchante.

« Jouissif, oui ! Savez-vous que la gourmandise, c'est le seul genre de jouissance que j'aie jamais eue ? Vous deux, qui êtes des femmes de passion, pouvez-vous imaginer que je ne sais pas ce que c'est jouir entre les bras d'un homme ? Les rares et rapides étreintes de François me laissent de marbre. Si je n'ignore pas ce qu'est un orgasme, c'est pour m'être assouvie en me tripotant moi-même, enfermée dans la salle de bains. Je vous choque, hein ? Pourtant, je m'y étais résignée puisque, en contrepartie, nous avions une réelle entente intellectuelle que je voulais croire la plus importante.

Mais à présent, je ne vois qu'une chose : mon mari faisant l'amour, à sa triste manière, avec une autre, et c'est moi qui suis ridicule ! Du coup, sa belle situation, son érudition, sa brillante intelligence, je m'en contrefiche. Je ne remarque que ses pellicules, son ventre bedonnant, sa mauvaise haleine le matin, son odeur de transpiration le soir ; je ne supporte plus sa façon de manger en mastiquant à n'en plus finir, ses ronflements saccadés, ses ricanements sarcastiques ni surtout son allure de chien battu. Le simple contact de sa main sur moi me rend moite de répulsion. Parce que son corps m'est devenu odieux, je méprise aussi son esprit. »

Comme un coup de feu, la réponse de Florette claque :

« T'as qu'à t'envoyer en l'air avec un autre ! »

Mon macaron trempé, gardé trop longtemps en suspens dans ma main, s'effondre dans ma tasse, projetant des gouttes de café sur la table. J'ai un geste pour le retenir et renverse carrément la tasse dont le liquide se répand sur ma jupe.

« T'es aussi maladroite que ta petite-fille », s'exclame Viviane, tandis que Florette, rompant notre tension nerveuse, se tord de rire sans retenue.

Son hilarité est contagieuse. Nous la rejoignons bientôt dans ses gloussements hystériques, et le malheureux client qui entre à ce moment-là pense être l'objet de notre raillerie.

Nous en profitons pour partir et Viviane, sans commentaires, me tend les clefs de la voiture. Nous roulons en silence, chacune plongée dans ses pensées qui pourtant se rejoignent. Comment ai-je pu ne m'apercevoir de rien ? Sans le lui dire, je lui reprochais son manque de confiance en moi. Je la trouvais distante ou alors autoritaire, voulant tout maîtriser, et cette attitude n'était qu'un mur pour cacher son inavouable déconvenue. Moi, femme comblée de caresses, je ne pouvais pas imaginer la frustration du plaisir amoureux et, de toutes façons, ma pudibonderie m'aurait empêchée d'aborder un sujet aussi délicat avec elle.

Peu avant la maison, Viviane se tourne vers moi.

« Tu n'as rien à me dire ?

— Si, mais je ne sais comment le dire.

— Crois-tu toujours que j'aie des torts ?

— C'est surtout moi qui ai des torts, et d'abord celui d'avoir voulu te croire heureuse sans prêter attention à tous les indices de ta détresse. Je te demande pardon.

— Maman, j'ai voulu épouser François malgré toutes vos mises en garde et jamais je n'aurais reconnu que vous aviez raison. Je me sentais coupable, j'avais honte d'être une femme frigide. Me plaindre aurait été une humiliation insoutenable !

— Pourquoi oses-tu te confier aujourd'hui ?

— Je ne l'ai pas fait exprès. C'est sorti tout seul de ma bouche comme un éternuement. Je ne le regrette pas, je me sens soulagée. »

Nous sommes arrivées devant le portail. Je coupe le contact. De l'intérieur de la maison, nous entendons les chiens aboyer. Viviane a posé sa tête contre mon épaule.

« Maman, dis-moi ce que je dois faire.

— Écouter ton cœur.

— Je n'entends rien !

— Il parlera au moment voulu. »

Une voiture se gare derrière la nôtre. C'est celle du jeune Balthazar. Je lui en veux de saccager cet instant d'intimité si rare, mais avant que j'aie pu émettre le moindre soupir d'agacement, Viviane, soudain insouciante, se précipite au-devant de l'intrus avec une gaieté exubérante.

Celui-ci s'est mis sur son trente et un, arborant même une cravate qu'il aurait mieux fait d'éviter. Il s'extasie sur le joli bonnet péruvien, et ma fille en est toute rose de contentement. Au fait, il est déjà venu plusieurs fois dans l'après-midi pour l'inviter à souper au casino de Vals-les-Bains. Il pousse la politesse jusqu'à me proposer de me joindre à eux. J'imagine son embarras si j'acceptais et, comme je suis contrariée, j'ai la brève tentation de répondre oui. Mais non, je ne le ferai pas et je décline en remerciant comme il se doit.

Pendant que Viviane s'éclipse pour se faire une beauté, Baber m'aide à décharger le coffre et à monter les provisions dans la magnanerie où je les entrepose. Son empressement m'irrite car je sens qu'il essaye de m'amadouer. Je connais cette tactique de plaire à la mère pour embarquer la fille et je ne suis pas d'humeur complaisante. Je ne réponds pas à son bavardage et prétexte l'urgence de préparer la pâtée des chiens et de ranger mes achats pour m'abstenir de lui offrir l'apéritif. Viviane s'attarde à sa toilette et le pauvre garçon ne sait plus comment se comporter en l'attendant. Je suis aussi mal à l'aise que lui, consciente de mon attitude injuste. J'ai hâte de les voir partir tous les deux et je le plante là pour aller tambouriner à la porte de la salle de bains.

Viviane ouvre tout de suite. Elle est radieuse sans que cela soit dû au maquillage. Ses cheveux courts aux boucles claires auréolent son grand front ; ses yeux bleus, qui peuvent être d'acier, ont ce soir le velouté des violettes. Elle a revêtu une robe droite d'un doux lainage noir, éclairée seulement d'un collier de perles. Juchée sur ses escarpins vernis, elle pirouette devant moi, quêtant des compliments.

J'ai du mal à réagir, choquée par cette duplicité : elle m'a joué ce cinéma de l'entorse et du désespoir, et cependant, dans sa valise, elle avait prévu une tenue de fête !

Je marmonne mon approbation, la pressant de rejoindre son amoureux transi dont je ne sais plus que faire. Elle rit, m'embrasse à la volée, se lamente d'avoir omis d'apporter un manteau, plus adapté à son élégance que l'anorak, et disparaît bientôt avec Baber. Au moment de monter dans la voiture, elle se ravise, remonte et, pointant juste sa tête par la porte qu'elle maintient entrouverte, m'annonce :

« Il est possible que je ne rentre pas de la nuit, ne t'en fais pas ! »

Puis, elle claque la porte et j'écoute le rapide tac, tac, tac, de ses talons aiguilles qui piquent l'escalier de pierre. Par la fenêtre je regarde la voiture s'éloigner et je reste là, fixant le ruban gris de la route jusqu'à ce que la nuit étende un rideau noir devant les vitres embuées. Le museau entre les pattes, les chiens dorment sur le canapé. La maison est silence. Mon âme est tumulte.

Mon enfant, ma Vivi, ma petite puce chérie. À quel moment t'es-tu échappée, loin de mes bras protecteurs ? Quand as-tu repoussé mon amour maternel pour devenir cette femme émancipée qui ne voulait rien devoir, rien recevoir ?

La vérité me saute soudainement aux yeux. Pourquoi me leurrer ? Je me souviens très bien quand cela est arrivé ! C'est banal, c'est de la psychologie de magazine pour bonnes femmes. C'est à l'époque où son corps s'est adouci de rondeurs féminines et qu'elle s'est aperçue que, dans le cœur de son père, j'étais sa rivale, vigilante et méfiante. Le brave homme de père n'a pas compris la passion ni la jalousie de sa fille et, maladroit par pudeur, il s'est moqué gentiment de ses émois sans se douter qu'il foudroyait sa jeune sensibilité. J'ai minimisé les troubles de l'âge ingrat et j'ai voulu croire que le temps délaverait, jusqu'à l'oubli, les ridicules dépits de l'adolescence.

Les enfants grandissaient, étaient relativement dociles, étudiaient convenablement. Nous pensions bien accomplir notre rôle de parents, attentifs et affectueux. Cependant, notre incompréhension était à la hauteur de notre autosatisfaction : énorme !

La déception peut se cristalliser en désespoir et pétrifier le cœur, le rendant insensible à l'amour. Viviane s'est détachée, s'est durcie, s'est opposée, et nous n'y avons vu que la preuve de son fichu caractère. Quand elle a choisi François dont le sérieux presque ennuyeux nous déconcertait, voire nous rebutait, nous n'avons pas compris à quels renoncements elle sacrifiait.

Pourquoi, ce soir, l'évidence me saute-t-elle aux yeux ?

Mais ai-je vraiment du regret et, si notre parcours était à recommencer, voudrais-je changer un seul geste ?

Non ! Mon amour pour toi était exclusif, et les enfants de notre union étaient voulus comme un accomplissement, non comme un but.

Appuyée contre les oreillers, je me recroqueville, assise dans le lit, les couvertures remontées jusqu'au nez. Tu n'es pas là, cela ne te concerne pas. Moi seule porte la faute, lourde comme une croix. Je ricane : dire que, hier, je citais saint Paul et l'amour qui se donne sans partage, alors que, moi la première, j'ai truqué les poids et retenu la plus grosse part.

Je n'en avais pas conscience ? La belle excuse ! En vérité, je n'ai pensé qu'à moi !

Je me laisse glisser et m'allonge au creux du lit. Je sens tes mains, larges et rudes, qui se font douces et légères pour effleurer mon ventre, remontant sur mes seins qu'elles prennent dans leurs paumes comme on retient un oiseau, sans serrer pour ne pas l'affoler. Répondant aux tiennes, mes mains te cherchent et te touchent, avides de te caresser. Une onde de chaleur s'insinue, frémissant sous notre peau, et brusquement se concentre en un feu, au creux de nos reins, qui nous embrase et nous élance l'un vers l'autre pour nous consumer ensemble, d'une seule flamme.

Je me roule en boule, les mains entre mes cuisses pour emporter dans le sommeil ce souvenir ardent.

Viviane ne rentre que le dimanche soir mais je ne l'attendais pas plus tôt. Je ne sais plus ce qui est bien ou mal et je suis prête à l'approuver, quoiqu'elle choisisse. Je comprends son attirance pour Baber, cet animal sauvage, beau et fougueux. Je souhaite qu'elle connaisse le plaisir par la tendresse comme par la véhémence et j'espère que ce jeune homme aura eu assez de talent pour l'enchanter.

Je ne pose pas de question. Elle ne me dit rien. Mais les mots sont inutiles. Ses yeux battus, son sourire langoureux révèlent son contentement. J'ai cuisiné un civet de lapin. Cela tombe bien car elle meurt de faim et dévore avec un appétit de camionneur, allant jusqu'à saucer son assiette avec son pain pour ne rien perdre. Elle s'étire ensuite avec une volupté féline et décrète vouloir dormir au moins vingt-quatre heures d'affilée.

Cependant, au matin, elle est réveillée avant moi, éclaire le feu et prépare le petit-déjeuner en m'attendant. Face à face, nous buvons, elle son thé, moi mon café, en écoutant les nouvelles de huit heures à la radio. C'cst la rengaine habituelle de catastrophes et de déclarations politiciennes. Nous échangeons de brefs commentaires désabusés. En rangeant les bols et les couverts dans le lave-vaisselle, Viviane me demande sur un ton détaché :

« À propos, as-tu été à la messe hier ? »

Je reconnais que je m'en suis abstenue, sans avouer que je n'avais pas l'esprit au recueillement.

« Si tu le veux, nous pourrions y aller ensemble ce matin. Il y a longtemps que je n'ai pas vu tes moines, et puis, j'ai envie de faire une bonne marche à pied. »

Je me garde de montrer mon étonnement, pas plus que ma joie. J'ai appris avec Viviane à modérer mes élans, redoutant qu'elle ne se rétracte, tout de suite sur la défensive. Elle a instauré un savoir-vivre, très *british*, qui considère comme vulgaire tout ce qui n'est pas *self-control.* Il faut la comprendre à demi-mot et se montrer discret.

Nous mettons nos grosses chaussures et prenons nos bâtons qui attendent, dans l'angle de la porte, nos départs en randonnée. Marmotte et Fripouille nous précèdent déjà d'une bonne longueur, heureux de partir enfin en promenade. Dans mon sac à dos, j'ai mis deux bouteilles de notre vin des côtes du Rhône que je donnerai en offrande. Nous marchons allègrement, les yeux fixés sur la chaîne des monts du Tanargue qui, à chaque tournant du chemin, présentent un paysage aux luminosités changeantes. Le froid piquant nous met la goutte au nez. Une vapeur s'échappe de notre bouche. Le bruit de nos pas affole de petits animaux dont nous entendons la fuite éperdue à travers les genets et les bruyères. Nos seules paroles se bornent à des « Écoute ! » ou des « Regarde ! » Pourtant, nous sommes bien ensemble, partageant un sentiment de plénitude. Marmotte pointe la truffe vers les broussailles — il y a certainement là-dedans du gibier intéressant — mais elle sait qu'il lui est interdit de chasser et elle se résigne, affichant un air de regret. À flanc de montagne, le monastère apparaît en silhouette dans la brume. J'attache les chiens au piquet de clôture. Ils en ont l'habitude et se couchent, résolus à nous attendre.

Dans la chapelle sombre, le père Rambert, en jeans et pull de grosse laine, allume les cierges. Il s'interrompt, vient vers nous, tout sourire, les bras tendus pour nous accueillir dans la paix du Christ. Il nous invite à nous asseoir près du poêle qui ronfle déjà, diffusant sa chaleur.

« Mettez-vous là, vous serez mieux. Je vais m'habiller. Nous allons commencer tout de suite, nous attendions le frère Daniel qui s'occupe des brebis : un agneau nous est né cette nuit. »

Nous restons seules. Par la fenêtre étroite, le soleil dirige un rayon de lumière sur le Christ en bois qui ouvre les bras comme le père Rambert tout à l'heure. Cette chapelle fut jadis une étable et, certainement, Jésus aurait été heureux d'y naître. Les murs de pierres sont recouverts d'un badigeon de chaux blanche, la charpente basse a la couleur du miel. L'autel est une *berle* de châtaignier, ce morceau de tronc creux dont on fait des huches ou des ruches, typiques des Cévennes. Une icône de la

Vierge jette une tache d'or. Quelques pèlerins pénètrent dans l'église, nous saluent, prennent place.

Revêtu de son aube, le prêtre revient, suivi de frère Pierre et frère Daniel qui nous adressent un signe d'amitié. Les trois hommes s'inclinent devant l'autel, nous nous levons. La cérémonie se déroule, le temps s'écoule, et je ne suis à l'écoute que de Viviane tandis que mes lèvres prononcent machinalement antiennes et répons :

« Avec votre esprit… pour des siècles des siècles… dans la gloire… nous rendons grâce à Dieu… amen ! »

Je mange le pain, je bois le vin. Christ est là, alléluia !

Nous nous donnons le baiser de paix et, en la serrant contre mon cœur, je prie pour qu'elle ressente cette paix purificatrice, qu'elle soit baignée, imprégnée de la grâce qui réconforte, qu'elle accède à la sérénité. Je demande pardon pour mon manque d'amour, pour ma maladresse, pour mon impatience, pour mon égoïsme qui me pousse à accorder plus d'importance à mon propre chagrin qu'à celui que je cause.

Mais, généreuse, Viviane me répond en appuyant sa joue contre la mienne, en pressant sa main fortement dans mon dos. Les larmes me montent aux yeux. Merci ma fille pour ce geste d'amour dont j'ai tant besoin. Alors, en communion d'esprit, je les rassemble autour de moi : Viviane, mon enfant désemparée qui cherche son bonheur, Jean, mon fils fragile qui m'aime sans réserve, Richard, que j'ai laissé là-bas, en ce lieu protégé de ma mémoire où la mort n'a pas accès. Mes larmes coulent comme l'eau bienfaisante, adoucissant la brûlure de la plaie encore vive.

La messe est déjà finie ?

Viviane me tire par le bras. Nous sortons et j'aperçois frère Daniel qui accourt vers nous. Il ne veut pas nous laisser partir sans nous montrer l'agneau nouveau-né. Nous l'accompagnons à l'étable et partageons son émerveillement pour ce miracle infini de la naissance. Encore chancelant sur ses pattes, le petit animal s'approche de nous, mû par la curiosité, mais sa mère l'appelle et il retourne vers elle qui le lèche avec application avant de le pousser sous ses mamelles gonflées. Le moine, attendri, joint les mains :

« Il n'y a rien de plus beau que la création, loué soit le Seigneur ! »

Les chiens, heureux d'avoir recouvré la liberté, nous précèdent. Nous les suivons en silence pour économiser notre souffle car la montée est raide, mais aussi pour retenir en nous cette émotion vivifiante. Un peu plus loin, le chemin redevient plat. Des billes de bois ont été entassées là en attendant d'être chargées sur un camion. Nous asseyant, nous laissons porter notre regard sur les crêtes lointaines qui hachurent le bleu du ciel. Très haut, une buse plane au gré d'un vent nonchalant. Il fait chaud à présent et nous enlevons nos vestes.

Viviane soupire longuement. Je me penche vers elle :

« Ça ne va pas ?

— Ce n'est pas simple ! »

Elle grimace, hausse les épaules et se relève, me tendant la main pour m'aider.

« Remettons-nous en route ou nous allons attraper froid. »

Elle frotte son pantalon pour décrocher quelques brindilles et j'en fais autant. Nous continuons, chacune plongée dans la même réflexion : non, ce n'est pas simple de s'engager sur un autre chemin sans savoir où il aboutit. Comme si nous n'avions pas cessé de dialoguer, je reprends :

« Tout choix suppose un renoncement douloureux, et l'apparente certitude n'est parfois qu'un défi désespéré.

— Oui, je pense à ces moines ! Leur vie d'ascétisme et de prière les conduit à l'impasse si Dieu ne leur apparaît pas. Et je suis sûre qu'il est souvent absent ! C'est bien beau de lui être consacré mais quelle compensation il y a-t-il en échange d'une telle abnégation ? Il n'y a qu'à voir leur émoi devant un mouton pour comprendre leur besoin d'amour. L'amour de chair et de sang, celui qui réchauffe ou qui blesse mais qui est la vraie vie.

—Holà ! Ma belle ! La procréation est certes indispensable pour la survie des espèces, mais ne confond pas amour et sensualité ! Nos moines nous montrent l'exemple d'une vie vouée, tout entière, à l'esprit d'amour : celui de Dieu… et des hommes. Fortifiés par la prière, ils demeurent en ce lieu éloigné pour accueillir, écouter, soigner et consoler tous ces malheureux qui se perdent en courant après le vent. Heureusement qu'il y a des gens comme eux qui renoncent aux vanités pour nous remettre sur la voie de l'essentiel.

—Qu'est-ce que c'est, d'après toi, l'essentiel ?

—Forcément l'amour ! Mais celui qui se donne sans rien attendre en retour.

—Hum ! Difficile à concevoir…

—… Et encore plus à mettre en pratique ! »

Nous nous forçons à rire pour nous remettre les pieds par terre. Nous en avons bien besoin car la dernière côte est dure. Un effort, et la maison est là.

En l'apercevant, si massive, si rassurante, j'ai ce petit coup au cœur de reconnaissance pour sa persévérance, depuis tant de siècles, à protéger notre famille. Nous nous agitons, nous querellons, nous séparons, mais la maison reste là, havre de paix, prête à nous rassembler, réconciliés, autour de son foyer.

D'ici, sur la hauteur, on remarque la partie restaurée de la toiture. Les tuiles sont d'un rose juvénile qui contraste avec la teinte patinée de l'autre versant. J'aime cette différence qui indique qu'une nouvelle génération prend le relais de la précédente dans l'entretien respectueux de la demeure ancestrale.

Nous ne parlerons plus de rien, cueillant simplement le jour. Allongées sur les transats, nous « prenons » le soleil. Les chiens en font autant, vautrés dans des poses lascives, ne bougeant que pour changer de côté. J'essaie de lire mais je suis distraite et souvent mes yeux s'élèvent vers ce ciel si limpide qu'il aspire mon regard vers un gouffre sans fin. Je ferme les paupières pour résister à ce vertige, mais de ma tête sort une spirale d'acier qui, à chaque pulsation de mon sang, s'allonge, se resserre autour de mon corps et m'étouffe. Je me débats, je dois résister, je dois extirper ce fer qui s'incruste dans ma chair. Dans un effort épuisant, j'empoigne les cerceaux mortels, les arrache et les repousse loin de moi. Un hurlement strident annonce ma délivrance.

« Eh bien, maman, qu'est-ce qui te prend ? »

Ahurie, je contemple le livre que j'ai jeté sur Fripon. Le pauvre chien, encore tremblant de peur et d'incompréhension, se cache sous la table. J'ai dû rêver ! Viviane se moque gentiment, je souris. Mais je reste oppressée sans reconnaître mon malaise.

Tard le soir, je ne trouve pas le sommeil. J'entends des pas feutrés, des voix chuchotantes, des rires assourdis, la porte qui grince malgré d'infimes précautions. Je n'ai pas besoin de vérifier pour savoir que Viviane fait entrer son galant dans la maison.

L'étau resserre ses mâchoires. Je me raidis : cela ne me concerne pas !

Mais si ! Cela me blesse au plus profond de mon être car elle est ma chair, et je ne peux être indifférente à la souffrance que, forcément, elle va subir, quoi, ou plutôt qui, qu'elle choisisse. Je me retourne, agacée : mon mécontentement n'est il pas plutôt une méchante jalousie femelle ?

Mon Dieu, que la nuit est longue quand le cœur est lourd !

V

Dilemme

L'ÉQUIPE DES MAÇONS ne revient que le surlendemain et je devine que ce retard est voulu par Boubou en représailles. Pas content du tout, le papa Balthazar, et il me fait la gueule comme si tout cela était de ma faute. Quant au fiston, son air renfrogné indique que l'ambiance familiale n'est pas à la détente. Le travail s'effectue dans un mutisme total. Même la radio n'a plus droit de parole. Il n'est pas besoin d'explication pour comprendre qu'il y a de l'orage dans l'air, même si un brouillard fantomatique enveloppe la maison de voiles gluants.

Viviane qui prétendait grimper sur l'échafaudage, s'entend rappeler à l'ordre par le patriarche :

« Ce n'est pas votre place, madame ! Enlevez-vous de là, vous nous dérangez ! »

Mortifiée, elle bat en retraite et me rejoint dans la cuisine.

« Quel vieux con, celui-là ! Qu'est-ce qu'il s'imagine ? Tu devrais lui dire d'être plus aimable avec ses clients ! »

Je fais une moue dubitative. Je ne pense pas que ce soit la bonne méthode. À ma propre surprise, je suis sensible à la mauvaise humeur de Boubou. Je croyais n'éprouver à son égard qu'une vague sympathie pimentée d'un peu d'amusement moqueur. Je m'aperçois que je suis peinée par son désamour, que son estime m'importe. Je voudrais aller vers lui, pour lui expliquer.

Lui expliquer quoi ? Aurais-je le toupet de mentir et prétendre qu'il n'y a rien, alors que lui, avec son instinct très sûr de vieux sanglier, a flairé un danger.

La bétonnière tourne dans un ronronnement régulier, ahanant sous le poids du mortier qui s'écrase au gré du roulement contre la paroi de la cuve. Surveillant la consistance du mélange, Boubou se tient prêt à envoyer une pelleté de sable supplémentaire. Il m'a certainement vue approcher mais affecte une attention exclusive à la machine. Je déteste affronter ceux qui se ferment sur eux-mêmes pour signifier leur réprobation tout en refusant de l'exprimer. Vouloir discuter avec Boubou, c'est prendre le risque de déclencher une dispute et, lâchement, je préférerais fuir ce genre de confrontation, me sentant coupable puisque, à ses yeux, je le suis déjà. Me défendre est impensable et je suis abattue d'avance par son jugement.

Le brouillard s'effiloche lentement, l'humidité sournoise se distille en fines gouttelettes.

Je m'efforce de paraître détachée, mais ma bouche est sèche et mes jambes tremblotent. Je m'assieds sur le muret en face de lui ; Boubou m'ignore. Cela ne peut pas durer. Je ne vais pas lui laisser le plaisir de me narguer longtemps. Je suis sur le point de repartir comme une tragédienne drapée dans sa dignité outragée, lorsque Bénichou survient fort à propos avec sa brouette. Sans un mot, le père la remplit en basculant la cuve de la bétonnière qu'il vide jusqu'à la dernière lichette de mortier. La gorge serrée, je me dis que le moment de l'explication est venu, mais Boubou, se saisissant du tuyau d'arrosage, entreprend de rincer méticuleusement l'engin. Cette fois, la fureur dissipe mon malaise et me donne de l'audace. Résolue, je me redresse et fonce sur la bétonnière dont je coupe le circuit électrique. Le grincement des pignons se coince dans un hoquet et le silence tombe sur nous comme une chape de plomb. Étourdis, nous nous tournons l'un vers l'autre, résolus à l'affrontement.

L'indignation lui a coupé le souffle à mon Boubou. Il reste la bouche ouverte, la colère en suspens. Ne lui laissant pas le temps de se reprendre, je frappe la première :

« Alors Boubou ? Cela ne vous ressemble pas de retenir ce que vous avez sur le cœur ! »

Il devient tout rouge, se gonfle, serre les poings et crie en postillonnant :

« Marie, ce n'est pas possible ! Mes fils sont tout pour moi et je ne permettrai pas qu'ils gâchent leur vie. Je suis peut-être vieux jeu, mais de par mon métier, je sais que pour bâtir du solide, on ne construit pas sans fondations profondes, on ne s'appuie pas sur ce qui branle et, surtout, on ne se sert pas ce qui ne vous appartient pas ! Qu'avez-vous à répondre ? »

Je baisse les yeux, mal à l'aise. Comment pourrais-je réfuter ce dont je suis convaincue ? Je me retiens d'ajouter machinalement « Et on ne sépare pas ce que Dieu a uni », mais ça, c'est un argument auquel il ne doit pas être sensible. Je bredouille :

« N'attachez-vous pas trop d'importance à une amourette de passage ?

— Amourette ?! Vous n'êtes donc au courant de rien ! C'est la grande passion, et mon fils prétend fonder un foyer en se chargeant de la femme et de l'enfant d'un autre. Il est résolu comme un jeune bouc et aussi peu sensé. Je sais qu'il a l'âge de se passer de mon consentement, mais je ne peux pas lui laisser commettre une telle bêtise sans essayer au moins de l'en empêcher. C'est un naïf, mon Baber, et je suis certain que votre fille se joue de lui. »

Je comprends l'inquiétude de ce père, pour avoir moi aussi redouté si souvent que mon fils ne s'empêtre dans les filets d'une de ces mères divorcées, en quête d'un mari de remplacement pour subvenir à ses besoins. À chaque fois, Jean s'enflammait, et moi je le décevais en lui démontrant que seul l'intérêt rendait ces femmes apparemment follement amoureuses.

Je voudrais pouvoir rassurer Boubou en lui certifiant que, pour Viviane, ce n'est pas pareil, qu'elle ne va pas jeter son dévolu sur ce jeune homme. Mais, au fond, que sais-je de ses sentiments ? Viviane est-elle éprise ou se joue-t-elle de lui ? Dans un cas comme dans l'autre, Baber est sa victime.

Ma consternation doit se lire sur ma figure car Boubou se radoucit :

« Allons, ma pauvre Marie, il ne faut pas le prendre mal ! Je m'emporte mais je ne vous en veux pas à vous, je sais que vous n'y êtes pour rien. Ces jeunes, ils nous feront vieillir avant notre heure ! »

Se voulant réconfortant, il m'envoie une bourrade à renverser un âne. Je chancelle, il me rattrape :

« Faites excuse ! Je ne sens pas ma force !

— Ce n'est pas grave, je vous préfère comme cela que fâché contre moi.

— Non, Marie, pas contre vous ! Contre le monde entier, oui, car j'étais vraiment mal luné, mais contre vous, non, jamais ! »

Sa voix se fait rouée, son sourire enjôleur. Il me couve d'un regard plein de tendresse. Ça y est, le naturel est revenu ! Franchement, j'aime mieux Boubou en séducteur qu'en père fouettard. Je me sens légère et ne cache pas mon soulagement.

« Ne vous tracassez pas ! Nos enfants sont plus raisonnables qu'ils ne le paraissent.

— Espérons que vous dites vrai ! Mais, pardonnez-moi de parler crûment, je crains qu'ils ne réfléchissent plus avec leur cul qu'avec leur tête. Quoique les adultes, et je suis payé pour le savoir, ne font pas mieux ! »

Devant sa grimace désabusée, je n'ose rire. Ce Boubou qui joue les fiers-à-bras est désespérément meurtri par l'échec de son mariage. Il détourne brusquement les yeux et fixe le lointain. De ses cheveux fous, plaqués par l'humidité, coule un filet d'eau qui mouille ses joues cendrées d'une barbe râpeuse. Ou seraient-ce des larmes ? Cette soudaine tristesse me déconcerte. Que dire à un homme qui se veut fort et qui dévoile sa faiblesse ?

Là-bas, au-dessus de la colline, le ciel déroule un étroit ruban de satin bleu. En dessous, serrée comme un troupeau de moutons, la brume se rassemble et s'élève des prés. Déjà apparaît l'herbe verte, fumante encore de quelques nuées vaporeuses. Puissant, le soleil darde ses rayons et pulvérise ce nuage égaré qui, tel un voile de mariée, s'envole haut dans le firmament redevenu immense et lumineux.

Papa Balthazar s'ébroue, se frappe à grandes claques dans le dos pour se réchauffer, puis, tout joyeux, me désigne l'horizon :

« C'est beau ça, hein Marie ! Ça console de tous les emmerdements. Vous savez, nos petits ils feront bien comme ils voudront. On ne peut rien empêcher. Mais, sacrebleu, qu'est-ce qu'ils nous en font chier ! »

Il a retrouvé son allant, sa faconde. Il se redresse, tire les épaules en arrière, bombant le torse. Le grand Balthazar est là ! De sa voix tonitruante il hurle en direction du toit :

« Et alors, c'est-y que vous êtes morts, que ça ne chante pas aujourd'hui ? »

Et lui, crevant le silence, entonne *l'Internationale*, à pleins poumons. Il s'interrompt au bout des trois mesures qu'il connaît, me regarde, soudain grave :

« Ma petite Marie, vous ne vous êtes pas vue ? Vous êtes trempée comme une soupe ! Vous devriez vite aller vous sécher et boire quelque chose de chaud ou vous allez choper la crève. »

Effectivement, je suis glacée jusqu'aux os et me retiens pour ne pas claquer les dents. Sa sollicitude inattendue me réchauffe comme une flambée. Je lui souris et cours me réfugier dans ma cuisine. Viviane qui lisait, recroquevillée dans le fauteuil au coin du feu, pousse des hauts cris devant mon état lamentable.

« À ton âge, aller se mouiller comme un chien de chasse ! Tu mériterais une fessée pour t'apprendre à être plus sensée ! »

Puis, radoucie, elle m'apporte une serviette et un autre chandail, me forçant à me changer. Allons, tout est rentré dans l'ordre : Boubou chante, et ma fille couve sa mère. Elle me pousse dans le fauteuil et, en dépit de mon refus, veut absolument me faire boire une goutte de verveine. Tout en fourrageant dans le placard pour y chercher la bouteille, elle demande, incidemment :

« Tu l'as vu, le père Balthazar ? Il t'a dit quoi ?

— Que voudrais-tu qu'il me dise ? Attends-tu une réponse ?

— Moi ? Non ! Je n'en ai rien à foutre du vieux !

— Du vieux, non, mais du jeune… peut-être ? »

Viviane reste penchée à l'intérieur du placard bien qu'elle tienne la bouteille à la main. Toute arrogance évanouie, elle murmure, un chat dans la gorge :

« Je ne sais pas. Il est tellement gentil, cela me fait du bien. »

Ma vue se trouble et je tourne la tête vers le mur. Je ne peux répondre. Moi aussi, ma gorge se serre, car je sais l'importance de la gentillesse quand on est désemparé. Ta main prend mon menton pour relever mon visage qui se cache, et tes yeux plongent dans les miens qui se noient de larmes. « Qu'y a-t-il ma reine ? Dis-moi ma toute douce… » Et contre ta poitrine, je m'abandonne, te confiant ce chagrin si lourd, devenu dérisoire maintenant que tu m'en as délivrée.

Un ange passe, traînant des ailes, et dans ce silence duveteux, par-dessus le toit, nous entendons le chant un peu cacophonique mais néanmoins glorieux des maçons.

Viviane repose la bouteille.

« Finalement, il vaut mieux que tu n'en boives pas, cela pourrait te faire mal. Je vais préparer une bonne soupe, bien chaude. Qu'est-ce que tu en penses, dis, si nous les invitions à manger avec nous à midi ? »

Réprimant un sourire entendu, j'approuve vivement cette heureuse initiative. La lumière du dehors envahit la pièce, pâlissant la couleur vive des flammes. Accrochée à un clou planté dans le linteau de la cheminée, ma veste mouillée sèche en répandant son odeur de laine. Le soleil perce la vitre et soulève un rayon de fine poussière. Je soupire d'aise. Le printemps n'est plus si loin.

Ils n'ont pas fait de manières pour accepter et les voilà tous assis autour de ma table, tendant leur assiette à Viviane qui a posé la casserole sur le dessous-de-plat bancal et plonge sa louche dans le potage fumant pour les servir. Babar, qu'on n'entend jamais d'habitude, se lance dans des compliments dithyrambiques.

« C'est à sa soupe qu'on juge la femme », appuie Bénichou qui veut faire le malin. Un regard mitrailleur du père lui fait plonger le nez dans son assiette, tandis que Baber affiche un sourire idiot. Je m'empresse de détourner la conversation en évoquant la grand-mère de l'Ardèche. À son époque, il y avait toujours de la soupe prête dans le chaudron suspendu au-dessus du feu à un crochet de la crémaillère. À tous ceux qui passaient son seuil, elle en offrait un bol, et ceux qui vivent encore se souviennent de son goût incomparable. Boubou approuve et nous parle des talents culinaires de sa mamée à lui. Nous voilà partis dans un panégyrique de la soupe à travers les âges, ce qui ne nous empêche pas de reprendre une seconde assiettée, jusqu'à racler la casserole. Le rôti de porc, dûment piqué d'ail, mijote dans la cocotte sur un lit de flageolets. Pressés de le déguster, les garçons se disputent pour savoir qui le découpera, mais Boubou, en tant que chef de famille, s'octroie ce privilège, tandis que Bénichou débouche les bouteilles de vin comme s'il s'agissait de canettes de Coca-Cola. C'est un métier qui donne soif, explique-t-il en remplissant les verres à ras bord. Le bien-être nous envahit et nous rions d'un rien, bêtement heureux.

« Il vaut mieux nous charger que nous nourrir », constate ironiquement Babar en frottant d'un morceau de pain le fond de la cocotte, jusqu'à parfaitement la nettoyer. Mon gros « campagne » que je croyais faire durer toute la semaine disparaît définitivement en compagnie du fromage. À présent, repus, ils sont légèrement rouges et somnolents, peu empressés à reprendre le travail.

Je sors la corbeille de fruits et tous préfèrent une mandarine. Leurs grosses mains se font délicates pour éplucher la peau fine et détacher les quartiers. L'odeur acidulée pique le nez. Baber offre la moitié de son fruit à Viviane, assise à côté de lui. Elle hésite une seconde avant de le prendre avec un air sérieux comme s'il s'agissait d'un engagement.

Hurlant, les chiens se jettent contre la porte. Que se passe-t-il, nous n'avons rien entendu ! Mais déjà, ils remuent la queue, ayant reconnu une présence aimée. La porte s'ouvre sur la frimousse adorable de Sophie qui, tel un cabri, bondit dans les bras de sa mère. Derrière elle apparaît François, qui a un mouvement de recul en nous découvrant si nombreux. Il se ressaisit et avance.

« Bonjour tout le monde. »

Tenant Sophie à califourchon sur ses hanches, Viviane, livide, balbutie :

« Qu'est-ce que tu viens faire ? Vous ne deviez pas rentrer avant la fin de la semaine !

— Ta fille se languissait de toi. C'est elle qui a voulu te rejoindre. »

Il s'approche de Viviane, essayant maladroitement de l'embrasser, mais elle se détourne et il n'effleure que son oreille.

Le silence tombe sur nous comme un seau d'eau froide. François ne peut pas ne pas percevoir ce malaise, et il reste indécis, ne sachant s'il doit serrer la main à chacun ou s'asseoir sans rien dire. Prise de pitié, je viens à son secours, le prenant par le bras pour le présenter à la famille Balthazar. Je veux le mettre à l'aise et j'en fais deux fois trop, excessivement volubile, donnant des explications confuses comme si je devais me disculper de la présence de ces maçons chez moi. Sophie nous sauve en attirant toute l'attention sur elle. D'abord elle fait ses commentaires sur la tenue « super-sensass » de sa mère : ce pantalon lézard et ce pull aux lamas sont « déments », lui plaisent un « max » ! Ensuite, elle raconte leur séjour à la neige où il n'y avait pas beaucoup de neige, sauf là-haut, très haut, très haut, au pic d'Allos, où ils sont montés un jour en télécabine pour manger au restaurant d'altitude. Elle n'a presque pas pu skier, elle qui aurait voulu remporter son chamois d'argent, mais elle s'est bien amusée quand même car elle a fait du patinage.

« Si tu m'avais vue, mamie ! Je sais faire des huit sur la glace ! Papa m'a photographiée, tu verras ! »

Viviane prépare le café. Fébrile, elle se hâte mais ne peut maîtriser le tremblement de ses mains ; elle renverse la mouture fine qui saupoudre la table. Le rouge envahit son visage, elle fait la moue comme une enfant prête à pleurer.

« Ce n'est pas grave », se permet d'intervenir Baber.

« Oh ! toi, ça va ! » rétorque-t-elle avec une fureur disproportionnée.

Sophie, qui s'est assise à la place de sa mère, regarde, ahurie, ce jeune homme traité avec tant de familiarité. Baber, gêné, tente d'en rire. Il prend la fillette à témoin :

« Tu vois, le café, rien qu'à le humer, ça énerve ! »

Mais Sophie ne rit pas. Intuitive, elle fronce les sourcils et demande :

« Dis, maman, tu n'es pas contente que nous soyons venus avec papa ?

— Mais si, bien sûr que si, ma puce, qu'est-ce que tu t'imagines ? »

François est assis à côté de sa fille, et Viviane reçoit en plein cœur l'image de l'enfant serrée entre son mari et son amant. Son regard va de l'un à l'autre. Comment le timide François, bedonnant et presque chauve, pourrait-il se défendre contre ce bel insolent, d'allure intrépide, au sourire conquérant, aux yeux de velours ?

Moi qui suis en face d'eux, je surprends le message tacite de Baber, sa promesse d'amour et volupté qui la fera femme comblée ; de l'autre côté, je vois l'air suppliant de François, implorant pardon, pitoyable comme un chien qui mendie une caresse ; au milieu, il y a Sophie, inquiète, pressentant le danger qui la menace.

Sachant que tout se noue autour de la petite fille, Baber se penche vers elle, l'entourant d'un bras affectueux :

« Veux-tu, ma jolie poupée, que je te fasse monter sur le toit pour toucher le ciel du bout de tes doigts ? »

Rien ne pourrait plus tenter Sophie la téméraire qui, en vrai casse-cou, adore se vanter, auprès de ses copines, des risques qu'elle a bravés. Son visage rosit de plaisir, elle interroge, ne pouvant y croire :

« Vraiment ?

— Oui, vrai de vrai, et je te montrerai aussi l'endroit, à l'angle des deux toits, où une hirondelle, l'année dernière, a bâti son nid. »

Ravie, Sophie se tourne vers sa maman, quêtant son approbation. Mais Viviane n'a rien de la mère qui couve béatement sa progéniture ; elle ne souhaite que le succès de Baber et désire que Sophie, tout comme elle, soit séduite par le charme du jeune homme. Sophie, déjà petite femme sensible, détecte sur le visage anxieux de sa maman, un sentiment qui n'a rien de maternel. Désemparée, elle se tourne vers son père et découvre avec effroi son air si malheureux. Spontanément, elle jette ses bras autour de son cou et se blottit sur ses genoux.

Sans quitter sa femme des yeux, François serre sa fille contre lui, et Viviane, le cœur chaviré, les contemple, se mordant les lèvres au sang, consciente à présent de l'enjeu de son choix.

Chacun retient son souffle. Rien n'a été dit, tout est compris !

Paraissant indifférent, Boubou est resté les coudes appuyés sur la table, le nez penché sur son assiette vide. Pourtant, pas un regard, pas un soupir n'a échappé à sa perspicacité et c'est d'une voix soulagée qu'il rompt le silence :

« Alors, on le boit ce café ? C'est pas le tout, mais le boulot ne se fera pas sans nous ! »

Viviane s'empresse de remplir les tasses. Elle pose la boîte de sucre sur la table. Les maçons se servent copieusement : ce n'est jamais assez doux pour eux. Ils repoussent leur chaise, raclant le sol, et ce remue-ménage remet la paix en place. Au moment de franchir la porte, Baber se retourne, espérant un signe, mais Viviane refuse de le voir, voulant sourire à sa fille malgré cette douleur atroce qui lui brûle la gorge.

Là-haut, sur le toit, la radio branchée à plein volume rythme le travail. La grue oscille, la poulie grince ; c'est Bénichou qui dirige la mécanique pour hisser la palette de tuiles neuves. Il jure comme un charretier à chaque fausse manœuvre. Ses deux frères se moquent de lui, le pressent de se dépêcher. Plus loin, on entend le ronron de la bétonnière.

Viviane débarrasse la table. Maladroite, elle entrechoque les assiettes, rattrape de justesse un verre, laisse tomber des couverts. J'interviens :

« Laisse donc ça tranquille et allez vous balader avec François pendant qu'il fait bon. Je ferai la vaisselle à mon aise, je n'ai pas mieux à faire. »

Sophie saute à pieds joints :

« Oh oui, maman ! Allons jusqu'aux chemin des Deux Aygues, je voudrais revoir les ânes. Nous emporterons quelques pommes et ils viendront manger dans ma main. »

François reste silencieux, mais je sais qu'il appelle de tout son cœur, et Viviane ne peut pas ignorer la souffrance de son attente. Avec efforts, elle avale, en plusieurs fois, cette boule qui l'étouffe. La voix déformée par l'enrouement, elle articule péniblement :

« Bonne idée, allons nous promener. »

Elle dénoue son tablier et me le tend. Je le prends et, au passage, lui serre légèrement les doigts. D'un battement de cils, elle me répond que ça ira, qu'elle aura le courage !

Sophie s'impatiente. Où sont les pommes ? Et puis, il lui faut un sac pour les mettre dedans. Peut-elle emmener les chiens ? Elle promet de les tenir en laisse !

Par-dessus toute cette agitation, Viviane et François joignent leur regard et cela suffit pour que l'amour les relie d'un fil ténu, si fin, si fragile, à peine perceptible, mais qui pourrait renouer la trame du bonheur.

Seule dans la cuisine, j'effectue, sans y penser, les gestes de la ménagère. Je lave, je rince, j'égoutte, j'essuie, je passe le balai, je range chaque chose à sa place. La pièce est propre et en ordre. Je me sens bien. Ce qui doit être fait a été fait.

Un peu plus tard, Boubou monte me dire au revoir. Ce soir, ils auront fini mon toit. Suis-je contente ? Oui, certainement, mais cela signifie qu'ils ne seront plus là pour remplir de cris et de vie cette grande maison, et je redoute soudain que leur absence fasse resurgir les démons de ma solitude. Attentive aux autres, j'avais oublié de m'écouter, et cela avait chassé ma tristesse.

«Je viendrai vous faire visite», promet Boubou à qui n'échappe pas cette ombre de déception et qui, en séducteur impénitent, s'imagine sans doute en être la cause. Néanmoins, je lui sais gré. J'ai appris à l'apprécier, ce rude gaillard au cœur tendre, et son amabilité pour moi ne m'est pas indifférente. Dans ses yeux je me suis vue femme. Il a restauré mon toit qui en avait grand besoin, mais, par ses égards et ses attentions, il a aussi restauré ma féminité et je m'aperçois que je m'en porte mieux.

La nuit tombe lorsque les enfants reviennent. Sophie traîne les pieds, épuisée. Ils ont fait un si grand tour ! Viviane m'annonce :

« Je rentre à la maison avec François, mais si tu veux, nous te laissons Sophie jusqu'à la fin des vacances. Jean pourrait venir la reprendre dimanche ? »

Sophie a le sourire triomphant de celle qui ne doute pas de mon assentiment. La joie me donne un coup de chaud par tout le corps.

« Vous n'allez pas partir tout de suite ? Ne voulez-vous pas souper ici ?

— Non, nous nous arrêterons à Barjac où nous connaissons un bon petit restaurant.

— Ils veulent rester en amoureux ! proclame Sophie, malicieuse.

— Je vais préparer mes affaires, veux-tu venir m'aider ? » m'invite Viviane.

Ensemble, nous rangeons dans son sac de voyage ses quelques vêtements. C'est vite fait. Elle se penche et tire la fermeture éclair comme on tire un trait.

« Voilà, c'est fini ! »

Elle se redresse et nous sommes face à face, tendues de tant d'émotion refoulée. J'ouvre les bras et elle s'y jette. Elle est plus grande que moi et doit baisser la tête pour m'embrasser. Contre le mien, je sens son cœur qui bat trop fort. Sans relâcher son étreinte, elle me murmure à l'oreille :

« Je suis contente d'être venue… merci maman. »

Dans l'obscurité complice, ni François ni Sophie ne remarquent nos yeux rougis, ou alors, ils font semblant avec beaucoup de sagesse. Je tiens ma petite-fille par la main et nous accompagnons du regard, jusqu'au tournant de la route, la voiture qui emporte Viviane et François, un couple que l'amour de leur enfant a peut-être réconcilié.

VI

À l'écoute

AVEC SOPHIE, pas de repliement sur soi-même possible. Je dois être telle qu'elle me veut : joyeuse, pleine d'entrain, toujours emballée pour partager ses jeux. J'incarne pour elle la constance et le savoir car, jusqu'à présent, je suis disponible et j'ai réponse à tout. Souvent, avouons-le, j'invente pour l'épater ! Elle veut tout connaître sur ceux qui nous ont précédés dans cette maison de l'Ardèche comme dans celle de Provence, et personne mieux que moi ne peut la mettre en relation avec nos ancêtres qui ont laissé la marque de leur vie à travers les murs bâtis, les outils conservés, les meubles patinés par les ans, et surtout les actes notariés soigneusement rangés dans l'armoire. Ni les souris, ni l'humidité n'ont dégradé ces parchemins où l'écriture appliquée d'un clerc notifie ces événements essentiels d'une existence de paysan : l'acquisition de biens, le contrat de mariage et la transmission du patrimoine. Depuis trois cents ans, dans cette maison, la même famille se maintient. Ce n'est pas sans luttes âpres, sans haines fraternelles, sans rancœurs, mais c'est aussi avec du bon sens, de la patience, des sacrifices et de l'amour.

Quand je raconte à Sophie le roman de ses aïeules, je me garde bien d'une pauvre vérité réduite à mes connaissances réelles, mais j'en fais des héroïnes exceptionnelles de courage et de passion. Ce ne sont pas de belles princesses de légende, ce sont de rudes paysannes, les pieds solidement plantés dans leurs sabots. J'essaye de donner à ma petite-fille l'exemple de femmes hors du commun afin qu'elle soit soumise à leur influence bénéfique.

Évidemment, après, sous peine de la décevoir, je ne peux pas me prétendre vieille ou fatiguée, me plaindre de douleurs ou rhumatismes ! Avec moi, et j'en suis très fière, elle ose partir à l'aventure, souvent à l'insu de ses parents qui n'approuveraient pas notre témérité.

Aujourd'hui donc, il faut sortir les vélos de la cave, les dépoussiérer, regonfler les pneus, préparer le panier de pique-nique et s'élancer vers une destination, à chaque fois plus aventureuse.

En ce début mars, la terre chaude, gorgée de pluies, exhale une odeur forte de musc. Dans les prés, pâquerettes et pissenlits éclosent par milliers. Sur les arbres encore dépouillés, les bourgeons gonflés suintent de sève. Les oiseaux piaillent, le cœur en fête, annonçant la résurrection prochaine.

Escortées par Marmotte et Fripon, exubérants de joie, nous descendons en roue libre sur le chemin qui mène à la rivière. Les pins s'ébrouent au gré d'un souffle de vent, et se délestent d'une nuée dorée de pollen qui retombe, vaporeuse, s'accrochant au rayon de soleil qui troue la forêt. À mi-chemin, nous faisons halte à la croix des moines. D'ici, nous surplombons la Beaume, coulée d'argent partageant les montagnes en deux versants, celui de l'ombre et celui de la lumière. D'un méandre à l'autre, l'eau vive scintille de mille écailles frétillantes ou s'enfonce dans le noir d'un miroir sans tain. Répercuté par les roches, le feulement de la rivière monte jusqu'à nous. Cri de possession de l'eau sur la terre qu'elle fertilise d'alluvions.

Depuis toujours, à chaque balade, nous nous sommes arrêtés ici pour admirer le paysage, mais cette fois je suis heureuse de m'y reposer un instant sans devoir le demander, car j'aurais honte de faiblir devant Sophie. Appuyée contre un arbre rugueux, je contemple la vallée jusqu'à ce que mon cœur reprenne un rythme normal. Alors seulement, je perçois le silence insolite. D'habitude, Sophie ne tient pas en place, s'impatiente, questionne ou jacasse, mais là, elle reste assise toute menue, serrant ses jambes repliées entre ses bras, le menton posé sur ses genoux, les yeux pleins de mélancolie.

Oh ! Ma petite chérie, quel chagrin te ronge toi aussi ? Mais quand ses yeux rencontrent les miens, elle les baisse pour ne pas répondre à ma question.

Nous reprenons nos bicyclettes et parvenons au rivage. Telle une nef de navire, un énorme rocher surplombe et éperonne la rivière. Il fend le flot tumultueux qui s'y brise, l'éclaboussant de gerbes de gouttelettes. L'érosion a poli la pierre d'une douceur de chair. Sophie s'y couche à plat ventre, tendant les mains pour recevoir ces embruns. Prudemment, je m'assois derrière elle, admirant ce déchaînement grandiose. Dire qu'en été, nous cherchons pendant des kilomètres un coin assez profond pour nous baigner ! La rivière est devenue un canyon sauvage, charriant des troncs d'arbres. Parfois, heurtant un obstacle, ils se dressent droits, dans une ultime tentative de résistance, avant d'être emportés dans un vertigineux tourbillon. Élargissant son lit, la Beaume a envahi les berges, et les aunes, les pieds dans l'eau, s'inclinent avec coquetterie pour mirer leur ramure à la recherche des prémices de leur feuillage. Marmotte, adorant l'eau, avance précautionneusement sans prendre le risque de perdre patte. Elle boit à grandes lampées. Depuis la rive, Fripon, très inquiet, aboie des mises en garde.

Les yeux fermés, je m'offre au soleil, me laissant pénétrer par sa chaleur. Le mugissement de l'eau résonne en moi comme une symphonie fantastique. Je ne songe à rien, je suis une pierre, chaude et douce, au sein de la rivière.

« Mamie, tu sais, mon amie Christine… ? »

Arrachée à ma torpeur, je reviens douloureusement à moi.

« Oui, quoi ton amie Christine ?

— Eh bien, ses parents vont divorcer et elle va partir vivre avec sa maman. »

Voilà, j'en suis sûre, le sujet qui troublait ma Sophie. Comme on retient tout mouvement pour inciter l'oiseau à s'approcher sans crainte, j'attends, silencieuse, que l'enfant me livre le fond de sa pensée.

« Dis, mamie, sa maman, elle a le droit d'empêcher Christine de voir son papa ? »

Je frémis, comprenant l'angoisse de ma petite-fille qui redoute de subir aussi ce partage insupportable des pauvres enfants, ballottés d'un parent à l'autre, otages de l'affection, victimes du chantage.

« Non, ma chérie, personne ne peut retenir Christine d'aller chez son père si elle le désire.

— Mais si sa maman s'en va loin, loin, dans un autre pays ?

— Elle pourra revenir pour les vacances.

— Elle est trop petite pour voyager seule et si sa maman ne veut pas l'accompagner, elle ne pourra pas rejoindre son papa.

— Ne t'en fais pas, on grandit très vite à votre âge, et si on garde très fort l'amour dans son cœur, on réussit forcément à vaincre tous les obstacles. »

Sophie s'est assise en tailleur, face à moi. Elle fait le dos rond, soupire en contemplant le bout de ses doigts, visiblement peu convaincue. Sans me regarder, d'une voix altérée par l'appréhension, elle ose enfin avouer son vrai tourment.

« Si maman quittait papa, je les détesterais autant l'un que l'autre et je ne voudrais plus jamais les voir. Je viendrai vivre chez toi !

— Petite nigaude, qu'est-ce que tu t'imagines ? Tu sais, parfois, les grandes personnes se disputent comme des enfants, mais ce n'est pas si grave que ça. Quand des parents ont une adorable petite fille comme toi qui les prend ensemble par la main, ils sont tellement heureux qu'ils ne se séparent jamais.

— Tu en es sûre, mamie ?

— Sûre et certaine ! Cela dit, tu peux quand même venir chez moi aussi souvent que tu le voudras. Et à présent, si nous mangions notre pique-nique ? Je meurs de faim ; pas toi ? »

Se relevant précipitamment, Sophie entreprend une danse du scalp autour de moi. Notre espace sur le rocher est un peu précaire et, redoutant la glissade, je préfère me réfugier en haut de la berge où nous avons abandonné les bicyclettes. Nous vidons les sacoches et dévorons nos provisions avec un appétit de loup, tout en partageant équitablement avec nos toutous. Sophie a retrouvé sa volubilité et ne peut me laisser en paix, même pas le temps d'une courte sieste.

Je décide de repartir en passant par Joyeuse. C'est plus long mais la route est bonne et monte ensuite en douceur vers Planilhac. Suivant la corniche nous longeons la Beaume et, à chaque tournant, la rivière nous dévoile un aspect nouveau. En cette saison, les touristes n'ont pas encore envahi les criques, profanant l'enchantement des lieux sauvages par l'indécente exhibition de leur laideur. Nous pédalons tranquillement, nullement importunées par le trafic. Pourtant, après un virage, nous découvrons plusieurs bicyclettes, chargées de bagages, abandonnées pêle-mêle sur le talus. Entendant des cris stridents, nous posons pied à terre et, intriguées, nous nous penchons pardessus le parapet. Une bande de jeunes gens, filles et garçons, entièrement nus, se risquent dans l'eau glacée, sautant et se trémoussant pour braver la rapidité du courant. Je reconnais là l'intrépidité de la jeunesse allemande. Sophie en reste bouche bée de stupeur. Elle n'a jamais vu de naturistes et ne sait si elle peut en rire ou doit s'en indigner. Ils nous ont aperçues et, nullement gênés, nous font de grands gestes joyeux. J'agite le bras pour les saluer mais Sophie me tire en arrière dans un mouvement de honte.

« T'as pas vu ? Ils sont tout nus ! C'est pas permis ça !

— Et alors ? Ce n'est pas méchant, ils sont jeunes et beaux, encore des enfants qui s'amusent.

— Ah, non ! Ils ne sont pas beaux, ils ont des poils !

— Cela ne doit pas te choquer, c'est la nature. »

Sophie fait une moue dégoûtée mais coule encore un regard fasciné vers les éphèbes. Je comprends qu'elle découvre la réalité des corps sexués et en est troublée. Ce serait le moment opportun pour faire son éducation, mais la pudeur me retient et je me contente de feindre le détachement.

Cependant, des images dansent leur folle sarabande dans ma tête. Je me souviens avec émoi de nos jeux quand nous étions jeunes et insatiables de nous caresser mutuellement, allongés sur les galets d'une plage, dissimulés aux regards par les branches d'un saule pleureur. Brûlants de soleil, nous nous jetions à l'eau, poursuivant nos étreintes sous une cascade. Dans notre nudité, nous nous sentions lisses comme des poissons, et l'onde glissant sur notre peau excitait encore davantage notre désir. Plus tard, avons-nous pu donner l'illusion d'être des parents respectables, nous qui étions restés des amants fous ? L'âge ne nous a pas assagis et nos corps vieillissants se sont cherchés avec une ardeur renforcée de tendresse.

Soudain, au creux de mon ventre, je sens ce feu que je croyais à jamais éteint. Est-ce possible ? La vue de ces jeunes, si bien faits pour l'amour, a réveillé en moi cette faim que je voulais avoir perdue avec toi.

Nous poursuivons notre chemin, chacune perdue dans ses pensées sans pouvoir en parler. À Joyeuse, je passe à la boutique de la presse pour acheter quelques journaux. Je vis comme une sauvage, je ne connais même plus les nouvelles. Sophie choisit des cartes postales pour envoyer à ses copines. Elle glousse devant une vue de la Beaume où elle croit reconnaître l'endroit de la baignade. Une légère tape sur l'épaule me fait retourner : c'est Agnès, la fille de Justine.

« Oh, Agnès ! Qu'est-ce que tu fais là, tu es venue aux commissions ?

— Vous n'êtes pas au courant, madame Marie, pour le père ? »

Un frémissement me glace de la tête aux pieds. Qu'y a-t-il que je ne sais pas et qui doit être dramatique ?

« On a été obligé de le mettre à l'hospice car la maman est à l'hôpital.

— Mais depuis quand ? Pourquoi ? Ça n'allait pas plus mal pourtant ! »

Un amer remords m'envahit. Comment ai-je pu ne rien remarquer lors de mes brèves visites chez eux ? Je n'étais préoccupée que de mon toit et Justine s'y intéressait sans me parler de sa maladie. Viviane lui avait trouvé très bonne mine et, avec une égoïste insouciance, j'avais éloigné de mon esprit toute inquiétude concernant l'état de ma vieille amie.

« Elle est tombée bien bas et, depuis huit jours, les docteurs lui tentent une chimio, mais… y a pas guère d'espoir !

— Et ton père, qu'est-ce qu'il en dit ?

— Peuchère, il ne sait plus où il est et il réclame que la maman vienne le chercher. Ça fait peine, allez !

— Est-ce que je peux aller le voir ?

— Oui, mais que je vous prévienne : il vous connaîtra peut-être pas. C'est tout embrouillé dans sa pauvre tête. »

J'hésite un instant à cause de Sophie. N'est-elle pas trop jeune pour supporter le spectacle de ces vieillards désespérés, attendant d'improbables visites ? Cependant je ne crois pas qu'on doive épargner aux enfants la connaissance de la fin de vie. Elle fait partie des cycles de notre existence au même titre que la naissance et doit être appréhendée avec sérénité comme un passage naturel. Sophie, très décidée, veut aller voir Gustave tout de suite. Nous attachons les chiens aux vélos pour qu'ils se gardent mutuellement.

L'hospice, situé tout en haut dans la vieille ville, est un bâtiment immense, d'allure prestigieuse, datant de l'époque glorieuse des ducs de Joyeuse. Dès que l'on franchit l'imposante porte en noyer sculpté, on quitte le domaine historique pour se retrouver dans le milieu hospitalier. La chaleur forcée développe les odeurs mêlées de soupe aigre, d'urine et de désinfectant. Alignés sur une rangée de chaises, une dizaine de vieillards guettent chaque arrivant sans que sur leurs visages hébétés ne se manifeste le moindre intérêt. Ils oscillent, déséquilibrés par les difformités de leurs corps. De temps en temps, passant dans le couloir, une infirmière gironde les remet d'aplomb, les uns après les autres, comme on relèverait des quilles. Je veux les saluer, leur sourire pour leur rendre leur identité d'hommes et de femmes, mais je n'éveille dans leurs yeux larmoyants qu'une pauvre lueur de peur vite effacée par la stupeur. Sophie s'accroche à ma main mais ne se détourne pas, partagée entre l'horreur et la curiosité.

Des chambres proviennent des plaintes lancinantes, des cris de bêtes, des appels au secours harcelants. Sans s'émouvoir, le personnel vaque à ses occupations, poussant les chariots tintinnabulants, interpellant les malades à tue-tête dans un langage infantile. Je m'égare dans ce dédale, cherchant vainement à reconnaître Gustave parmi ces pauvres hères, entortillés tels des momies dans leurs draps, enfermés derrière les barrières relevées des lits chromés. Une fille de salle m'accompagne jusqu'à lui. Il est de dos, assis dans un fauteuil roulant, tourné vers la fenêtre à la vitre dépolie.

« On a dû l'attacher car il tombait », me prévient-elle.

Je me précipite. Une sangle à la poitrine, une autre à la taille le ceinturent au fauteuil ; même les bras sont liés aux accoudoirs. Mais sa tête dodeline et, de sa bouche ouverte, un filet de bave mouille son menton. L'arcade sourcilière recouverte d'un sparadrap, la pommette tuméfiée témoignent de sa chute récente. Je m'agenouille pour être à sa hauteur.

« Gustave, m'entendez-vous, me reconnaissez-vous ? Je suis Marie, la veuve de Richard, votre voisine de Planilhac ! »

Il dort et ronfle, éructant un gargouillis qui semble l'étouffer. Je ne sais que faire. Est-ce charitable de le réveiller ? Cela ne risque-t-il pas de raviver son chagrin d'être abandonné ici ?

« De grâce, laissez-le dormir, qu'il me foute la paix ! »

Alors seulement, je remarque le voisin de lit. Il n'a pas l'air gâteux celui-là. Sa jambe plâtrée est maintenue en extension par une poulie.

« Excusez-moi, je ne vous avais pas vu.

— Il n'y a pas de mal, ne vous excusez pas. On voit bien que c'est la première fois que vous venez, vous n'avez pas l'habitude ; au début ça impressionne, après on s'y fait. Pire, on ne pense qu'à soi et on ne supporte plus les autres. Le Gus, il m'emmerde car il crie toute la nuit, mais j'ai pitié car je sais qu'il ne sortira jamais d'ici, sauf entre quatre planches. Tandis que moi je suis costaud et je retournerai bientôt à ma grange… dès que cette guibolle sera réparée. »

À défaut de pouvoir parler avec Gustave, j'écoute son voisin qui m'explique par le menu toutes les péripéties de son accident survenu alors qu'il taillait le platane de sa cour. Évidemment, il n'est plus tout jeune mais il se sentait capable de le faire et, ce qui l'embête le plus dans l'affaire, c'est que le platane n'est pas fini de tailler et que sa tronçonneuse doit s'être bousillée dans la chute !

Il est intarissable et je dois prétexter notre trajet de retour jusque chez nous pour m'arracher à son bavardage. Avant de partir, je me penche sur Gustave pour l'embrasser longuement. Sophie également pose un rapide bisous sur sa joue. Il ne réagit pas. Au moment où nous franchissons la porte de sa chambre, nous entendons soudain sa voix éraillée mais forte :

« Tu seras brave, Marie, de donner bien le bonjour à tous les voisins. Je lui dirai à ma Justine que tu es venue. »

Je reviens sur mes pas mais, déjà, Gustave a replongé dans sa prostration.

En sortant de l'établissement, nous poussons simultanément un gros soupir pour exhaler cet oppressant sentiment de découragement qui nous a envahies. Notre bonne volonté est impuissante devant l'inéluctable déchéance de la sénilité. Pour chasser cette mauvaise impression, j'invite Sophie à boire quelque chose à la terrasse du bistrot, à côté de la pâtisserie où nous choisissons d'abord deux gâteaux délicieux et quelques biscuits pour récompenser les chiens de leur patience. Le soleil a baissé, il fait frisquet et un bon chocolat chaud nous réconforte. Il faut se décider à reprendre les vélos, mais à présent la fatigue se fait sentir et nous traînons encore un peu à notre table d'où nous observons les nombreux clients qui entrent et sortent du bureau de tabac en face.

C'est Sophie qui, la première, le remarque :

« Tiens ! Regarde ! Voilà Boubou. »

Son exclamation peu discrète le fait se retourner. Nous apercevant, il vient vers nous, le sourire radieux. Je l'invite à prendre un verre de bière, et il nous questionne sur notre journée.

« Mais alors, vous êtes à vélo ? Vous n'allez pas retourner maintenant à Planilhac, vous arriveriez à nuit noire. Je vais charger vos engins dans la camionnette et vous monterez avec moi dans la cabine. »

Je tente sans grande conviction de refuser « Non, ce n'est pas la peine, on ne voudrait pas vous déranger », mais Sophie manifeste un tel enthousiasme que je me laisse aisément circonvenir, d'autant plus volontiers que je me sens les jambes en flanelle après cette pause. Les vélos et les chiens dûment attachés à l'arrière, nous nous installons, à l'avant, sur la banquette défoncée. Boubou doit d'abord passer par la cave de Rosières pour faire remplir ses bonbonnes de vin, puis par Largentière pour passer quelques commandes au marchand de matériaux. Le soir est complètement tombé lorsque nous attaquons la côte de Planilhac à travers bois. Sophie s'est endormie, la tête appuyée sur mes genoux.

Le clair de lune aidant, je redoute que Boubou n'en profite pour donner un tour romantique à la conversation. Alors je lui raconte notre visite à l'hospice et m'attriste sur le sort des vieux couples séparés par la maladie. Il hausse les épaules :

« C'est le bout de la vie et ils ne sont pas à plaindre puisqu'ils ont eu la plus belle part ensemble. Les vieux qui s'aiment, moi ça me fait grincer des dents d'aigreur. C'est pas juste que certains soient heureux... et d'autres pas ! C'est plus offensant que le manque d'argent. Vous ne pouvez pas savoir, Marie, comme c'est humiliant le manque d'amour. Cela rend méchant ! Ne croyez pas que je vous dise cela en pensant à ma femme : elle m'a quitté mais elle n'avait peut-être pas tous les torts car j'ai été dur avec elle. Je n'avais pas confiance, j'exigeais trop d'elle et lui refusais tout. Je me vengeais sur elle de ce que ma mère ne m'a pas aimé. C'est terrible n'est ce pas ? C'était plus fort que moi.

Ma mère, voyez-vous, c'était mon idole. Mon père est mort d'une cirrhose quand j'avais à peine quatorze ans. J'ai commencé à travailler tout de suite car je voulais le remplacer auprès de ma mère pour la protéger, pour qu'elle ait tout ce qu'il lui faut, pour qu'elle soit heureuse grâce à moi. J'étais béjaune ! Ma mère, elle n'avait pas attendu la mort de mon père pour avoir un jules, et moi, qui ressemblais tellement à son mari, elle me méprisait comme elle l'avait méprisé. Un jour de fête — je m'en souviendrai ma vie durant —, nous étions nombreux à table, elle s'est gaussée de moi devant tout le monde. J'avais la honte ! Je me suis exclamé :

"Mais qu'est-ce que je t'ai fait que tu m'en veuilles comme ça ?"

Elle m'a répondu, devant tous ces gens qui riaient :

"Tu m'as fait que tu as poussé dans mon ventre quand je ne te voulais pas, fils d'ivrogne !"

Elle a même ajouté : "J'ai tout essayé pour te faire sauter mais je n'ai pas pu, tu étais trop bien accroché !" »

Nous sommes arrivés devant la maison et Boubou a stoppé le moteur. Le silence est total et je n'entends que la respiration saccadée de cet homme blessé qui tente de dissimuler sa souffrance.

Doucement, je demande :

« Et vous l'aimez quand même ?

— Je l'ai haïe et j'aurais voulu la tuer. Je me suis mis à boire pour me détruire, pour lui donner raison de me détester, j'ai fait les pires bêtises, j'ai même été en prison. Plus tard, son jules l'a plaquée, elle était seule, j'ai eu pitié, je l'ai prise avec moi. Depuis, je m'occupe d'elle, je veux la forcer à m'aimer mais j'attends toujours qu'elle me le dise et je sais qu'elle ne me le dira jamais. Elle n'a aimé que ma sœur et celle-là s'est taillée dès qu'elle a pu pour ne jamais revenir.

Mais je vous ennuie, Marie, avec mes histoires. Je ne sais pas pourquoi je vous ai raconté cela car c'est mon secret. Je n'en ai parlé à personne auparavant. Qu'allez-vous penser de moi maintenant ?

— Que vous êtes un homme bien ! Chacun porte une croix et ce n'est pas celui qui la brandit haut qui a la plus lourde. Je vous remercie de cette confidence qui témoigne de votre confiance. »

Malgré la nuit, je distingue le geste de Boubou pour effleurer ma joue. Je m'y attendais, je ne veux pas ! Depuis un moment, je tiens ma main serrée sur la poignée. Un déclic et la portière s'ouvre. Ce mouvement réveille Sophie ainsi que les chiens qui se mettent à gémir pour qu'on les libère.

J'ai rompu à temps le charme dangereux. Il faut que je me méfie de moi-même ! Je ne succomberai pas à la tentation d'être sa consolatrice. J'ai hâte qu'il s'en aille, je ne supporte plus sa présence attentionnée et ne le remercie même pas quand il descend les bicyclettes. Sophie se pend à son cou pour l'embrasser. Je ne jette qu'un bref « Bonsoir » et pars, sans me retourner. Je sens dans mon dos son regard d'incompréhension. Il me croyait peut-être conquise, je lui échappe.

J'appelle Sophie avec impatience :

« Allons, viens vite, il est tard ! »

Je referme le portail et pousse le verrou, dressant l'oreille pour écouter le bruit du moteur qui redémarre. Mais non, Boubou n'est pas pressé : il attend encore un signe, il espère que je vais l'inviter.

Il ne va pas attendre toute la nuit ?

L'exaspération me met hors de moi et je crie après les chiens qui sont dans mes jambes, après Sophie qui lambine au lieu d'aller se laver, après le feu qui ne veut pas prendre malgré mes grands coups de soufflet. Les chiens se réfugient sous la table, Sophie s'esquive dans la salle de bain, la flamme craintive vacille et s'éteint.

Enfin ! J'entends la camionnette qui s'éloigne.

Je m'astreins au calme, je dégarnis mon tas de bois mal disposé et je reconstruis mon foyer à partir de trois pommes de pin. Saisissant le *bouffadou*, cette longue canne creuse, très lentement, je souffle sur la faible braise rougeoyante d'où renaît la flamme maigrelette qui s'étire, s'allonge sur les *pignes*, les enrobe et soudain les embrase dans un joyeux crépitement. Le contentement me rassérène. Une à une je pose mes bûches en faisceau et le feu glouton s'en empare, se gonflant d'une bonne chaleur. Sophie revient en peignoir de bain, les cheveux mouillés. Je l'assieds sur mes genoux pour lui frotter la tête énergiquement, la faisant rire. Les chiens se rapprochent, confiants, voulant partager notre amusement. Nous soupons de pain et de fromage, au cantou de la cheminée, trop fatiguées pour un vrai repas.

Quand la petite s'est endormie, je m'installe au coin du feu, rêveuse.

Une main d'homme qui se tend vers ma joue, et moi qui fuis si brusquement…

Cette colère injuste, tout à l'heure, je ne l'ai pas ressentie contre Boubou mais contre moi-même qui ai tant de mal à refouler ce désir de caresse qui me taraude depuis ce matin. Mon corps est réveillé par le printemps comme celui de n'importe quel animal et ma raison ne peut dominer mon instinct. Je suis à un tournant, pas si loin de la vieillesse repoussante, et je me rebelle : je veux goûter encore à ces saveurs de la vie qui font de nous des êtres de chair brûlante.

N'est-il pas déjà trop tard ?

Toi et moi, qui nous sommes connus jeunes et avons mûri ensemble, nous avons aimé nos corps sans en remarquer l'usure, mais devant un autre, n'aurai-je pas honte de me montrer nue ? Oui, assurément ! De plus, pourrai-je me laisser toucher par un autre homme sans éprouver de la répugnance pour lui et le regret de toi, mon seul amant ?

J'ai su me tenir avec dignité dans le chagrin, je ne vais pas me laisser aller maintenant en assouvissant une pulsion organique avec n'importe qui, sans amour, juste pour calmer la bête folle qui est en moi ! Je suis de la génération des fidèles.

Fidèle jusqu'à la mort et au-delà !

Quelle stupidité : comment savoir tant qu'on n'a pas été confronté à la tentation ? Si on ne meurt pas de chagrin sur le coup, la vie vous pousse à aimer à nouveau.

Je ricane. Ce qui me retiendra plus sûrement que la bienséance morale, c'est le sens du ridicule. Je ne vais pas me donner en spectacle et perdre la considération de mes enfants car ils ne me pardonneraient jamais de briser l'image du couple indéfectible de leurs parents.

Je me couche tard mais ne trouve pas le sommeil. Tant de sentiments contradictoires s'affrontent en moi.

À quoi bon lutter ?

Je cède et laisse mes mains donner le plaisir que mon ventre exige. J'oublie tout. Je dors enfin.

À l'aube, un gazouillis insolite me tire du sommeil.

Qu'est-ce ?

Encore endormie, je mets un certain temps avant de reconnaître le chant d'une hirondelle. Elle est revenue d'un long voyage, cette fidèle locataire de ma vieille maison, et elle siffle sa joie de retrouver le nid où elle est née. Je me lève d'un bond et, pieds nus, m'approche de la porte. Lorgnant par une fente entre les deux planches, je la vois, perchée sur le vieux nid sous l'arceau, si petite chose, gonflant son jabot blanc sous la jaquette noire. Elle a dû m'entendre et s'est tue. Elle tourne et penche la tête pour observer la porte de son œil minuscule. Rassurée, elle redresse le bec et lance un long trille perçant qui résonne comme un hymne. Plus loin, une autre lui répond et elle s'envole à tire-d'aile.

Immobile, malgré le froid des pierres qui me glace les pieds, je reste derrière ma porte, le cœur gros d'une émotion qui est reconnaissance.

Merci, chères hirondelles, de votre retour qui me donne confiance en la vie qui doit continuer.

VII

Regrets

JEAN EST LÀ et je ne peux m'empêcher de lui reprocher sa si longue absence.

« S'il n'y avait pas eu la petite à venir chercher, tu ne serais pas venu ?

— Mais maman, nous nous téléphonons tous les jours ! Cela ne te suffit donc pas ? Quand tu as voulu t'installer ici, tu savais bien que je ne pouvais pas monter souvent. J'ai du travail par-dessus la tête, je ne m'en sors pas. Hamed, mon Marocain, a eu la grippe et est resté quinze jours en arrêt maladie. Ça ne m'a pas avancé ! Les pêchers vont fleurir et la taille n'est pas encore terminée. Il paraît que son cousin Abdellah viendra donner la main pour rattraper le temps perdu. S'il fait l'affaire, je le garderai pour la récolte car j'ai besoin de trouver du personnel. Je ne peux pas être partout ! Tu ne te rends pas compte de la vie que je mène.

— Ne t'énerves pas. Tu sais que chaque année c'est la même chose : c'est d'abord la panique et finalement tout s'arrange.

—Avant il y avait papa et maintenant je dois prendre toutes les décisions seul. Je ne suis pas sûr de ne pas me tromper et la moindre erreur peut faire perdre la récolte. Il y en a qui ne se priveraient pas de rigoler en disant : “Le petit Jean, sans son père, il est nul !”

—Ne le prends pas comme cela ! Tu t'en sors très bien, tu réussiras et tu leur claqueras le bec à tous ces jaloux qui ne sont capables que de critiquer.

—Bah ! Je voudrais que tu voies juste, mais il y a des moments où c'est dur. Ceux de mon âge, ils se la coulent douce, vivant chez leurs parents avec des indemnités de chômage ou de revenu minimum. Ils viennent me voir, les mains dans les poches, le sourire narquois, pour me proposer de les accompagner en boîte, ou à la mer, ou au restaurant. Et moi, je suis si crevé que je ne pense qu'à aller me coucher ! Tu crois que c'est une vie pour un jeune comme moi ? Tu voudrais que je me marie, mais où vais-je dégoter une fille qui acceptera de devenir paysanne ? De toutes façons, ce n'est pas au milieu des champs que je risque d'en rencontrer une ! Ça me fout le bourdon quand je rentre chez moi, le soir après une journée de travail, et que je me retrouve seul comme un con. Il y a du désordre partout, ça me fait chier mais je suis trop fatigué pour faire le ménage. Je file un plat de surgelé dans le micro-onde et je bouffe au lit en regardant la télé, sans personne à qui parler.

Alors, si j'ai un peu de liberté, ne me demande pas de venir dans ton bled perdu d'Ardèche. Moi, les beaux paysages, je m'en fous ! J'ai besoin de voir du monde, de m'éclater, de danser, de baiser une garce, sinon, je deviens dingue ! Tu peux comprendre ? »

Oui, je peux comprendre et je m'en veux d'avoir imposé notre choix à Jean. Nous avons été si heureux et fiers de travailler la terre fertile. Ce métier, Richard l'a ressenti comme un sacerdoce et je l'ai aidé à bâtir la propriété comme une œuvre sacrée.

À Planilhac, nos anciens, dont on vante tant la sagesse, ont poussé les jeunes à quitter l'Ardèche pour échapper à la misère et nous avons honoré leur mémoire en prouvant qu'ils avaient bien fait. Là-bas, dans la vallée du Rhône, les terres reçues, les terres achetées, les terres maigres, les terres grasses, parcelle après parcelle, nous les avons arrachées à la friche ou aux marais, de haute lutte. Sans écouter nos douleurs, sans plaindre notre peine, nous les avons labourées, amendées, plantées. Nous les avons aimées. Nous avons été orgueilleux de transmettre à notre fils un patrimoine créé à la force de deux générations qui ont trimé pour améliorer encore et encore leur condition.

Et, aujourd'hui, ce cadeau somptueux est un enfer pour notre enfant ?

Ce qui le fait tenir, c'est seulement le regard des autres : il craint leurs sarcasmes et redoute d'être dénigré par comparaison avec son père !

Nos terres, il ne les aime pas !

Je revois le grand-père d'ici, assis sur ce madrier qui lui servait de banc. De ses mains déformées par les rhumatismes, il roulait maladroitement une cigarette. Richard venait me présenter. J'avais vingt ans, j'étais étrangère, je venais d'un plat pays et je m'extasiais :

« Que c'est beau ces montagnes ! »

Le vieux a levé sur moi ses yeux bleus, ternis par la cataracte, et m'a répondu, fâché :

« Cré nom de Dieu ! À quoi ça sert que ce soit beau si on y crève ? Je me suis cassé le dos à relever les pierres pour retenir une terre ingrate, mais je me suis bien gardé de retenir mes fils. Je ne voulais pas qu'ils pâtissent comme j'ai pâti. Après moi, tout s'en retournera aux ronces et ça ne mérite pas mieux. »

Richard a senti le désespoir caché derrière cette colère et il lui a promis que la terre aride de Planilhac, il l'aimerait comme celle du bord du Rhône, et qu'il en prendrait soin tout autant. Il a fait comme il a dit. Il a travaillé avec piété par respect du labeur de ceux qui l'ont précédé. Le papé l'a traité de *fada*, mais, avant de mourir, il a fait venir le notaire pour désigner Richard son légataire universel.

À présent, notre fils rejette tout dans un même dégoût.

Nous nous sommes assis sur le banc que j'ai installé sous le tilleul. Je suis accablée et cherche en vain une réponse. Jean s'est laissé aller contre le dossier; sourcils froncés, il fixe le massif montagneux qui se découpe distinctement au loin. Les abeilles butinent les romarins qui fleurissent déjà. Leur bruissement dans l'air léger exalte le silence. Jean s'étire avec un grand soupir, puis il rabat son bras sur mon épaule et m'attire contre lui, appuyant sa joue râpeuse sur mon front.

« Ma petite mère, ne fais pas attention aux sottises que j'ai dites. Tu as raison, c'est rudement beau ici et ça fait du bien à l'âme. Tu sais, j'étais de mauvais poil car j'ai rencontré une jeune fille qui me plaît et je sens que je ne lui déplais pas. Pourtant, elle ne veut pas de moi. Mon métier lui fait peur. Elle dit que c'est le bagne et qu'elle, elle veut profiter de la vie. Ça me fout les boules rien que d'y penser ! Je n'ai aucune envie de rester vieux garçon.

— Ne t'en fais pas mon grand, si elle est vraiment amoureuse, elle changera d'avis. À toi de lui montrer les bons côtés de la vie à la terre. Fais-la-moi connaître et je lui raconterai combien j'ai été heureuse de partager le travail de mon mari.

— Tu es capable de la convaincre. Je te l'amènerai… si elle accepte de venir, car je suis persuadé que tu lui fous la trouille. Je parle tellement de toi qu'elle est très impressionnée.

— Fais attention ! Rien de pire pour une jeune femme que d'être comparée à la mère, ce monument de perfection inégalable. C'est le meilleur moyen pour créer d'emblée une animosité irréconciliable. Allez, viens mon chéri, nous allons faire le tour de la propriété pour nous dégourdir les jambes. »

Jean garde son bras appuyé sur moi et nous marchons nonchalamment, goûtant l'air au parfum enivrant de résine. Je suis rassurée, protégée par mon grand garçon. J'aime que l'âge ait inversé nos rôles en conservant notre tendre complicité. Il me demande de lui désigner les limites des parcelles, le nom des voisins de terre. Il s'étonne :

« Alors tout ça est à nous ?

— Oui, et bien plus encore ! »

Nous descendons tout doucement jusqu'au creux du vallon, là où les bois font place aux prés dont l'herbe tendre, déjà un peu montée, ondoie de reflets de velours absinthe sous la caresse du vent.

Il est impressionné. Pouvoir se dire que le soleil se lève et se couche sur ses terres, cela donne de l'importance à un homme. Il s'étonne : pourquoi les anciens ont-ils quitté ce pays pour chercher fortune ailleurs ?

Je lui explique : la guerre qui décima la jeunesse, brisant brutalement tout essor, l'éloignement des centres économiques qui freina l'expansion agricole, et une misère latente qui poussa ces paysans vers des contrées prospères. Les plus courageux partirent avec leur seule volonté comme bagage, comme le père de Richard, et ils réussirent à se forger une belle situation sous d'autres cieux.

Mais on ne s'extirpe pas les racines du cœur si facilement. Nostalgie et regret ont reconduit là-haut certains de ces exilés dès qu'ils eurent un peu plus de moyens pour entretenir une résidence secondaire. Ils rendent vie aux maisons délaissées, transforment le pré en gazon, plantent des arbres d'ornement et des fleurs… comme moi ! Ceux qui, sans espoir de retour, ont vendu leurs biens à des étrangers sont amputés d'une partie de leur sève, et ils souffrent.

Cependant, les vieilles demeures orphelines séduisent souvent des malades de la ville qui rêvent d'un retour à la terre.

Au début, ces néo-ruraux, plein d'enthousiasme et d'illusions, défrichent les faÿsses envahies par les ronces, remontent les murs écroulés, tentent de cultiver ce sol caillouteux. Bien peu persévèrent au-delà de la première récolte si décevante. À présent, ici, on ne demande plus à la terre de nourrir son homme. On se satisfait de sa seule beauté pour apaiser son esprit malmené par le stress dû à l'activité forcenée.

Voici la nouvelle vocation de ce pays abandonné par les agriculteurs. Les paysages superbes, le soleil généreux, attirent les citadins avides de se ressourcer au contact de la nature. Vêtus de tenues bariolées, ils arpentent les chemins de randonnée. Ils ne font pas de la marche, ils font du *trekking* : ça, c'est un mot branché, qui fait plus chic. En réalité, ils ont remplacé les troupeaux de chèvres et, dans les anciennes fermes joliment restaurées, des pseudo-paysans les hébergent dans les anciennes bergeries aménagées pour eux. Dans les magnaneries, transformées en salles d'auberge, on les nourrit de produits du terroir à la table d'hôte. C'est drôlement plus rentable que d'élever des vers à soie en les nourrissant de feuilles de mûrier.

« Maman, tu es cynique !

—Non, loin de moi l'idée de mépriser cette économie des loisirs. Grâce à elle, ce pays, ruiné après le déclin de l'industrie séricicole, se relève d'une situation désastreuse et connaît à nouveau la prospérité.

C'est une leçon, mon fils. La roue tourne inlassablement et il faut savoir changer d'orientation si on ne veut pas aller vers une impasse.

—Tu ne t'imagines pas que je vais venir ici pour me reconvertir en aubergiste ?

—Certes non, et je ne le souhaite pas car cela en serait fini de notre belle tranquillité ! Mais tu sais que tu as cette possibilité, comme une corde de plus à ton arc.

—Si je lâche la vallée du Rhône, ce sera pour me retirer en tant qu'ermite au fond du bois et me consacrer à la méditation. Ce n'est pas demain la veille ! Maintenant, dis-moi où est ma nièce que je suis censé ramener à ses parents ? Depuis deux heures que je suis arrivé, je ne l'ai même pas entrevue.

— Sophie s'est trouvé des copains dans le quartier. Des petits Parisiens et des Belges, en vacances, eux aussi, chez leurs grands-parents. Soit elle n'est pas là, soit elle est accompagnée de toute la bande. Je me réjouis que la maison convienne si bien au plaisir des enfants. Ils cavalcadent à travers les pièces, découvrant des cachettes formidables de la cave au grenier. Mais entends-tu ces hurlements de Sioux là-bas ? Ils arrivent de la grangette où ils aiment se réunir pour de mystérieux conciliabules. La faim les fait revenir car c'est l'heure du goûter et tu vas voir l'appétit qu'ils ont. Il ne faut pas leur en promettre ! »

En effet, ils déboulent tous ensemble du haut du chemin. Apercevant son oncle, Sophie s'élance et se jette dans ses bras, s'agrippant à lui comme un petit singe. Les autres s'arrêtent, surpris, un peu gênés devant cet inconnu, mais cela ne dure qu'un instant. Déjà ils me précèdent dans la maison et prennent place à table. Je sors le beurre et la confiture, coupe les tranches de pain, mets le lait à chauffer pour y touiller le chocolat. Sophie ne se sépare pas de Jean. Elle se blottit contre lui, passe un bras autour de son cou. Elle l'aime comme une petite fille peut aimer un beau jeune homme pas encore très éloigné de l'enfance. Flattée de l'attention affectueuse que Jean lui témoigne, elle se pavane, sûre de rendre jalouse les copines. Quand, rassasiés, les enfants se lèvent pour partir, Sophie refuse avec dédain de se joindre à eux. Plus rien ne compte que son tonton adoré. Vexés, les mômes la traitent de lâcheuse et lui renvoient son mépris. Chamailleries de gosses pour des vanités qui augurent des disputes d'adultes, aussi futiles.

Déjà, Jean ne tient plus en place. Ce n'est pas un contemplatif ! Le soleil se couchant derrière la montagne ou le jeu des flammes dans la cheminée ne le fascinent pas longtemps. Il rêve de sorties, de se mêler au monde, dans le bruit et la musique. Il nous invite au restaurant et Sophie, la sauvageonne, saute de joie et veut se faire belle pour l'occasion. Elle a découvert dans le tiroir de la desserte un ruban de satin qui dut emballer un œuf de Pâques. Il faut que je la coiffe en le lui nouant dans les cheveux. Amusée par sa coquetterie candide, je m'applique à démêler ses mèches en bataille. Prenant patience, Jean lit un vieux journal en attendant. La télé remplit l'espace d'images dansantes et de rengaines rabâchées.

Les chiens qui dormaient, épuisés d'avoir suivi les enfants dans leurs jeux, se réveillent en sursaut et aboient furieusement en entendant *toquer* à la porte. Jean ouvre, son journal à la main, et reste interloqué devant Boubou, pas moins surpris, brandissant un bouquet de fleurs. Le spectacle est comique et je me mords les joues pour ne pas pouffer de rire car, irrésistiblement, la chanson de Jacques Brel me trotte dans la tête : « Avec mon p'tit bouquet j'avais l'air d'un c… ma mère… »

Sophie échappe à mes mains pour se jeter au cou de Boubou qui lui donne les fleurs. Voilà qui nous sauve d'une situation ridicule ! Je présente mon fils au maçon qui s'excuse de déranger. Il ne savait pas que nous étions en famille, il n'a pas vu la voiture garée derrière la maison, sinon il ne se serait pas avancé. Je le crois sur parole car le visage buté de Jean en dit long sur les sentiments que lui inspire ce type et son bouquet de charme. J'ai pitié de son embarras et je l'invite à entrer pour prendre l'apéritif, mais il refuse, bafouillant un faux prétexte. Jean, qui n'a pas encore prononcé un mot, s'empresse d'annoncer que, de toutes façons, ce n'est pas le bon moment car nous nous apprêtions à sortir. Sophie intervient : elle voudrait que Boubou vienne au restaurant avec nous, mais il s'esquive adroitement et je ne le retiens pas, consciente de l'hostilité de Jean.

Je mets les fleurs dans une cruche. C'est un joli bouquet composé. Heureusement qu'il n'a pas offert une douzaine de roses rouges ! J'aurais été très compromise. À nouveau, le rire me chatouille la gorge, mais l'air renfrogné de mon fils m'oblige à garder mon sérieux. Tout en reprenant la coiffure de Sophie, je réprimande Jean :

« Tu n'as pas été aimable avec monsieur Balthazar.

— Ce crétin qui s'imagine qu'il peut te faire la cour ?

— Tu exagères ! C'était juste une bonne manière. Il a plus de savoir-vivre que toi ! Ton attitude m'a mise mal à l'aise. Il y a encore des travaux à exécuter dans cette maison et je dois rester en bons termes avec les artisans.

— Tu ne me feras pas gober qu'il s'agit de relations professionnelles ! Ton Boubou, il a autre chose en tête, et ça, je ne peux pas le tolérer.

— Ma parole, tu es jaloux ?

— Non, pas du tout, mais je casserai volontiers la gueule au premier type qui osera s'approcher de toi. »

Une bouffée d'indignation m'échauffe le sang. Les joues me brûlent. De quoi se mêle-t-il, ce blanc-bec ? Ma vie m'appartient, je fais ce que je veux, il ne va pas me dicter ma conduite !

Sous le choc, je suffoque, ne trouvant rien à rétorquer.

Un immense éclat de rire de Sophie brise la colère qui s'est arquée entre nous deux.

« T'as raison, tonton, Boubou c'est l'amoureux de mamie. Mais, le pauvre, il est malheureux car elle ne l'aimera jamais ! »

Ahuris, nous la regardons comme un oracle.

« D'où sais-tu ça, petit lutin ?

— Je le sais, parce que mamie, elle n'aime que nous ! »

Voilà la fameuse vérité qui sort de la bouche des enfants. Un pincement au cœur me signifie brièvement que mon sort est tout tracé, je dois rester dévolue à la famille *ad vitam éternam*. Si j'avais le moindre doute, je peux le chasser avec certitude : je n'existe pas en tant que femme, je dois être exclusivement LA MÈRE, et SAINTE de préférence ! Cependant, aussitôt, la tendresse m'envahit. Je souris à Jean qui guette ma réaction avec un air contrit. Je lui suis reconnaissante de son amour possessif. J'y puise ma force. Rien n'égalera cet attachement presque incestueux qui nous unit depuis le premier jour de sa naissance. Il est ce Richard dont j'aurais voulu être la mère autant que j'ai été l'amante ou parfois la fille, car il est vrai qu'une épouse est appelée à remplir tous ces rôles auprès de son mari.

J'ai natté le ruban dans la tresse que je relève et attache avec un petit nœud. Ravie, Sophie monte sur une chaise et se tortille pour admirer sa coiffure dans le miroir. Jean nous presse : « Ces femmes, ce n'est jamais prêt ! » Vite, je me poudre les joues d'un coup de *blush* et vaporise un peu de laque pour lisser mon chignon. Les chiens, devinant qu'ils ne sont pas de la partie, boudent ostensiblement. Nous irons manger une pizza à Largentière, dans ce petit restaurant où il y a aussi de si bons desserts. Nous avons l'esprit léger. C'est la fête !

Le lendemain, ils partent et je retrouve ma solitude sans que cela m'attriste. Ils reviendront aux vacances de Pâques. Au silence insolite qui se heurte au vide, je devine que dans les maisons voisines les enfants se sont également envolés. Une pluie fine lave doucement les arbres et les prés. Un voile de bruine réduit mon horizon à la route luisante qui sépare mon champ de celui d'en face. Je chausse mes bottes. Marmotte et Fripon m'observent, les muscles frémissants, n'attendant qu'un mot pour s'élancer.

« On y va ?

— Wouah ! »

Ils foncent, les pattes arrières devançant les oreilles, puis ils reviennent, agitant la queue, la gueule ouverte, la truffe en l'air, l'œil rieur. Tel un ballon, Fripon rebondit autour de moi. Marmotte, retrouvant l'ambiance des départs à la chasse avec son maître, pousse son museau contre mes jambes pour me faire marcher plus vite. Sous l'averse, la terre rouge du chemin luit d'un vernis glissant. Ayant fait éclater la coque duveteuse des bourgeons, le feuillage diaphane, encore fripé, se déroule pour se gonfler de l'eau nourricière.

J'offre mon visage levé vers le ciel pour recevoir cet ondoiement purificateur. Je hume à plein nez cette chaude odeur fermentée de terre et de bois mouillé. Je vais mieux. La douleur est supportable, je n'ai plus à me forcer au courage pour la cacher. Je ne suis plus cette femme déchiquetée par la déflagration du deuil brutal. Je vis, même si je suis recousue de centaines de morceaux rassemblés autour de ce noyau insécable qui est toi en moi. Toutes ces cicatrices étirent des fils sensibles et, parfois, une fulguration me transperce. Mais je n'ai pas le temps de gémir qu'elle est déjà passée, me laissant au cœur la chaleur d'un souffle d'amour. Je ne te reproche plus ton absence puisque je prétends que tu existes en moi par mon sang, par ma respiration. Ce printemps qui témoigne de l'éternelle résurrection, je le reçois et le prends en communion avec toi. Je me surprends à te parler; je voulais te raconter la jalousie de notre fils, mais les mots s'éteignent sur mes lèvres.

Tu n'es pas là. Tu ne me répondras jamais plus. Je me leurre. Je suis seule.

D'ici je surplombe la vallée. À cause de la pluie grise, je ne discerne rien du massif du Tanargue qui se dresse depuis le fond de la rivière.

Un cor de chasse sonne en contrebas. À quelques tournants du chemin en dessous de moi, je distingue les chasseurs, le fusil appuyé sur le bras, qui scrutent les fourrés du ravin. Un sanglier a été repéré. Cent aboiements zigzaguent à travers les buissons épineux. Le tintamarre des grelots carillonnants situe précisément leur position.

Les hommes crient: «Par ici, par là, à moi, à toi».

Des coups de feu claquent. L'écho les renvoie en ricochets d'un vallon à l'autre jusqu'à ce qu'ils s'éteignent dans un murmure pas plus sonore qu'une flatulence. Des clochettes, on n'entend plus que de rares tintements dispersés.

« Tu l'as eu ?

— Non, il court, les chiens ont perdu la piste. Sonne-les. Il doit être passé sur l'autre versant. »

Longuement, le cor beugle encore pour rappeler la meute. Je me détends, soulagée que l'animal traqué leur ait échappé, oubliant que j'avais tant rouspété en m'apercevant des dégâts causés par la harde dans mes châtaigniers ! Il est vrai que j'avais aussi admiré chez ces bêtes d'apparence grossière, leur délicatesse pour sortir les fruits, non seulement de leur bogue épineuse, mais également de la mince écorce brune, afin de déguster mes châtaignes en fins gourmets.

Ayant récupéré leurs chiens, les chasseurs remontent dans leurs voitures en toute hâte et foncent pour tenter de prendre le cochon noir à contre-pied. Tenant Fripon dans mes bras et Marmotte solidement attachée à sa laisse, je me réfugie sur le côté et les regarde passer, roulant à fond, sans égards pour leur véhicule malmené sur ce chemin boueux, défoncé d'ornières profondes. Certains me reconnaissent et, surpris de me voir là, ébauchent un geste de la main pour me saluer. Je leur réponds d'un sourire. Ils ne s'arrêteront pas, trop pressés de poursuivre la chasse, excités par le désir de tuer. À l'arrière de chaque camionnette, des chiens fous, la gueule pleine d'écume, se tordent le cou pour invectiver Marmotte qui, s'étranglant de rage, n'est pas en reste d'injures canines. Il faut un long moment, après leur passage, pour que les ondes grondantes et trépidantes se dispersent, pour que la forêt tremblante s'apaise et que les oiseaux, oubliant leur terreur, reprennent leur chant à la gloire de la nature.

En revenant chez moi, je m'aperçois que les premières tulipes fleurissent. Je ne les avais pas vues sortir de terre ! Elles n'ont pas eu besoin de mon attention ! La jeune vie qui se pousse irrésistiblement en avant piétine l'œuvre morte, l'enfouissant profondément pour en nourrir ses racines en un cycle éternel de recommencement. Il faut que le grain de blé pourrisse pour que germe l'épis !

Végétaux, bêtes ou humains, tous subissent la même loi que la nature impose.

Me voilà bien philosophe. Où est passée ma révolte ? Suis-je vraiment capable d'accepter ? Mes pensées vont vers Justine, là-bas, sur son lit d'hôpital. Qu'attend-elle ? Espérance ou résignation ? J'ai peur d'aller la voir, peur de ne pouvoir cacher ma peur. Cependant, il faut que j'y aille. Elle n'aurait pas hésité à partager mon attente, à m'apporter le réconfort de sa présence aimante. Et moi, avec toute ma philosophie, n'aurais-je pas assez de simplicité pour lui tenir la main un instant ? C'est décidé : aujourd'hui j'y vais !

*

* *

Sur le gigantesque parking de l'hôpital, je tourne en rond à la recherche d'une place libre et dois me garer très loin de l'entrée. On se croirait sur un parc d'attractions ! Impatients, ceux qui se plaignent de ne pas voir passer le temps se hâtent vers ce rendez-vous avec ceux pour qui, cloués sur leur lit de souffrance, le temps n'en finit plus de passer. Un bouquet, un paquet à la main, les visiteurs pressent le pas, sachant que chaque minute compte pour celui qui les attend, redoutant parfois d'arriver trop tard.

La sirène du SAMU arrête le cours de la circulation : place ! place ! Faites place à la vie !

Dans un *flash*, je nous revois, Jean et moi, suivant cette ambulance qui t'emportait, roulant à tombeau ouvert. C'est bien le mot qui convient, car je savais l'absurdité de cette tentative en laquelle Jean voulait croire contre l'évidence que j'avais déjà admise.

Ici, tant d'espoir de rémission accompagne la douleur, ici, plus que partout ailleurs, le désir de vivre l'emporte sur l'abandon à la mort et, dès l'arrivée, malgré l'odeur entêtante de désinfectant, on ne pense qu'à ce jour parfumé de soleil où l'on sortira guéri pour une convalescence bienheureuse.

Dans le couloir infiniment long, je rencontre un brancardier poussant le lit d'un patient en direction de la salle d'opération. Je m'appuie contre le mur pour les laisser passer. Un instant mon regard croise celui de ce malade inconnu et il m'adresse un clin d'œil roublard : il a plus d'un tour dans son sac, il va faire voir de quel bois il se chauffe, la camarde ne l'aura pas !

Mais moi je sais que la mort fourbe est là, rôdant comme une voleuse, prête à se saisir de sa proie en profitant d'un moment d'inattention. Plus j'approche, plus l'angoisse m'oppresse. Je transpire et je grelotte. Ma bouche est sèche, ma gorge serrée. Mes jambes me portent à peine. Quand je franchis la porte de la chambre de Justine, je voudrais presque apprendre que tout est fini afin de ne pas devoir composer ce masque qui se veut enjoué et qui n'est que mensonge.

Sur l'oreiller, sa tête se tourne imperceptiblement vers moi. Dans son visage rétréci, ses yeux noirs sont immenses. Sans cheveux, sans dentier, le corps ratatiné, elle a l'air d'un vieux bébé. Je ne la reconnais pas et interroge depuis le seuil : « Justine ? »

Elle me sourit.

« Bonjour Marie. C'est gentil à vous de venir, mais il ne fallait pas vous déranger. »

Retenant mon souffle, je m'approche sur la pointe des pieds. Je ne sais comment faire. Elle a l'air si fragile que je n'ose même pas l'embrasser. Je voudrais lui prendre la main, mais je retiens mon geste car ses deux bras sont transpercés par des tuyaux reliés aux perfusions et je redoute de débrancher cette machinerie de survie. D'autres sondes plantées dans son corps rejoignent des bocaux accrochés au lit. Je dois paraître effarée malgré ma résolution d'apporter du réconfort car c'est Justine qui s'inquiète de moi :

« Je ne suis pas belle à voir, n'est-ce pas ? Ne vous frappez pas, je ne suis pas à plaindre car je ne souffre pas et tout le monde ici est tellement gentil pour moi. Je n'ai jamais été autant gâtée. Mais vous, comment allez-vous ? Je sais que vous avez beaucoup de courage mais, parfois, ce doit être difficile et je ne vous oublie pas dans mes prières. »

Je hoche la tête comme un automate, incapable de proférer un son. Les larmes perlent de mes yeux, les unes derrière les autres, sans que rien ne puisse les empêcher de sourdre. Je les sens rouler le long de mon nez et je les vois tomber sur le drap blanc, formant une tache s'élargissant à quelques centimètres de la main violacée de Justine. Je hoquette :

« Comment pouvez-vous penser à moi alors que vous êtes… que vous êtes…

— Que je suis sur le point de mourir ? Mais Marie, ne le prenez pas tant à cœur ! C'est la vie, c'est comme ça, on n'y peut rien. Il faut finir un jour. Je n'aurai pas fait grand-chose de mon vivant mais j'aurai fait ce que j'ai pu. Il n'y a rien à regretter. Allez, Marie, remettez-vous, ce n'est pas si grave ! »

Maladroitement, évitant les tuyaux, je me penche pour l'embrasser, maudissant mes larmes qui mouillent ses joues. Je sens sa main qui se pose sur mon cou, me retenant près d'elle d'une pression si légère. Ce n'est pas pour s'accrocher à moi. C'est pour me consoler.

Je la quitte, sonnée comme un boxeur sortant d'un combat perdu. Je ne pleure plus, je n'ai plus conscience de rien et regagne ma voiture sans savoir comment. Comme moi, les visiteurs pressés à l'arrivée s'en retournent lentement, pensifs, ne pouvant plus justifier d'aucune hâte, d'aucune obligation urgente, ayant compris, l'espace d'un instant, que rien n'a d'importance hormis l'attention que l'on porte aux vivants.

Sans l'avoir décidé, je me retrouve au centre d'Aubenas. J'ai besoin de m'étourdir, voir du monde insouciant, me mêler à ces badauds qui flânent sur les trottoirs en regardant les vitrines de luxe. Déjà la mode de printemps est exposée sur d'élégants mannequins et mon regard est attiré par ces jolies futilités. Pourquoi ne pas me laisser tenter par ce coquet ensemble de jersey aux couleurs douces ? Je n'hésite pas longtemps et entre dans la boutique pour essayer quelques vêtements fluides. Il est si facile de changer d'humeur, de chasser le cafard à coups de frivolités. Un homme aurait été boire un cognac dans un bistrot, moi je m'achète un chiffon. C'est une façon de repousser le spectre de la mort, de se sentir « exister » à travers le plaisir immédiatement reçu.

Quelques jours plus tard, Bertou, le facteur, m'apprend la mort de Justine. Elle avait supplié qu'on la ramène chez elle.

Il n'y en avait plus pour longtemps, elle ne dérangerait guère !

Ensuite, elle a encore demandé à revoir son Gustave.

Ses enfants auraient décroché la lune pour lui faire plaisir ! Ils sont allés chercher le père à l'hospice et les garçons l'ont porté sur une chaise jusqu'auprès du lit de sa femme. Le pauvre vieux a-t-il compris que c'était la dernière fois ? Sans mots, sans baisers, Justine et Gustave se sont dit un « à Dieu » plein d'amour. Le soir même, Justine s'est éteinte sereinement. Gustave, sans résister, s'est laissé reconduire à l'hospice. Il ne reviendra plus chez lui que dans une caisse pour rejoindre son épouse au cimetière.

Le jour de l'enterrement, c'est le Vendredi saint. Devant l'église, sur la placette ensoleillée, tout le village attend. Le cortège approche. Derrière le cercueil, les enfants de Justine se tiennent serrés les uns contre les autres pour se soutenir mutuellement. L'émotion prend de plein fouet tous ceux qui sont là et qui ont tant partagé avec Justine. Les hommes, retirant leur casquette, baissent la tête, les femmes portent leur main à leurs lèvres tremblantes. Au moment où ils franchissent le porche, quittant l'éclatante lumière pour l'ombre fraîche de l'église, une jeune fille, la voix haute et claire, entonne le cantique :

« Comme à ton premier matin brillera le soleil, et les bras de Dieu s'ouvriront pour toi. »

Un peu rauque, l'assemblée répond, chantant en chœur :

« Sur le seuil de sa maison, notre Père t'attend. »

Je chante et je pleure comme tous, ressentant le bonheur de faire partie de cette communauté rassemblée autour de Justine par amour d'elle.

Sa fille désire lui rendre un dernier hommage et le curé l'invite à prendre la parole. Elle veut dire combien sa mère fut admirable, mais le texte longuement préparé tremble dans sa main, les lettres se brouillent devant ses yeux et les mots s'étouffent dans sa gorge. Dans l'attente, chacun retient son souffle. Sous les hautes voûtes, le silence suffocant est amplifié par la respiration saccadée d'Agnès qui lutte contre ses sanglots. Soudain, levant les yeux vers la clarté rayonnante perçant le vitrail, elle clame :

« Maman, à toi qui as toujours tout donné sans jamais rien demander, je veux te dire merci. »

Puis, comme si Justine était là, encore à l'écoute, un peu loin mais pas trop, quelque part en route pour le ciel, Agnès crie de toutes ses forces :

« Maman chérie, je t'aime ! »

Elle regagne sa place en chancelant. Dans le silence immobile et grave, on entend, au dehors, le gazouillis joyeux des oiseaux.

Près de la tombe disparaissant sous les fleurs, je prends Agnès dans mes bras.

« Tu as eu du courage. C'était beau, tu sais, ce que tu as dit pour ta mère ! »

Elle est en larmes mais elle sourit, radieuse.

« Je voulais tellement le faire et j'ai eu si peur de ne pas pouvoir parler tant j'avais envie de pleurer. De toute ma vie, je n'ai pas trouvé le moyen de lui dire combien je l'aimais. Maintenant, je suis contente, je suis sûre qu'elle m'a entendue ! »

Moi aussi, malgré la peine, je me sens bien. Tout être, durant son existence, a une tâche à remplir. Justine, en toute modestie, sans plus d'efforts que si elle préparait un semis de salades, a semé des graines d'amour. En chacun de nous, elles germent, nous rendant un peu meilleurs.

En sortant du petit cimetière, chacun s'essuie les yeux, se mouche sans chercher à cacher son émotion. Je me heurte presque au clan des Balthazar. Boubou m'attendait et il me propose de me reconduire chez moi en voiture. Son offre est une demande et je sais que je le déçois en refusant.

« Non, je préfère marcher. »

Il insiste, désire marcher avec moi, me tenir compagnie, mais je m'obstine.

« J'ai besoin de rester seule. »

Il renonce, dit qu'il me comprend. Ses yeux se font douceur d'agneau, son sourire est tendresse. Il s'était penché pour me parler ; maintenant il se redresse et son imposante stature me couvre d'une ombre protectrice. Il me tend la main :

« Au revoir, Marie. À un de ces jours, quand vous voudrez...

— Oui, merci Boubou. Au revoir ! »

Ferme, sa main retient la mienne sans que je m'en défende.

Je m'éloigne, un peu troublée. Cet homme m'impressionne et je sais que cette brûlure dans mon dos est le feu de son regard posé sur moi.

Je frémis. La vie est de chair, palpitante et chaude. Je ne suis pas encore une vieille femme résignée. Ce vide qui est en moi me fait mal : je désire le combler.

VIII

Mauvaise humeur

JE ME SENS EN ÉTAT DE GRÂCE et, malgré la tristesse, baignée d'un bonheur indéfinissable. Les cantiques résonnent encore dans ma tête et en revenant du cimetière je fredonne pour rythmer ma marche : « Tu es mon berger, ô Seigneur, rien ne saurait manquer où tu me conduis. »

En passant sous le porche voûté de la maison, un faible pépiement me fait lever la tête. Est-ce possible ? Oui, les premiers oisillons éclosent dans le nid des hirondelles ! La mère penche la tête pour me fixer d'un œil effaré, ébouriffant ses plumes, étendant les ailes pour protéger ces petites vies fragiles. Son amour est plus fort que sa peur, et cette évidence fait monter en moi une émotion incontrôlable. Je pleure sans retenue, sans comprendre cette tristesse qui me submerge devant ce miracle de la naissance.

La sonnerie du téléphone m'arrache à ce chagrin stupide. Évidemment j'arrive trop tard, déçue et inquiète. Cinq minutes plus tard, elle reprend, impérieuse. Je décroche avec appréhension. C'est Viviane.

« Où étais-tu encore ? Cela fait je ne sais combien de fois que j'essaye de t'appeler !

— Justine est morte, j'étais à son enterrement. »

Si j'espérais la surprendre et la peiner, c'est raté ! Viviane a d'autres soucis et elle me répond, désinvolte :

« Ça ne m'étonne pas ! Malade comme elle l'était, ce doit être une délivrance ! C'est mieux ainsi. Dis maman, si je t'appelle, c'est pour te prévenir que nous montons ce soir à Planilhac pour le week-end pascal. À propos, ça ne te dérange pas si nous amenons nos amis Hervé et Odile ? Tu sais, ceux dont nous avions fait la connaissance au restaurant, le 1er janvier. Tu te souviens ? Tu veux bien préparer les lits ? Il y aura aussi leur fille, et Sophie ne veut pas partager sa chambre avec elle. »

Que puis-je répondre si ce n'est oui ? Mon état de grâce s'est aplati comme une mise en plis sous la pluie. Je reste abasourdie, tiraillée entre la joie de revoir ma fille et la contrariété de la partager avec des étrangers dont je ne connais rien.

Allons madame, à vos balais, chassez le mouton ! Viviane, la fée du logis, serait outragée si la maison de sa mère n'apparaissait pas propre et nette au regard certainement critique de ses nouvelles relations chic. Les fenêtres grandes ouvertes, je balaie (jusque sous les lits), époussette, décroche les toiles d'araignées, choisis les draps en assortissant les parures. Ma mauvaise humeur me pousse à en faire plus que nécessaire. Je suis harassée par tant d'efforts. Des mèches folles me tombent dans la figure, je suis habillée comme un épouvantail, d'un vieux jean et d'un pull déformé. Tant pis, ils me prendront comme je suis, je n'ai pas l'intention de me mettre en frais pour eux.

Néanmoins, je prépare un souper sommaire et dresse la table. Une bouteille de bon vin suppléera à la frugalité des mets. Pour tempérer la fraîcheur de la soirée, j'allume un feu dans la cheminée et suis assez satisfaite de l'ambiance créée dans cette pièce rustique mais harmonieuse. Tout est parfait, sauf moi, mais je n'ai plus le temps de me changer. Ils vont arriver d'une minute à l'autre. J'attends, assise près de la fenêtre, surveillant la route qui s'estompe avec le jour qui fuit. Il se fait tard, la nuit efface le paysage. Mon impatience cède à l'inquiétude. À la première sonnerie du téléphone, je bondis. C'est Viviane, très enjouée :

« Tu ne nous attends pas, au moins ? Hervé ne voulait pas te déranger et il nous a invités dans un charmant petit restaurant. Nous arriverons un peu tard, ne t'inquiète pas et va te coucher. Nous nous débrouillerons très bien tous seuls et on se verra demain matin au p'tit déj. Allez, ciao, bisous, bonsoir ! »

Je n'ai pas eu l'occasion de placer un mot. Elle a raccroché me sachant certainement furieuse. Bien sûr que je ne vais pas les attendre et que je vais me coucher ! Bien sûr aussi que je ne peux pas m'endormir ! J'ai beau *zapper* d'une chaîne à l'autre, aucun programme de la petite télé portative que je garde dans ma chambre ne me distrait de mon exaspération.

Si tu étais là, je te dirais : « C'est bien ta fille ! » Mais voilà, je ne peux pas me défouler sur toi.

Je suis parfaitement éveillée quand ils débarquent de leurs voitures en prenant de ridicules précautions pour ne pas faire de bruit. Leurs « Chut, chut » sont sifflants comme des turbines. Qu'ont-ils besoins de lambiner dehors, de bavarder en chuchotant, de trébucher, de pouffer ?

Vlan ! Une portière qui claque et, aussitôt, la voix de Viviane, perçante :

« Tu ne peux pas faire attention, non ! Tu auras réveillé mamie. »

Ha ! Ha ! Ce doit être Sophie la gaffeuse. Cela me fait particulièrement plaisir. Ils doivent être confus et ils vont culpabiliser encore davantage en découvrant la table mise pour le souper. J'entends encore différentes allées et venues, les pleurnicheries de la petite fille, les aboiements aigus de Fripon qui n'accueille pas les étrangers avec affabilité. Enfin le silence s'appesantit sur la maison et je me calme. La porte de la chambre s'ouvre doucement et Sophie pointe le nez :

« Mamie, tu dors ou tu fais semblant ? Je peux venir coucher avec toi ? »

J'écarte les couvertures et elle saute d'un bond dans le lit, se blottissant contre moi.

« Oh, la, la, ma mamie chérie ! Que je me languissais de te revoir. »

Je fonds de reconnaissance pour ces mots d'amour et la serre dans mes bras en l'embrassant. Comme un chaton, douce et chaude, elle se roule en boule, lovée contre mon sein. Je n'ose plus bouger, écoutant son souffle régulier qui indique son sommeil.

Au réveil, je ne peux m'empêcher d'être grincheuse et c'est avec une réelle méchanceté que je me lève tôt pour signifier que je suis maîtresse chez moi et que j'entends bien m'imposer. Sans égards pour le sommeil des autres, je prépare mon déjeuner, allume la radio, ouvre les fenêtres, provoquant des courants d'air qui font claquer les portes. Je libère les chiens, sachant qu'ils feront une ronde de reconnaissance autour de la maison en aboyant avec la vigueur d'un clairon martial sonnant l'appel du matin. Les chiens des voisins répondent avec la même ardeur à réveiller un mort. Je descends mon plateau au jardin pour profiter du spectacle du soleil levant. Tant de beauté me remet l'âme d'aplomb, me réconcilie avec moi-même et les autres. Je trempe mes tartines dans le café en rêvassant, les coudes appuyés sur la table.

Bâillant, s'étirant, les cheveux en bataille, la mine chiffonnée, Viviane me rejoint et se laisse tomber sur le banc à côté de moi. Nous restons silencieuses. Elle n'ignore pas que je suis fâchée mais me connaît assez pour savoir que ça va me passer rapidement. Elle s'approche, prend un morceau de pain, emprunte ma cuillère pour se servir de confiture et mange avec des « miam, miam ! » d'enfant gourmand. Je ne peux retenir mon sourire. Ma fille sait comment s'y prendre pour m'amadouer. Je me tourne vers elle. Nous nous regardons et, sans explications, nous comprenons, éclatant de rire ensemble. Il y a eu l'ombre d'une dispute, il y a une franche réconciliation. Elle m'embrasse, d'un baiser collant de confiture, et je la contemple, le cœur gonflé de tendresse.

Alors seulement, dans la lumière crue du matin, je vois la pâleur de sa figure, les cernes profonds qui assombrissent ses yeux.

« Qu'y a-t-il ? Tu as l'air si fatiguée.

— Ça se voit tant que ça ? Tu es perspicace. Je ne voulais pas te le dire encore, mais puisqu'on ne peut rien te cacher, voilà : je suis enceinte ! »

Je m'efforce de paraître heureusement étonnée, mais j'ai beau faire, le soupçon doit se lire dans mon regard. Coupant court à mon interrogation, Viviane affirme :

« François est fou de joie ! Cet enfant naîtra à Noël ! »

Elle me fixe sans ciller, le visage dur, m'ordonnant d'oublier tout ce que je sais d'une aventure éphémère, dont il ne sera jamais question, comme si elle n'avait pas existé. L'enfant de Noël est celui de son mari : la date le prouve sans ambiguïté.

Je reprends mon souffle, lui souris. Je n'éprouve plus que de la joie pour cette naissance annoncée, cette promesse de bonheur.

Depuis le porche, l'amie Odile agite les bras, scrute l'horizon, visiblement à notre recherche. Vivement, ma fille pose un doigt sur ses lèvres :

« Motus ! Je ne l'ai dit à personne.

— Et Sophie ?

— Sophie non plus. C'est trop tôt, je lui dirai plus tard. »

À cause de cette confidence reçue, de ce secret partagé, je me sens complice. Malgré toutes nos divergences, un lien très fort nous unit.

Odile en pyjama, faisant assaut de savoir-vivre, me paraît encore plus ridicule que dans mon souvenir. J'essaye de la mettre à l'aise mais mon affabilité la décontenance complètement et elle s'englue dans des formules de politesse, mélangeant excuses et remerciements excessifs. Heureusement, François survient à propos pour rompre notre embarras. Aidé d'Hervé, il apporte le petit-déjeuner et tous s'installent sous le tilleul dont le tendre feuillage laisse passer plus de soleil qu'il ne donne d'ombre.

Des hurlements terrifiés rappellent à Odile que sa fille Stéphanie, dormant encore, est restée seule dans sa chambre. Tandis qu'elle monte, affolée, à l'étage, Sophie nous rejoint et sa nonchalance étudiée révèle qu'elle n'est peut-être pas étrangère aux terreurs de la fillette. Elle me grimace un clin d'œil entendu et affirme, pleine de dédain :

« Ce n'est qu'un bébé, elle a peur de tout !

— Qu'est-ce que tu lui as fais ?

— Rien ! Juste, j'ai voulu la réveiller en la chatouillant avec ça… »

« Ça » est un rat crevé, complètement desséché, que Sophie cachait derrière son dos et qu'elle agite, le tenant par le bout de la queue.

Au cri d'horreur de Viviane répond l'éclat de rire de Hervé. Tiens ! Il me devient sympathique celui-là !

Il défend que l'on gronde Sophie car, à son avis, c'est Stéphanie qui n'est qu'une mauviette et il voudrait la voir s'aguerrir. Évidemment, avec sa mère qui l'élève dans du coton, cette enfant est craintive et fragile. Cela lui fera le plus grand bien de fréquenter notre Sophie si délurée.

Quand la mère apparaît, portant sa fille accrochée à elle comme une moule à son rocher, nous comprenons, à son regard noir, qu'elle n'apprécie pas tellement nos façons.

Viviane prend son air le plus pincé pour exiger de Sophie qu'elle fasse des excuses. Effrontée, Sophie s'exécute immédiatement en brandissant l'affreuse charogne, ce qui fait hurler de plus belle la pauvre Stéphanie. Profitant du tumulte, Fripon, très excité, saute sur une chaise et, s'élançant d'un bond, arrache le rat de la main de Sophie. Puis il s'enfuit hors de portée pour le déguster en se pourléchant les babines.

L'objet de discorde ayant disparu, les bonnes relations se rétablissent et Viviane s'évertue à consoler la petite chérie en lui proposant des tartines à la confiture. Encore sous le choc, l'autre ne veut rien, n'aime rien et boude ostensiblement, se réfugiant sur les genoux d'Odile en suçant son pouce. C'est donc Sophie qui engloutit les tartines avec un joyeux appétit. Je ne peux m'empêcher de montrer ma satisfaction en croisant le regard de ma petite-fille quêtant mon approbation. Hervé s'est aperçu de notre échange et il m'adresse une mimique signifiant son accord tacite avec nous. Il s'abstient de contrarier ouvertement Odile quand il s'agit de son enfant car la moindre réflexion doit tourner à l'aigre. Viviane, qui a surpris notre manège, fronce le nez pour marquer son courroux avant de se pencher, suave, vers Odile, pour s'enquérir des goûts de la geignarde Stéphanie.

Comme à son habitude, François n'est intervenu en rien, se contentant de fixer distraitement l'horizon. Le « chéri » impératif de Viviane le rappelle parmi nous. Sa connaissance de la région est requise pour choisir un bon restaurant et un itinéraire de promenade. Guides gastronomiques et cartes routières sont étalés sur la table. Vu l'heure déjà avancée et la probable affluence pascale, il serait prudent de ne pas s'aventurer trop loin et de réserver au plus tôt. Près des Vans, dans le site du bois de Païolive, un relais-château avantageusement étoilé propose, en plus du menu époustouflant, sa terrasse avec vue panoramique sur le Chassezac et sa piscine creusée dans le roc. C'est exactement ce qui convient et, malgré les prix tout aussi époustouflants énoncés, Hervé, d'autorité, sort son portable pour y retenir une table. Tu parles d'une chance ! Il y a encore de la place, mais c'était (soi-disant) la dernière !

Odile devient gracieuse :

« Bien entendu, chère madame, vous êtes des nôtres ! »

Je retiens juste à temps mon exclamation de refus — Grands dieux, non, ce n'est pas mon style — pour prétendre, en remerciant poliment, que ma constitution délicate ne me permet pas d'écart alimentaire. Viviane relève les sourcils en accents circonflexes, mais Odile fait mine de compatir et n'insiste pas.

« Et moi je reste avec mamie », déclare Sophie, péremptoire, étonnée ensuite de ne pas rencontrer la moindre opposition. Sans espérer souhaiter son agrément, je propose à Stéphanie de rester également avec nous, mais elle me regarde avec effroi et, prise de panique, se cramponne encore plus au cou de sa mère.

Au moment de partir, Odile s'enquiert encore :

« Vraiment, chère madame, vous êtes sûre ? C'est si triste de manger seule ! »

J'étouffe un ricanement sarcastique. Je voudrais lui répondre qu'il vaut mieux être seule qu'en mauvaise compagnie ou encore que, moi, ayant une vie intérieure, je ne suis jamais seule, mais ce sont des réflexions prétentieuses qui ne démontrent que mon sale caractère. Cette pauvre Odile, si pétrie de convenances, a plus de gentillesse que je n'ai de charité. Je la félicite de son élégance, désignant d'évidence la citadine à la campagne, et j'assiste à leur embarquement dans le monospace haut de gamme du praticien en vogue.

Sophie a déjà disparu, probablement à la recherche de ses copains de vacances chez mes voisins. Effectivement, elle revient quelques instants plus tard, accompagnée de la bande, pour obtenir mon autorisation de pique-niquer tous ensemble à la grangette. Je leur donne ma bénédiction et, surtout, des provisions. Les bras chargés, ils détalent comme des lièvres, sans remercier, mais avec de tels cris de joie que ça vaut tout un manuel de bonnes manières.

Je soupire d'aise. À moi la paix et la tranquillité et, d'abord, la vaisselle du petit-déjeuner. Cela va de soi ! Je bougonne souvent contre les tâches ménagères, sans cesse à recommencer, mais en les accomplissant, j'éprouve toujours le plaisir de l'ouvrage bien fait. L'ordre dans la maison reflète celui de mon esprit. Je râle un bon coup contre les invités en m'apercevant qu'ils n'ont pas fait leur lit, et qu'ils ont éparpillé des vêtements partout. Cette Odile, qui accorde tant de soins à son maquillage et qui se couvre de clinquants comme un arbre de Noël, laisse traîner sa petite culotte sale. Cela ne me surprend pas d'elle mais choque mon sens de l'esthétique. Après tout, de quoi je me mêle ? Cela ne me regarde pas et je n'ai pas besoin d'aller inspecter leur chambre ! Je claque la porte.

Au jardin, la vue des boutons de fleurs prêts à éclore, m'encourage à biner le pied des rosiers. En passant, j'observe que mes hortensias, qui ne payaient pas de mine, déroulent leurs feuilles nervurées, pressées en cigares. Tant de bonne volonté me pousse à plus d'effort et je décide de tondre le gazon. Remettre la machine en route après un si long temps exige une minutieuse préparation : gonfler les pneus, changer l'huile, brancher la batterie, faire le plein d'essence. Au premier tour de clef, le moteur démarre, me remplissant de fierté. Sous les lames rotatives, l'herbe fauchée se couche en rubans réguliers, répandant une bonne odeur de chlorophylle. Je manœuvre le petit tracteur avec dextérité, passant et repassant sur le pré pour obtenir un résultat irréprochable. J'en oublie l'heure du repas, tout à mon contentement d'admirer le gazon doucement vallonné, presque anglais. Dire que les autres doivent se morfondre entre deux plats « nouvelle cuisine » en rouspétant contre la lenteur du service ! Quand ils vont rentrer, ils seront épatés par l'allure de mes pelouses, dignes du *green* d'un club de golf très sélect. À snob, snob et demi ! Décidément, la vanité, c'est contagieux ! Je ferais bien de me m'amender en les recevant avec le sourire et en préparant un souper diététique pour les purger de leurs excès.

Sophie et ses copains surgissent comme une horde de sauvages, hirsutes, boueux et vociférant. Ils ont pataugé dans le ruisseau malgré le froid glacial de l'eau et capturé trois malheureuses écrevisses. J'admire leur prise mais les exhorte à rapporter les bestioles d'où elles viennent pour leur donner la chance de proliférer. Un peu déçus, les enfants se laissent convaincre et retournent au ruisseau pour accomplir une action écologique qui vaut les B.A. d'antan, celles de ma jeunesse chez les scouts. Quelques notions apprises au catéchisme transforment le jeu en cérémonie et ils balancent les crustacés depuis le petit pont en criant «Croissez et multipliez», sans oublier de les bénir en se tordant de rire.

Après une journée si bien remplie, Sophie est docile comme un mouton. Elle accepte sans rechigner de se laver et me promet de ne plus taquiner Stéphanie avec des blagues idiotes. Pleines de bonnes résolutions, nous attendons toutes deux le retour des excursionnistes, assises sur la terrasse, en jouant aux dominos. Sans l'avouer, nous sommes impatientes de les voir. Soudain, ils nous manquent et nous levons les yeux de plus en plus fréquemment pour guetter le monospace. Quand la voiture apparaît enfin, Sophie disloque d'un tour de main l'ordonnance du jeu et se précipite à leur rencontre. Je me penche au-dessus de la balustrade pour les saluer. Viviane sort la première et reçoit Sophie qui se jette à son cou, accrochant ses jambes à sa taille. Oh, là, la ! Il faudra lui dire d'y aller plus doucement ! Mais Viviane n'a pas l'air contrariée, ce qui n'est pas le cas d'Odile qui soutient sa fille plus verte qu'une salade. La petite a mal supporté les tournants de la route et est malade comme un chien. La magnifique randonnée jusqu'au village haut perché de Thines a été un calvaire et il a fallu stopper en urgence plusieurs fois pour lui permettre de vomir. Hervé se montre très embêté par la gêne occasionnée. Ces enfants de médecin, c'est bien connu, sont facilement malades ! Heureusement — qu'on ne s'en fasse pas — il a dans sa valise le médicament miracle pour remettre Stéphanie d'aplomb.

« Tu aurais mieux fait de l'avoir dans la voiture ! » énonce Odile d'un ton acerbe. Aussi sec, Hervé rétorque :

« Rien ne t'empêchait d'y penser avant de partir. Tu le sais que ta fille a toujours un pet de travers.

— Si tu ne conduisais pas comme un dingue, elle n'aurait pas eu mal au cœur ! »

Ils se regardent, les sourcils froncés, les dents serrées, le menton en avant. Seule notre présence doit les retenir de s'invectiver comme des charretiers. Je détends l'atmosphère en suggérant à Odile de coucher Stéphanie au calme pendant que je sers l'apéritif sur la terrasse pour profiter de la belle lumière du soleil couchant. J'ai mis au frais une bouteille de viognier, ce vin blanc particulièrement fruité des coteaux du Vivarais. Sophie se sert un grand verre de lait et le déguste tout en construisant un gratte-ciel avec les dominos. Il fait encore doux et nous contemplons en silence le merveilleux flamboiement du firmament attisé par les derniers rayons du soleil couchant. Dans une ronde effrénée, les hirondelles vont et viennent de la voûte du ciel à celle du porche où elles ont bâti leurs nids. Le gazouillis des oisillons affamés scande leur passage et anime la quiétude du soir naissant.

Viviane rompt l'enchantement en m'interpellant haut et fort, me fixant droit dans les yeux :

« À propos, maman, devine qui nous avons rencontré au restaurant ? Tu donnes ta langue au chat ? De toutes façons, tu ne trouveras jamais ! Boubou ! Oui, Boubou ! Monsieur Balthazar ! Ton maçon, quoi ! Et pas tout seul, s'il te plaît ! Non, en galante compagnie. D'ailleurs, il avait l'air bien embêté de nous trouver là. Je te jure, c'est à peine s'il nous a salués. Je me demande qui c'était cette nana ? Peut-être la fameuse Germaine dont on parle tant et que nous n'avons jamais vue. En tous cas, elle n'était pas mal du tout. »

Je me veux détachée et affiche un sourire narquois, mais mon cœur s'emballe et je dois appuyer mes mains sur mes genoux pour contenir le tremblement de mes jambes. Mon irritation va grandissant, mais est-ce contre Viviane qui se complaît dans son récit, contre Boubou qui a eu l'impudence de s'afficher, ou plutôt contre moi-même qui accorde de l'importance aux agissements d'un homme qui ne m'est rien, ne me doit rien et surtout pas la fidélité.

Odile est revenue et Viviane continue son persiflage, se voulant spirituelle, mais j'entends la pointe de menace au fond de sa voix :

« Figurez-vous que mon frère est persuadé que ce monsieur Balthazar, dit Boubou, a des vues sur ma mère et qu'il lui fait la cour ! Ha ! Ha ! C'est trop drôle ! Positivement impensable ! Grotesque ! Il n'empêche que Jean est hors de lui comme tout fils qui n'a pas résolu son complexe d'Œdipe. À ta place, je me méfierais, maman, il est prêt au crime pour défendre ta vertu. »

Contente de son effet, elle éclate de rire, entraînant ses amis dans l'hilarité et je me force à en faire autant comme si j'étais en parfait accord avec eux. Sous ses airs faussement désinvoltes, j'ai perçu la mise en garde de Viviane qui m'interdit de m'attacher à un autre homme que son père. Cruel égoïsme des enfants adultes qui s'autorisent tout quand il s'agit d'eux-mêmes mais ne tolèrent rien à leurs parents. Et, en plus, il exigent notre compréhension !

Désireuse de mettre son grain de sel, Odile ajoute, sentencieuse :

« Les enfants, souvent, doivent veiller à préserver leur héritage car on voit des veuves dilapider la fortune de leur mari avec des gigolos. »

Sa phrase tombe comme une mouche dans une assiette de lait et chacun considère la dame avec réprobation. Voulant se rattraper, la sotte s'englue :

« Je ne voulais pas dire cela pour vous, madame. »

Je prends mon air hautain de comtesse indifférente aux bêtises de sa femme de chambre et la rassure d'un geste évasif de la main. Pffuit ! Pffuit ! Aucune importance ! Je les invite à passer à table et Hervé se précipite pour m'offrir son bras, désireux de se montrer homme du monde. Durant le repas, il met son talent et son charme au profit de la conversation, se montrant drôle et cultivé, faisant une cour discrète tant à Viviane qu'à moi, délaissant complètement la pauvre Odile qui s'enfonce dans un mutisme boudeur. La brève satisfaction que j'éprouve de cette petite revanche me met mal à l'aise. Je m'en veux d'avoir participé avec plaisir à ces civilités hypocrites où une victime doit être sacrifiée pour que les autres évacuent leur rancœur.

Quand Odile, prétextant une migraine, mais luttant contre les larmes, demande à se retirer, j'en profite pour en faire autant. Vivement le refuge de ma chambre et j'intime à Sophie de rester dans la sienne. Contrairement à mon habitude, je ferme la porte à clef. Je ne suis pas fière de moi et n'ose même pas t'appeler à mon secours, consciente de t'avoir trahi d'une certaine façon. S'il est possible que tu sois là, tu me vois au-delà des apparences et tu sais je ne suis pas innocente. J'étais plus honnête et sincère quand, submergée de chagrin, je luttais pour ne pas sombrer. J'ai repris pied mais me sens hargneuse, prête à reporter sur mes proches la faute de mon désenchantement.

Il n'y a pas si longtemps, mes enfants s'apitoyaient sur mon sort et s'efforçaient de me consoler. À présent, ils se méfient de moi, veulent me contrôler et régenter ma conduite. Odile n'était pas si sotte en parlant d'intérêts : Viviane et Jean doivent surveiller l'usage que je fais de ce que tu m'as laissé. Soudain je me sens dépossédée de l'importance que je croyais avoir à leurs yeux. Je n'en ai que lorsque je les sers — ce qu'ils trouvent naturel — mais ils ne conçoivent pas que je puisse exister — ni, surtout, aimer — en dehors d'eux. Je me moque pas mal de Boubou mais, tout à coup, c'est à Baber que je pense, lui qui ne fut qu'un jouet et qui ne saura jamais que, peut-être, son amour a donné un fruit. Pour le mépris avec lequel il a été traité, je souffre, solidaire avec lui.

Non, il ne doit pas savoir ! Et même si, un jour, le doute l'effleure, sa jeunesse effacera d'insouciance une aventure devenue vite sans importance.

La colère qui bouillonne en moi ne s'épanche ni par des cris ni par des larmes. Un feu mauvais dessèche ma bouche et mes yeux. Cherchant un peu de fraîcheur, j'appuie mon front contre la fenêtre aux carreaux noirs de nuit. Progressivement, l'obscurité s'éclaircit et je discerne le muret qui délimite la cour. Un petit animal se dresse sur ses pattes arrière et hume l'air, tournant le museau dans toutes les directions et particulièrement vers ma fenêtre. Serait-ce un rat ? Non, ce doit être un loir. Il plonge sous les pierres et en ressort, semblant porter un objet dans sa gueule. Il court à l'autre bout du mur et disparaît brusquement. J'écarquille les yeux, intriguée. Le voilà qui revient, inquiet et pourtant résolu. Cette fois encore, il prend et transporte à toute vitesse une petite chose qui couine. J'ai compris : c'est une mère qui déplace ses bébés, probablement en danger. Attendrie, je la regarde poursuivre son manège à plusieurs reprises. Est-ce une illusion ? Au dernier voyage, je suis certaine qu'elle m'adresse un regard complice… entre mères.

Que ne ferait-on pas pour ses petits ? Y compris tout leur pardonner !

Plus rien ne bouge. Un nuage emballe de douceur ouatée le mince rayon de lune. Je ferme les yeux, en paix.

Comme à chaque fois qu'elle sait m'avoir fait de la peine, Viviane cherche à se racheter en se montrant adorable. Je suis sa maman chérie ; elle me câline, se préoccupe de mes désirs, veut me choyer. Inutile de demander une explication : pour elle, il ne s'est rien passé, elle ne s'est pas rendu compte, n'avait aucune mauvaise intention. Je tourne donc la page sans commentaires et nous nous embrassons sans arrière-pensées.

Elle propose de m'accompagner à la messe pascale. François s'occupera du déjeuner pour nous soulager de toute préoccupation culinaire. Hervé lui donnera un coup de main et, ensemble, ils garderont les fillettes et les chiens. Odile bat des mains à l'idée d'assister à une messe dans un monastère. Ce n'est pas par piété, c'est parce qu'elle en « meurt » d'envie ! Elle en est toute excitée, et moi toute déconfite car — j'en donnerais ma tête à couper — son attitude m'empêchera de participer à la cérémonie avec recueillement. Je connais ces pratiquants d'occasion qui vont au culte comme au théâtre, raillant le pauvre décor, critiquant le prêtre d'une voix basse claironnante, dévisageant les paroissiens avec irrévérence, informant de leur ennui en baillant ostensiblement.

Tant pis ! Aujourd'hui je suis résolue à la mansuétude et Odile me permettra de tester ma capacité à supporter — sinon aimer — mon prochain. Je dois déjà faire un gros effort pour ne pas tiquer devant sa tenue vestimentaire. Nous sommes loin de celle choisie pour fréquenter les restaurants. Cette fois, un caleçon moulant dévoile ses formes rebondies, et un chemisier blanc laisse apparaître en transparence son soutien-gorge de dentelle noire. Un petit sac à dos achève le tableau. En cours de route, elle s'extasie avec des trémolos sur la beauté du paysage découvert à chaque tournant du chemin, veut ramasser tous les cailloux quartzeux dont le brillant l'attire comme une pie, cueille les malheureuses violettes à portée de sa main. Une touffe de fleurs, en contrebas, attise sa convoitise : pour l'arracher, elle se penche dangereusement et son sac, lourd de pierres, la déséquilibre brusquement. Avant que nous n'ayons pu esquisser un geste, Odile bascule sur la pente abrupte, arrêtée dans sa chute par de solides lianes de ronces qui s'entortillent à ses mollets. En écho à son cri de détresse nous ne pouvons retenir un éclat de rire que nous maîtrisons à grand-peine pour nous enquérir de son état. Ce n'est pas brillant car elle est solidement arrimée dans le roncier et chaque mouvement pour se libérer incruste dans sa chair les épines crochues. Nous ne sommes pas trop de deux pour l'aider à se détacher et à remonter sur le chemin. Ses jambes sont lacérées de stries ensanglantées, mais plus que de sa blessure, c'est dans son orgueil qu'Odile souffre, consciente de son ridicule. Elle s'excuse en reniflant, au bord des larmes :

« Je ne fais que des bêtises, je me conduis comme une enfant. Hervé me le reproche assez et je me rends compte que, souvent, je l'horripile et, même, qu'il a honte de moi. Il me fait des scènes horribles et menace tout le temps de me quitter. Je sais qu'il a des maîtresses mais il me revient toujours, sans demander pardon, et c'est moi qui promets de changer car je l'aime comme une folle. C'est vrai qu'il faut être folle pour accepter cela, ne le trouvez-vous pas ? »

Ces confidences me gênent. Je déteste ces épanchements indécents et ne sais quoi répondre de sincère pour la consoler. Mais il ne lui faut pas grand-chose car Viviane, en lui tapotant simplement dans le dos, lui rend sa bonne humeur. Elle vide de son sac les cailloux restants et les fleurettes broyées, nettoie les griffures d'un peu de salive dans son mouchoir et, refusant ma proposition de rebrousser chemin, se dit prête à poursuivre la route jusqu'au monastère.

Arrivée là-bas, elle s'extasie de plus belle sur la sérénité du lieu et réclame à hauts cris d'y séjourner pour une retraite qui, elle le sent, lui ferait tellement de bien ! Le Père Rambert, qui nous accueille, s'empresse de la dissuader : ils ne reçoivent exclusivement que des hommes comme retraitants. Odile a beau battre des cils et minauder, le saint homme demeure intraitable. Comme je l'approuve !

Évidemment, comme prévu, je ne peux me concentrer sur la messe, agacée, d'un bout à l'autre, par les soupirs extatiques d'Odile consumée par une crise aiguë de mysticisme, confite en adoration. Il ne me reste qu'à battre ma coulpe en reconnaissant combien éloignée je suis de la charité.

Exaspérée, je pars vers Planilhac à grandes enjambées, laissant en arrière Odile qui se sent « toute chose » et que Viviane doit soutenir dans la montée. À mi-parcours, je vois venir vers moi mon Jean, tenant par la main une jeune fille.

« Voilà, maman, je te présente Bénédicte. »

J'ai un élancement de regret. Ils viennent au mauvais moment. Ce n'est pas le jour. J'aurais voulu les avoir seuls avec moi. Comment se parler cœur à cœur avec ces étrangers au milieu et, surtout, avec cette irritation pernicieuse qui me gâte l'esprit. Mais Bénédicte est rose de confusion et il me plaît de la savoir intimidée. Il m'est facile de lui souhaiter la bienvenue et de l'attirer vers moi pour l'embrasser. Je les prends chacun par un bras, les pressant de marcher avant qu'Odile ne nous rejoigne. Nous n'aurons que si peu de temps ensemble. Cependant, nous ne trouvons rien à nous dire, n'échangeant que des sourires attendris, et Jean nous couve l'une et l'autre du même regard qui se veut protecteur.

À proximité de la maison, alors que nous humons déjà la fumée du barbecue, Jean avoue :

« Je savais qu'ils seraient là, mais j'étais impatient de te faire connaître Bénédicte.

— Tu as bien fait. Je suis contente que vous soyez venus tous les deux. »

Depuis la terrasse, Hervé nous hèle à grands gestes.

« Dépêchez-vous, la braise est à point ! »

Sophie et Stéphanie s'appliquent pour mettre la table. Quel soulagement, il n'y a pas de dispute à désamorcer. Le calme habituel de François a déteint sur tous. Je fais visiter la maison à Bénédicte. C'est un test: pour me plaire, il faut qu'elle l'aime, malgré sa rusticité, son inconfort, sa vétusté. Je guette sa réaction. Entendra-t-elle la poésie faisant chanter le bois et la pierre ? Verra-t-elle le jeu de l'ombre et de la lumière caressant meubles et objets d'un clair de miel ? Bénédicte ne dit rien mais ses yeux s'attardent, pensifs, ses mains s'approchent pour effleurer, sa bouche s'entrouvre pour aspirer cette émotion subtile qui n'est pas perceptible à tous. Son silence est éloquent et je l'écoute avec gratitude.

L'arrivée des deux femmes et l'enthousiasme exalté d'Odile, expliquant à Hervé sa « sublime » découverte du monastère, brise notre quiétude. Ce n'est pas grave. Nous avons fait connaissance et eu le temps de nous apprécier. Quant à Viviane, découvrant Bénédicte, elle l'accapare, la forçant à s'asseoir près d'elle, voulant immédiatement et d'autorité s'en faire une sœur. Du coup, l'amie Odile ne présente plus grand intérêt à ses yeux, surtout depuis qu'elle plane comme une béate sur son petit nuage. Bénédicte devient le centre du monde. Hervé lui joue son numéro de charme, Sophie veut déjà l'entraîner dans ses jeux comme une copine de son âge, François l'interroge sur ses études, je m'inquiète de ses goûts. Tous, nous nous ingénions à la mettre à l'aise, jusqu'à Fripon qui lui saute sur les genoux. Pour le chien elle a une caresse, pour les autres, son sourire tient lieu de réponse. Tant de sollicitude l'effraie visiblement et elle cherche Jean des yeux, implorant son soutien. Mais lui, sans voir sa confusion, ne se préoccupe que de la cuisson des côtelettes. C'est une bonne façon de détourner la curiosité car les grillades n'attendent pas et chacun se met à table mis en appétit par l'odeur savoureuse.

Durant le repas, on oublie un peu Bénédicte qui reprend confiance, ayant Jean à ses côtés. Tout en me mêlant à la conversation générale, je les observe, cherchant sur leurs visages, dans leurs gestes, les indices de l'amour. Ils sont raides, sérieux, et ne laissent rien paraître de leur affection. Quelle est cette pudeur qui les retient d'exprimer leurs sentiments ? Deux étrangers manifesteraient plus d'attention l'un à l'autre que ces jeunes amants. Que redoutent-ils pour être ainsi sur la défensive ?

Où est passée Viviane ? Elle apporte le dessert, discutant fougueusement avec Hervé qui la suit avec le champagne. François chipote dans son assiette, Odile berce sa fille qui s'est encore pelotonnée sur ses genoux.

Personne n'éprouve ce bel amour qui nous liait toi et moi, où que nous soyons, aussi nécessaire l'un à l'autre que l'air au feu. Cette complicité qui n'avait pas besoin de mots pour échanger nos impressions au milieu de la foule, cet attachement qui nous rapprochait quelle que soit la distance, ce partage de tout instant vécu ensemble, ce besoin de nous toucher furtivement pour dire : « Je suis là, compte sur moi ! »

Comment pourraient-ils comprendre cela, ces couples si peu unis qui tiennent le mariage pour une institution socialement correcte ? J'exagère sans doute, mais leur indifférence me rend tristement désabusée.

Cependant, la conversation est pleine de bonne humeur. Il fait beau et un vent léger claque la toile du parasol comme une voile de bateau. Je souris, je fais mine de participer mais mon esprit est ailleurs, à ta recherche. Mes enfants, qui n'éprouvent pas cette plénitude de l'amour, sont incapables de concevoir ce manque qui me ronge. J'ai trop eu l'habitude d'aimer un homme, à cœur et à corps, pour me résigner à la solitude. J'ai un désir éperdu de chérir et d'être chérie, j'ai besoin de cette douce connivence qui rend fort et permet de surmonter tous les découragements. Aujourd'hui, l'absence de toi redevient douleur et j'en veux à ceux qui, inconstants eux-mêmes, prétendent m'imposer, à moi, une fidélité morbide.

Et puis je vois le regard de Viviane posé sur moi. Elle s'inquiète, ayant remarqué ma mélancolie. Elle m'aime très fort et, si elle me rudoie, c'est « pour mon bien », comme on le serine aux galopins indociles. Elle a ce caractère autoritaire mais sa générosité n'a pas de limite. Elle a choisi de donner la vie et ce petit enfant sera celui de l'amour qui rassemble autour du berceau toute une famille réconciliée dans la joie de sa naissance. Je balance mes pensées moroses et rassure ma fille d'un bref clin d'œil. Cela n'a pas échappé à François. Il ne dit rien, celui-là, mais il voit tout. Il se lève pour servir le champagne et, en passant, appuie sa main sur le cou de sa femme. Une façon de manifester sobrement, à elle comme à moi qui les regarde, leur tendresse revenue.

Jean hausse les sourcils, interrogateur :

« Ça va, maman ? »

Tiens donc, il s'est aperçu de quelque chose lui aussi, mon garçon distrait ?

« Ça va bien, mon grand. »

Je lève mon verre très haut : « À vos amours ! »

Tous veulent trinquer avec moi. Ils s'approchent, ils se penchent, ils m'entourent.

« Ne bougez pas, crie Hervé, je vais faire une photo. »

Nous sourions à l'objectif, nous serrant un peu plus les uns contre les autres pour entrer tous dans la lucarne.

Plus tard, en recevant le cliché, je verrai ce que je refusais de voir ce jour-là. Au premier plan, l'air ahuri, c'est moi, Fripon sur les genoux, Marmotte à mes pieds. M'entourant, Sophie et Stéphanie rivalisent à qui fera la plus horrible grimace. Derrière moi, Odile avance les lèvres pour un baiser au photographe. Viviane a posé sa tête sur l'épaule de François qui la tient par la taille, appuyant une main contre son ventre.

Presque en dehors, Jean et Bénédicte, face à face, les yeux au fond des yeux, sont seuls au monde dans une bulle de bonheur.

Mais le plus merveilleux, c'est, contre le mur du fond envahi de vigne vierge, l'image très nette de Richard.

Il est là, c'est bien lui ! La tête penchée, il semble nous observer. Qui osera prétendre que ce n'est qu'un effet du hasard dû au jeu de l'ombre et de la lumière à travers les lianes et les feuilles ? Moi qui ai toujours cru à sa présence, impalpable mais réelle, je suis sûre qu'il a voulu m'envoyer ce signe pour me réconforter.

Je ne me souviendrai que de cette image et, oubliant ma mauvaise humeur, je garderai de ce week-end pascal le souvenir d'un temps de bonheur et de grâce.

IX

Volonté

CETTE FOIS-CI, après leur départ, la maison me paraît bien vide. Toute cette agitation, qui me dérangeait, me manque à présent. Que je suis lunatique ! Je compense en entreprenant un grand nettoyage, remède souverain contre la déprime des femmes désœuvrées. Au jardin, les lilas embaument. Perçant la terre rocailleuse, iris et valérianes marient violet et pourpre en d'éclatants camaïeux sauvages sur l'écrin d'or des genêts. Les cerisiers, éblouissants de blancheur, promettent des fruits savoureux.

Il est temps que je restaure mes faÿsses, ces murets de pierres sèches mis à mal par le passage des sangliers l'hiver dernier. Il faut d'abord élargir la brèche et creuser la terre profondément par derrière pour maîtriser l'éboulement. Ensuite, il faut reconstruire en équilibrant soigneusement chaque pierre. Je les choisis, petites ou grosses, plates ou carrées, en fonction de l'emplacement et je les tourne plusieurs fois afin de trouver le meilleur aplomb. Le mur ne résistera que si chaque élément est solidaire de l'ensemble. C'est un puzzle qui, terminé, doit présenter une image harmonieuse. Ce travail me plaît. Tant d'ancêtres l'ont fait avant moi, modelant patiemment la montagne abrupte en de larges terrasses arables. Je dispose des mêmes humbles outils, une pioche, une pelle, et je répète les mêmes gestes, appris d'instinct et de simple bon sens.

Mais leurs bras noueux avaient certainement d'autres muscles que les miens et leur dos devait être plus aguerri à l'effort car, rapidement, mon corps endolori m'impose ses limites et, malgré mon impatiente volonté, tremblante de fatigue, je dois m'asseoir sur mon tas de pierres, incapable d'en soulever une de plus. J'enrage : faible femme ! Malgré mes liens de famille, je ne suis pas d'ici et j'imagine les sarcasmes des paysans du coin « Ce n'est pas un boulot pour vous, ma petite dame ! » Je les ai vus m'observer de loin en passant sur la route. Ils ne me croient pas capable. Qu'ils attendent un peu et je leur ferai voir ce que peut une femme qui veut ! Je mettrai le temps qu'il faut mais je réussirai mon mur… impeccable !

Malgré le ciel maussade, souvent pluvieux, je persévère, jour après jour plus habile, plus astucieuse. Quand j'entends le bruit d'une voiture qui ralentit, je ne me retourne pas car je devine que le curieux brûle d'envie de s'approcher pour voir cela de plus près et, sans doute, me donner des conseils. Je n'ai besoin de personne. Seul Bertou, le facteur, mesure mes progrès quand il m'apporte ma ration de documents comptables envoyés par Jean. Il me salue d'un sempiternel :

« Alors, pas encore fini ce mur ? »

Je sais que, en échange d'un « canon », il fera son rapport sur mes activités chez tous les voisins, mais il ne me déplaît pas qu'il soit ce messager de mon existence. Car j'existe, et je tiens à le faire savoir !

En ce joli mois de mai, il y a de l'orage dans l'air : les hirondelles me frôlent de l'aile, les mouches piquent, je suis moite de transpiration mais j'ai presque terminé et rien ne m'arrêtera. J'en suis à coiffer de larges lauzes la ligne de faîte lorsque Boubou se décide à franchir ma clôture. S'il était venu plus tôt, je l'aurais détesté de constater mes maladresses et peut-être de vouloir « m'apprendre ». Mais aujourd'hui, je ne suis pas peu fière de montrer mon œuvre. Il ne dit rien mais, de la main, caresse les pierres, se penche pour vérifier l'alignement, hoche la tête avec une moue d'approbation.

« Champion ! Rien à redire, un pro n'aurait pas fait mieux. »

Je me rengorge. Je ne doute pas qu'il soit sincère et son compliment me gonfle d'importance. Je ne pense pas un instant à mon allure piteuse : les cheveux aplatis par un vieux foulard, le jean et le pull tachés de boue, mon visage luisant, sans maquillage. Je me vois belle dans le regard admiratif de Boubou parce que je m'identifie à mon mur. Je reste debout, les mains appuyées sur mes reins, satisfaite, contemplant le travail accompli. Derrière moi, Balthazar soupire profondément, tousse, se racle la gorge :

« Je dois vous dire, Marie... tous ces jours... je vous voyais... j'aurais voulu... je n'ai pas osé... mais... vous le saviez n'est-ce pas ? »

Je savais quoi ? Sa gêne m'émeut car je ne suis pas dupe. Avec ses mots maladroits, j'ai compris qu'il me parle d'amour et que si je tourne seulement les yeux vers lui, il s'approchera et me prendra dans ses bras. Il n'a qu'un pas à franchir. J'entends sa respiration malgré l'affolement de mon cœur tambourinant. Qu'il serait bon de me sentir toute petite et protégée en me reposant contre sa poitrine puissante !

Non, il ne faut pas ! Mes enfants ne veulent pas ! Ils ont dit, n'est-ce pas, que c'était une histoire grotesque. Ce n'est quand même pas pour un type comme lui que je vais perdre la tête et oublier mon Richard bien-aimé ? Et puis, c'est un volage. N'y a-t-il pas Germaine ?

Je fais un pas en arrière. Je me mets à l'abri de la tentation.

« Oui, Boubou, je sais que je peux faire appel à vous. Justement, si vous vouliez charrier pour moi quelques-unes de ces lauzes si lourdes, je pourrai terminer ma faÿsse avant que l'orage n'éclate. »

L'envoûtement est rompu, nous laissant, l'un et l'autre, agacés.

Boubou enlève sa veste et empoigne la brouette pour coltiner les pierres plates. Ses gestes sont précis, efficaces. Je le laisse faire, me contentant de rapporter la terre collante avec le râteau pour caler les dernières pierres. C'est terminé. Je lui propose de prendre un apéritif. Non, il ne préfère pas et puis, il est pressé, il avait oublié un rendez-vous. Il remet sa veste.

Qu'est-ce qui me pousse alors à me trahir en le questionnant sur un ton que je veux badin :

« À propos, ma fille vous a vu l'autre jour ...

— Oui. J'étais avec ma sœur qui est descendue de Paris. »

Ah bon ! C'était sa sœur ! J'en suis si soulagée que je m'esclaffe.

« Figurez-vous que, avec Viviane, nous avions cru que c'était la Germaine. »

Boubou me regarde, d'abord perplexe, ensuite gouailleur. Je ne sais comment me rattraper. J'étais sauvée, je me suis bêtement dévoilée. Que va-t-il croire maintenant ? Que je suis jalouse ? Je rougis jusqu'à la racine des cheveux.

« La Germaine ? Ça se voit que vous ne la connaissez pas car, sinon, jamais vous n'auriez imaginé... »

Il éclate de son gros rire tonitruant et je me sens parfaitement ridicule, furieuse envers moi-même. Décidément, cet homme n'a pas de manières et je ne suis qu'une sotte de m'intéresser à lui. L'humiliation me guérit instantanément de ma faiblesse. Mortifiée, je prends un ton cassant pour le congédier.

« Bon ça va ! Merci pour le coup de main mais filez maintenant ou vous allez vous mettre en retard à votre rendez-vous. Moi je perds mon temps et j'ai autre chose à faire. »

Son rire se brise net. Ses yeux se remplissent d'incompréhension. Puis ses traits se durcissent, ses lèvres se ferment sur un sourire amer. Il n'est pas du genre à se laisser malmener par une bonne femme ! Sans un au revoir, il monte dans sa fourgonnette et démarre en trombe, creusant le chemin d'une ornière.

Eh bien ! Bon vent ! Dorénavant, je me tiendrai sur mon quant-à-soi.

Je n'ai pas de regret et, cependant, suis mal à l'aise. J'ai dans la bouche le goût amer de ce qui ressemble à une dispute. L'achèvement de ce mur, pour lequel je me suis tant démenée, me laisse désemparée. Que faire à présent ? Je me laisse tomber dans le fauteuil et cherche machinalement un livre dans la pile posée sur la table basse. Je les tourne et les retourne, déçue. Je les ai tous lus !

Voilà une bonne raison de m'habiller convenablement et de me rendre à Aubenas pour revoir Florette. J'ai besoin de bavarder avec une femme. Soudain, je ne tiens plus en place et me dépêche comme si un essaim me poursuivait. En conduisant un peu vite, j'arriverai à l'heure où Florette ferme sa boutique pour aller déjeuner au bistrot d'en face. Nous mangerons ensemble et je lui raconterai tout. Elle se moquera de moi et les choses reprendront leur insignifiance.

Il n'est pas encore midi mais je me heurte à la devanture fermée. Le pâtissier, qui m'a reconnue, me fait signe. Il me rejoint sur le trottoir devant la librairie.

« Vous qui êtes son amie, savez-vous ce qui se passe ? Depuis hier à midi, madame Delhaize n'a pas ouvert son rideau et ça nous cause souci car elle n'a averti de rien. On a bien téléphoné chez elle, mais ça ne répond pas et on n'ose pas y aller voir. Peut-être que, vous, vous pourriez ? »

Le charcutier aussi est sorti de son magasin. Il se dit très inquiet.

« Il est certainement arrivé quelque chose car madame Delhaize ne manque jamais. »

Leur anxiété me gagne et je promets de me rendre au domicile de Florette. En vérité, je n'y ai jamais mis les pieds, la rencontrant toujours à Aubenas. Les deux commerçants m'indiquent l'adresse figurant sur l'annuaire : Malatavernes, un lieu-dit isolé, juste avant de franchir l'Ardèche sur la route de Balazuc. Ils me mettent en garde :

« Méfiez-vous, madame, car l'orage ne va pas manquer d'éclater et ce sont des coins, par là-bas, où la foudre est capable de tuer tout un troupeau d'un coup. »

Je les remercie pour cet avertissement qui ne m'encourage guère !

Balazuc, village médiéval, est renommé pour son site pittoresque, mais avant d'y parvenir il faut franchir la colline brûlée par l'incendie de l'été dernier. De la végétation ne subsiste que des squelettes d'arbres dressant leur carcasses blanchies sur un désert cendreux. Le ciel d'étain étire jusqu'à l'horizon infini cette désespérance apocalyptique, augmentant mon angoisse. En direction de Malatavernes, un pont étroit jette son arche distendue au-dessus de l'abîme. Je n'ose le franchir avec ma grosse voiture et la gare dans un renfoncement.

Je me hasarde sur le pont, cherchant de la main l'appui du parapet pour reprendre confiance. En face, la falaise noire, érigée en forteresse au cours des siècles par l'ardeur du vent et de l'eau, se dresse contre la lumière du jour. En son flanc, un chemin rocailleux l'entaille, me conduisant vers l'est d'où j'entends le tumulte de la rivière. Au dernier tournant, je découvre l'Ardèche impétueuse, s'enroulant en de sombres tourbillons avant de rebondir et de se fracasser contre les parois granitiques, explosant en gerbes d'écume verte.

De l'autre côté, faisant corps avec le rocher, Balazuc, bastion imprenable, veille cette gorge grandiose. Sur ce versant-ci, sentinelles égarées, un groupe de baraques trapues, d'apparence délabrées, battues par les vents, s'accrochent vaillament au piton qui surplombe le gouffre. Ici, le feu a épargné la garrigue, parsemée de chênes-kermès tortueux, et les sangliers sont venus labourer la terre si rare à la recherche de glands. Genévriers épineux et thyms odorants enfoncent leurs racines dans les roches fissurées.

Certes, ce lieu de sauvagerie est d'une beauté fascinante, mais cette solitude m'étreint le cœur de tristesse. Hormis les martinets qui tournoient en bandes, fendant l'espace de la stridence de leur chant alarmant, aucun bruit ne signale la présence de vie. Pas un chien n'avertit son maître de mon approche. Aucune fumée, sortant d'une cheminée, ne se fond dans le gris du ciel et, malgré la touffeur, je frissonne, glacée d'incertitude.

Je tente d'appeler: «Ho! Ho! Il y a quelqu'un?»

Ma voix se dilue dans l'air mouillé sans même effrayer le merle qui m'observe d'un œil, à quelques pas de moi.

Mon appréhension devient peur. En cet endroit sinistre, je ne peux découvrir que le malheur et j'ai grande envie de rebrousser chemin. Le *flash* d'un éclair, suivi aussitôt de l'éclatement du tonnerre me font sursauter. Affolée, je me recroqueville sur moi-même, les mains sur les oreilles. Des nuées d'acier bleuté vibrent sous le choc répété des turbulences orageuses. Quelques rares gouttes, larges comme des soucoupes, tombent, l'une après l'autre, hésitantes. Puis, brutalement, c'est la grêle qui mitraille la terre, me piquant d'éclats gelés. Je n'ai plus le choix: je cours vers la maison la plus proche, rabattant ma veste sur ma tête pour protéger ma figure. Je m'engouffre sous le porche aux portes battantes et reste pétrifiée d'étonnement.

La cour intérieure de cette grande bâtisse est jonchée de statues renversées et brisées. Quel cataclysme a foudroyé ces œuvres dont je ne doute pas qu'elles soient celles du mari de Florette? Quelle rage d'anéantir a provoqué cet acharnement à réduire, parfois en gravats, ces pierres tendres, sculptées et polies avec art? Les grêlons s'acharnent encore et martèlent ces corps abattus, rongeant l'arête d'un nez, la rondeur d'un sein jusque-là épargnés.

Soudainement, c'est la pluie qui remplace la grêle. Succédant au fracas du tonnerre, elle tombe comme un rideau de fer. Je me rencogne dans l'angle du portail mais les trombes d'eau, s'écrasant dans la cour, ne tardent pas à la transformer en lac et mon refuge est envahi par le flot grondant qui se déverse sur le chemin. Je fuis mon abri précaire et m'élance sur l'escalier qui conduit à la galerie couverte de l'étage.

Florette est là, droite, appuyée contre la porte de son logis. Ses cheveux roux emmêlés tombent sur ses épaules, l'auréolant de feu. Elle n'a pas bougé en me voyant monter et me fixe d'un regard mort. La stupeur me tétanise et je reste plantée face à elle, ma veste dégoulinante toujours remontée sur la tête. Mes vêtements, plaqués contre ma peau, ruissellent dans mes souliers. Cependant, je ne pense pas à moi, certaine que c'est Florette qui a besoin d'aide. Je l'appelle par son nom sans éveiller de réaction. Je l'attrape par le bras et la secoue vivement. Elle reste amorphe, poupée de son oscillant sous ma poussée. Sans réfléchir, instinctivement je la gifle à toute volée. La douleur, enfin, la fait sursauter et elle porte la main à sa joue, me regardant avec effroi, sans paraître me reconnaître. Je la prends contre moi.

« Pardonnez-moi, Florette, je ne voulais pas vous faire de mal mais il faut que vous reveniez à vous. Que vous arrive-t-il ? Que s'est-il passé d'effroyable ici ? »

Elle me contemple, hagarde, et des sanglots secs râpent sa gorge. Je la serre davantage contre moi, m'attendant à ce qu'elle s'écroule dans mes bras. Comme si elle s'éveillait d'un cauchemar, elle se ressaisit et se détache de moi.

« Marie, que faites-vous là ? Et dans quel état ! Êtes-vous tombée dans l'Ardèche ?

— Mais Florette, c'est vous qui… c'est vous que… enfin qu'est-ce que c'est que… "ça" ? »

Je désigne la cour où gisent les statues mutilées, souillées de boue. La pluie a cessé, l'orage s'éloigne, déjà le ciel s'éclaircit. Florette s'avance jusqu'à la balustrade et se penche, examinant ce chaos avec une grimace de dégoût.

« "Ça"... c'est ce qui reste d'Arthur, mon mari ! »

Elle éclate d'un rire forcé, empreint de colère froide. Devant mon air épouvanté, elle ajoute :

« Rassurez-vous, je ne l'ai pas tué. Il s'est enfui auparavant, ce salaud ! »

Puis, elle fond en larmes, se laissant glisser le long du mur pour s'accroupir, le front sur les genoux, les mains fourrageant ses cheveux. Indécise, je m'agenouille à côté d'elle, ébauchant puis retenant un geste d'approche. Devant ce désespoir, désemparée, je ne suis que maladresse. J'ai tout à coup si froid ! Il faut agir dans l'ordre des priorités et d'abord me réchauffer. Je me relève et pousse la porte du logement. À l'intérieur, tout est sens dessus dessous, chaises renversées, vaisselle cassée, rideaux arrachés. S'infiltrant par la cheminée, la pluie a détrempé le tas de cendres accumulées depuis longtemps. Je renonce à la flambée espérée. Découragée, je relève une chaise et m'assieds dessus.

En apparence apaisée, Florette revient avec un seau et une pelle. Elle nettoie le foyer et prépare le feu, brisant un vieux cageot pour faire du petit bois sec. La flamme s'élève très vite. Elle ajoute les quelques bûches tenues en réserve dans l'ancienne huche à grain. Du placard, elle sort une bouteille de whisky presque vide et deux verres pas très nets. Je n'ose dire que je préférerais un thé. D'autorité, elle remplit mon verre et le sien qu'elle vide cul sec, puis elle empoigne une autre chaise et veut s'asseoir. Mais le pied ébranlé cède et elle se retrouve par terre. La surprise la fait éclater de rire, tant et si fort qu'elle ne peut se relever malgré mes efforts pour l'aider. Je finis par tomber à côté d'elle, saisie du même fou-rire incontrôlable. Rien de tel pour se réchauffer. Je me sens délivrée. J'avais redouté un drame, j'assiste à un vaudeville.

Reprenant son sang-froid, Florette jette un regard autour d'elle :

« Vous avez vu, Marie, ce que ça donne quand je me fâche ?

— Un vrai carnage ! Mais quelle est la raison d'un tel déchaînement ?

— Arthur m'a trompée ! Mais ce n'est pas la cause ! Savez-vous avec qui ? Non, bien sûr, comment le sauriez-vous ? Pas avec un de ces jeunes modèles qu'il sautait ici même. Ça je m'en fichais éperdument, je le comprenais : un artiste, n'est-ce pas, a besoin de stimulant. Alors la bouteille et les jolis culs, juste pour tirer un coup comme on se mouche, pourquoi pas ? Moi seule étais sa muse, son égérie, sa raison de vivre. Présomptueuse, je me croyais indispensable car il avait trop besoin de moi pour l'entretenir et pour le rassurer quand il doutait de son talent. J'ai toujours été persuadée qu'il était un grand sculpteur et, qu'un jour, sa valeur serait reconnue. Je rêvais que, reconnaissant, il aurait partagé sa gloire avec moi.

Pauvre imbécile aveugle : je ne me suis aperçue de rien ! Il m'avait pourtant expliqué qu'un Italien, marchand d'art, prospectait dans la région, et qu'il avait été contacté par la galerie où il expose à Aubenas pour le rencontrer. Il avait décroché une commande importante et y travaillait avec enthousiasme. Un groupe de femmes dansant sous le soleil. C'était superbe, il n'a jamais rien fait de plus beau.

Et puis, hier… ou avant, je ne sais plus, en rentrant à l'improviste, je l'ai trouvé ici, le fameux marchand italien : c'était une femme ! Une vieille peau, moche comme il n'est pas possible, mais de l'allure, du chic et du fric, une sale bourgeoise quoi ! Elle ne se payait pas seulement les statues, elle se payait aussi mon homme. Elle glapissait "Ar-tou-ro", comme si elle se pâmait ! Lui, ce pantin, il était subjugué, il était devenu sa chose. J'ai compris tout de suite et j'ai voulu la foutre dehors. Il m'a dit qu'il partait avec elle, qu'il en avait marre de moi, de mes scènes, de mon désordre. La colère m'a rendue folle. En hurlant, je me suis précipitée sur eux. Saisissant la masse qui traînait là, j'ai voulu les frapper. Je les aurais tués s'il n'avait pas arrêté mon bras. Il m'a poussée et je suis tombée, à moitié assommée. Il s'est moqué de moi, m'a insultée, rabaissée. Sans moi, enfin il allait être heureux grâce à l'autre ! Il m'anéantissait avec ses mots plus percutants que des coups, il s'acharnait à m'humilier et je me sentais mourir, souhaitant que cela aille vite car la souffrance était intolérable. Quand j'ai repris connaissance, ils n'étaient plus là. Un instant, j'ai pensé à me jeter dans l'Ardèche du haut de la falaise. Mais, soudain, j'ai vu la masse, restée à portée de ma main, et je m'en suis donné à cœur joie. Dieu, que ça m'a fait du bien ! Je ne sais jusqu'où j'aurais été dans mes démolitions mais j'ai cassé le manche. Après, je ne sais pas ce que je suis devenue car je ne me souviens de rien. J'ai dû boire pas mal. Je n'en reviens pas de me retrouver avec vous.

— Mon amie, ne vous laissez pas aller au désespoir. Votre mari reviendra, il a perdu la raison mais il comprendra vite son erreur.

— Désespérée, moi ! Certes, non ! Furieuse, assurément, et qu'il n'essaye pas de revenir ! Il sera accueilli ! Je vous avoue même que, au fond de moi, je suis soulagée. Au lieu de me morfondre dans le rôle de femme plaquée, j'ai fait, par la violence, table rase. Je nettoierai les dégâts et je partirai sur du neuf. Mon vrai regret c'est qu'il ait emmené le chien. Allons, tendez-moi votre godet et buvons encore un coup à la liberté des femmes débarrassées de leur mari. »

Sous l'effet du premier whisky, j'obtempère de bon gré et nous rions toutes les deux comme si la situation était des plus comiques. Florette sort du pain un peu rassis et un saucisson. Balayant du coude un coin de table, elle dresse le couvert et nous mangeons ensemble d'un bel appétit. Au moment de la quitter, j'ai un sursaut de lucidité et j'insiste :

« Je voudrais que vous veniez chez moi. Je crains que, malgré votre bravoure, vous n'ayez encore un coup de déprime.

— Et alors, quand cela serait ? A-t-on moins de chagrin parce qu'on se trouve en compagnie ? Vous en savez quelque chose, vous qui avez choisi de vous cacher en ce pays sauvage plutôt que de supporter la sollicitude de vos proches. Je suis bien toute seule. Personne n'habite dans les maisons voisines, abandonnées depuis longtemps. Si j'ai envie de gueuler ou de chialer, je n'aurai pas à me retenir. Partez, ne vous tracassez pas, ne redoutez pas que je commette rien d'irréparable. Pour ce qui est de casser, je m'en suis levé l'envie. Nous nous reverrons à la boutique et vous pouvez être certaine que je me serai ressaisie. »

Elle m'accompagne jusqu'au chemin, me poussant gentiment, mais je ressens son impatience. Je me retourne plusieurs fois. Florette n'est plus là et je ne vois que les bâtisses sombres, plaquées contre le ciel limpide.

Après cet orage, les oiseaux chantent à cœur joie. La garrigue s'est colorée de fleurs de cistes, étalant leur pastel sur l'écrin d'argent du feuillage velouté. Je descends en sautant par-dessus les flaques. Des parois rocheuses, les sources surgissent en cascades, éclaboussant la route et la lissant d'un noir brillant. Je me sens légère. Suis-je donc indifférente au malheur de mon amie ? Certes non ! Mais, comparé à sa déception, mon deuil me paraît facile à accepter car je ressens l'immense soulagement de ne pas avoir dû porter ce poids du désamour. Le pire des affronts pour une épouse, c'est d'être rejetée après s'être crue aimée. À la peine se superpose la honte car la personne trompée est risible ou pitoyable, en aucun cas admirable, aux yeux des témoins de sa déchéance. Connaissant l'arrogance de Florette, je ne doute pas qu'elle gardera la tête haute et saura clore le bec à l'impudent qui oserait faire une allusion sournoise, mais jusqu'à quel point pourra-t-elle faire bonne figure alors que sa fierté a volé en éclats ?

Reprenant ma voiture, j'hésite un instant : difficile de faire demi-tour sur cette route étroite et sinueuse. Je file en avant et franchit l'Ardèche vers Balazuc. Dans les ruelles sinueuses du vieux village, je manœuvre le break avec précaution. Quelques rares touristes en short, mais bottés de caoutchouc et munis de paniers en mailles métalliques, partent à la chasse aux escargots. Sur le seuil de leur grange, les paysans les observent en rigolant. Voilà le grand jeu des hommes : se moquer des autres qui le leur rendent par le mépris.

Je roule, droit devant, prenant plaisir à conduire sur ces routes désertes. À Ruoms, je bifurque et emprunte la voie des gorges, défilé titanesque de lisses colonnes rocheuses segmentées en tronçons parallèles par la rivière qui a creusé son lit loin en dessous. Je m'arrêterai à Largentière, au magasin de la presse, pour acheter quelques journaux, bien que les nouvelles m'indiffèrent, mais je cherche un prétexte pour flâner, avec cette envie de me distraire, de rencontrer quelqu'un de connaissance avec qui faire la causette.

Hélas, il n'y a pas âme qui vive dans le vieux bourg où les gros pavés encore mouillés rendent la marche glissante. Sur la placette, le patron du bistrot essuie tables et chaises trempées par l'averse. Déjà, des touristes se précipitent pour les occuper. Je suis tentée, je voudrais m'asseoir là et commander un thé, mais que penserait-on de moi, une femme seule ? Je n'ai pas l'habitude. Je poursuis mon chemin, trébuchant sur les volées d'escaliers inégaux qui conduisent à la haute ville où la cathédrale pointe son clocher en dentelle de pierre. Je pénètre à l'intérieur de l'édifice, en quête de recueillement. Des échafaudages sont dressés dans les nefs latérales où les ouvriers détachent les plâtres pourris par les infiltrations d'humidité. L'église n'est qu'un chantier et la poussière me fait suffoquer.

Je ressors, emplie d'ennui. Je n'ai donc rien à faire, aucun projet ? Personne à voir ni à qui parler, personne qui m'attende ? C'est ça la solitude ! Une énorme fatigue me tombe sur le dos et, prise d'un vertige, je dois m'appuyer contre un des platanes de la place. Pour me consoler j'essaye de penser à Florette mais ne peux la plaindre : la colère, le chagrin, ça occupe et cela vaut mieux que ce vide qui m'angoisse.

Insidieusement, une petite joie perfide fait son chemin dans mon l'esprit : Florette aussi sera une femme seule, comme moi, et, pour être honnête, je n'en suis pas mécontente. Les couples, et surtout les vieux, qu'ils s'aiment ou se disputent, me font mal à voir. Pourquoi eux et plus nous ? L'apparence du bonheur conjugal me hérisse le poil et je ne me sens solidaire que des blessés ou des frustrés de l'amour, mes compagnons d'infortune. Mais, que suis-je donc devenue ? Une vieille, grincheuse et fielleuse ! Tant que je m'en aperçois, je peux encore me ressaisir, me reprendre en main, me retenir à ce versant de la vie où il n'y a pas de jour sans soleil pour ceux qui sont capables d'aimer les autres.

La tristesse me submerge, je retiens des larmes d'épuisement. Je me suis toujours refusée à demander, incapable d'humilité, trop orgueilleuse. Je préfère remercier avec la plus grande ferveur. Cependant, aujourd'hui, je baisse la tête et, dans un soupir, je prie Dieu de m'aider un peu.

C'est comme si j'avais mis une lettre à la boîte. Elle est partie, elle arrivera et, bientôt, je recevrai une réponse. Je n'ai qu'à attendre et cela veut dire espérer. Aussitôt, je me sens mieux et je descends la rue d'un pas allègre.

La marchande de journaux, madame Bernard, me reconnaît et me questionne gentiment. Nous nous lançons dans une discussion sur les mérites comparés des cultures traditionnelles et « bio ». On ne me raconte pas de sornettes, je suis une vraie paysanne et je sais qu'aucun consommateur, aussi écolo soit-il, n'est attiré par des fruits véreux ou tavelés sous prétexte qu'ils ne sont pas traités ! Il n'y a pas de fruits sains sans soins. Voyant que je m'énerve, madame Bernard détourne la conversation sur les gogos par excellence, les touristes qui commencent à débarquer en quête de soleil et de retour à la nature. Prêts à dépenser beaucoup d'argent pour se ressourcer dans une rusticité agraire, ils sont une manne providentielle pour le pays qui vit si difficilement de son agriculture malgré l'essor récent du vin des coteaux. Madame

Bernard ne manquera pas cette opportunité de grossir son chiffre d'affaire en vendant les quotidiens allemands, belges, hollandais ou anglais, sans oublier les parisiens, car ces adeptes de la vie bucolique veulent rester informés des agitations du monde d'où ils viennent.

En plus des journaux, magazines, cartes routières, cartes postales, papeterie, et une kyrielle de jeux de hasard à poinçonner, à décoller, à gratter, il y a, dans ce tout petit magasin, un surprenant rayon livre. Madame Bernard aurait aimé tenir une librairie, mais il ne faut pas rêver, elle n'aurait pas pu en vivre. Bien que sous-préfecture, Largentière est une toute petite ville à deux pas d'Aubenas et les intellectuels préfèrent se rendre chez Florette Delhaize qui leur paraît plus à la hauteur qu'une marchande de « tac au tac ». Madame Bernard n'est pas amère, elle en rit et se satisfait pleinement de pourvoir quelques bons romans du terroir aux étrangers friands de régionalisme cévenol. Ce n'est pas ce qui manque, le pays ayant inspiré plus d'un écrivain renommé. Je prends mon temps pour choisir deux romans. Au moment où je sors, madame Bernard (qui fait parfois office d'agent immobilier) me rattrape.

« À propos, j'ai entendu dire que vous aviez quelque chose à louer pour cet été ? J'ai promis à une de mes vieilles clientes, madame Lalauze, de chercher pour une amie à elle. C'est une Belge — une artiste — qui a besoin de solitude. Je crois qu'elle illustre des livres pour enfants. Là-haut, chez vous, c'est tranquille, cela lui conviendrait. »

Prise au dépourvu, je reste muette. Oui, bien sûr, la grangette serait à louer, mais j'hésite à y installer une inconnue. J'entends déjà les recommandations de Viviane :

« Ne vas pas louer à n'importe qui sans te renseigner d'abord ! Une fois qu'elle sera là, tu ne pourras plus la mettre à la porte. Est-elle sérieuse, propre, ne va-t-elle pas tout dégrader et partir sans payer ? »

Je n'ai pas envie de me méfier, j'ai besoin de faire confiance, de croire en cette impulsion qui me dit que le destin ne se prévoit pas mais s'accepte. Je réponds sans réfléchir :

« Pourquoi pas ?

— Je préviens ma cliente, elle vous contactera et vous verrez bien si cela vous convient. »

Je m'en vais, partagée entre l'excitation de l'imprévu et l'appréhension d'avoir fait une grosse bêtise. Après tout, je ne me suis pas engagée définitivement, je peux encore renoncer si la bonne femme ne me plaît pas ! Pourtant, une voix allègre chante en moi. Les idées se bousculent dans ma tête. Je me vois déjà en train de préparer le logis pour le rendre accueillant. Je vais rencontrer cette femme, cette artiste, et nous allons nous entendre.

Il faudra que j'aille acheter un peu de vaisselle et quelques instruments ménagers qui manquent dans ce logis. Pourquoi pas également une table et des chaises de jardin ? Avant même de rencontrer la fameuse dame qui doit me contacter, je suis fermement décidée à louer la grangette.

À Planilhac, en sortant de la voiture, je m'aperçois que les hortensias commencent à fleurir. Un sentiment de juste récompense me remplit de fierté. J'ai complètement oublié qu'il y a peu, je me morfondais sur mon sort, envahie d'un noir cafard. Où est passé mon vague à l'âme ? Les chiens, heureux de mon retour, se sont assis à mes pieds et me surveillent de leur bon regard éperdu d'adoration. Plein de douceur, le soleil couchant s'attarde sur la maison, la parant de couleurs de miel. Les yeux clos, je tends mon visage à la chaude caresse de sa lumière.

Du plus haut du ciel, les hirondelles trissent leur hymne à la joie, rendant grâce pour moi.

X

De plein fouet

Il faut que j'aille à Aubenas voir si Florette a repris le dessus. Toute la nuit, j'ai pensé à elle, me reprochant de l'avoir si facilement abandonnée à elle-même puis de l'avoir franchement oubliée pour une locataire que je ne connais pas.

Je ne suis pas tranquille et plus j'approche de la ville, plus mon inquiétude grandit. J'ai été bien légère, hier, de la quitter en voulant la croire forte. Le désespoir peut conduire aux pires extrémités et Florette était trop exaltée pour être aussi raisonnable qu'elle le prétendait. Par lassitude, j'ai failli au devoir d'amitié.

Si jamais elle avait… !

Mon Dieu, j'en porterai la culpabilité toute ma vie !

Je tourne en rond à la recherche d'une place de parking. Mon imagination s'emballe : si je n'en trouve pas, ce sera un signe qu'elle n'aura plus jamais besoin de moi. Je suis folle, voici une place qui se libère et je m'y glisse : cela ne veut rien dire du tout ! Je m'avance vers l'avenue Gambetta, les pieds de plomb, la respiration douloureuse. Du ventre à la gorge, l'angoisse me presse dans son carcan. Dès le début de la rue, je scrute pour voir si le rideau de la librairie est levé mais je suis trop loin pour le discerner. Cette fois, je hâte le pas, ne pouvant supporter plus longtemps ce doute horrible, et, enfin, je vois que le magasin est ouvert ! Je m'appuie au mur, les jambes flageolantes, vidées de mes forces. Mon soulagement est de courte durée. Tant que je n'aurai pas embrassé Florette, je ne puis être sûre de rien. Le trottoir est encombré de badauds qui me bousculent. Je franchis les derniers mètres, le cœur battant à tout rompre.

Je pousse la porte et la sonnette carillonne gaiement. Il y a des clients, deux vieux messieurs égrillards, et Florette leur accorde toute son attention. Elle m'adresse un bref signe de reconnaissance mais poursuit sa conversation. Ses cheveux flamboyants sagement noués sur la nuque, ses beaux yeux avantageusement maquillés, la voix assurée, le geste étudié, elle offre l'apparence d'une personne sereine.

Dans le trumeau rococo qui orne le mur du fond, je surprends mon image, la mine et le chignon défaits. Je me grimace un sourire sarcastique : vraiment, pas belle à regarder ! Pour tromper mon attente, je tripote les livres présentés, les feuilletant sans lire une ligne, dépitée de m'être mise dans un tel état alors que Florette n'avait nul besoin de moi.

Florette accompagne ses clients jusqu'à la porte, leur prodiguant mille amabilités, riant à leurs réflexions oiseuses comme si elles étaient hautement spirituelles. Que suis-je venue faire ? Je me sens importune. Ce doit être également l'avis de Florette qui paraît agacée par ma présence. Avec sa franchise habituelle, elle le reconnaît.

« Ma pauvre amie, vous m'embarrassez. J'ai honte du spectacle que je vous ai donné. Cela ne me ressemble guère, c'est même tout mon contraire ! J'ai eu l'habitude de toujours tout maîtriser et je n'ai pas supporté de perdre le contrôle de la situation, d'être bernée par mon mari comme la dernière des imbéciles. Moi qui l'ai tant aimé, tant admiré, tant soutenu, qui ai cru en lui alors qu'il n'était qu'un minable, il m'a cocufiée sans vergogne. Et avec qui ? Avec une vieille snob qui flaire l'affaire juteuse et qui l'exploitera tant qu'il lui restera du talent. Il s'est fait blouser car elle le jettera après usage comme un mouchoir en papier. Et cela ne fera pas long feu car il n'est pas homme à survivre dans ce milieu frelaté des artistes à la mode. Il sera malheureux et perdra tout goût pour la création, et moi… moi… je n'aurai que mépris pour lui ! L'amour ne survit pas à un affront pareil. Je ne suis pas une femme que l'on peut ridiculiser. Vous, ma chère, qui pleurez un mort, je vous envie car vous pouvez continuer à l'aimer dans la dignité, alors que moi, je devrai jouer la comédie du détachement, cacher ma déception et feindre me moquer du qu'en dira-t-on alors que chaque regard des autres me mortifie déjà. Si vous avez un peu d'amitié pour moi, je vous en prie, oubliez ce que vous avez vu, ne m'en parlez jamais, faites comme si vous ne connaissiez pas ma faiblesse. Surtout, pas de compassion ! À présent, laissez-moi, j'ai plein de classement en retard, je vais reprendre ma librairie en main, je ne l'ai que trop négligée. »

Florette a un grand sourire sans joie et, d'une main ferme, elle me pousse vers la porte. Je n'ai pas de réponse et me contente de hocher la tête, affichant aussi ce grand sourire convenu. La clochette tinte derrière moi, mais son grelot résonne comme un sanglot.

Assumer l'humiliation demande autant de courage que pour supporter le chagrin ! J'admire son attitude qui nous imposera de faire comme si de rien n'était, interdisant tout apitoiement, tout rabâchage morbide, et nous permettant de poursuivre notre amicale relation avec une insouciante vivacité. Je sais par expérience que le malheur ne suscite chez les autres qu'une commisération très éphémère, vite remplacée par un sentiment de lassitude voire d'agacement et les miséricordieux des premiers jours espaceront bientôt leurs visites, dégoûtés par votre grise mine. Le chagrin est intime et doit rester enfoui au plus profond de nous-mêmes sous peine d'indécence. De nos jours, il est mal vu de se montrer inconsolable ! Remettez-vous bien vite à rire si vous ne voulez pas vous retrouver seule, comme une pestiférée.

Reconnaissante à Florette de m'avoir libérée de ce pesant devoir de sollicitude, je m'arrête au supermarché, décidée à profiter de ce plaisir de chercher, de choisir, de me laisser tenter par ces marchandises offertes à mes envies plus qu'à mes besoins. Au rayon jardinage, l'ambiance est déjà celle des vacances, du farniente, des baignades, des pique-niques, des jeux sur la pelouse aux massifs fleuris dûment arrosés par des asperseurs rotatifs. À l'évidence, ici, le bonheur, c'est la consommation, et honnis soient ceux qui n'en ont pas les moyens. Écœurée par cette provocation à la dépense, je limite mes achats à l'essentiel, aspirant soudain à me réfugier chez moi, dans la tranquillité et la solitude.

La dame Lalauze est venue. La vieille bavarde se croit obligée de tout m'expliquer. Depuis longtemps, elle louait chaque année un gîte à cette famille de Belges. Des gens bien comme il faut, apparemment sans histoire. Et voilà, c'est comme partout : il y a eu divorce, les enfants sont grands et sont partis ailleurs. La femme ne veut pas revenir là où trop de souvenirs la blessent. Par pure amitié, madame Lalauze (tellement dévouée bien que ce soit elle qui le dise !) a promis de lui chercher quelque chose ailleurs.

Je verrai, la Belge c'est une originale, une artiste, mais une personne tranquille, qui passe son temps à peindre ou à rêver ; elle ne me causera pas de tracas. Elle a un nom à coucher dehors, imprononçable pour un gosier français, dans le genre Érika Vandemachin. La mère Lalauze a décidé de l'appeler Henriette. Ça fait plus catholique. Il paraît qu'elle est connue chez elle en Belgique mais, ma foi, madame Lalauze, elle n'y entend rien en peintures. Les seules qu'elle aime, ce sont celles qu'on vend sur le marché et qui représentent de beaux paysages avec des moulins et des lavandes. C'est affaire de goût, n'est-ce pas, et ça ne se discute pas ! Néanmoins, elle m'en jacasse tout un cours.

La brave dame est intarissable et, prise d'une effroyable migraine, les oreilles bourdonnantes, la vue en zigzag, je ne l'écoute plus, essayant vainement de mettre fin à ses discours en répétant plusieurs fois que c'est d'accord, qu'elle peut prévenir son Henriette. Je me garde de lui avouer que moi aussi, je suis d'origine flamande. Lorsqu'elle me quitte enfin, je suis tellement excédée que je regrette ma décision. Si ma locataire est du même genre, je ne vais pas la supporter. Je ne peux plus me désister : d'ici deux semaines, l'artiste belge envahira mon espace. J'avale deux comprimés et me couche dans le noir.

Ce soir, en téléphonant à Jean, je suis bien obligée de lui avouer mon initiative. Il se lamente car, lui, il s'était plus ou moins engagé avec son copain Roland qui lui en avait touché un mot pour louer la grangette pendant les vacances. Pourquoi n'ai-je rien dit auparavant ? Pour qui va-t-il passer vis-à-vis de Roland qui sera déçu, évidemment. Je m'énerve, nous sommes à la limite de la dispute. C'est quand même moi qui dois m'occuper de tout, alors je loue à qui je veux ! Je raccroche, pas fière du tout, les tempes à nouveau douloureuses.

Pour en finir une bonne fois pour toutes, sur ma lancée, je préviens Viviane. Qu'elle ne s'avise pas de m'admonester, je suis remontée comme un coucou suisse, prête à piquer du bec. Toute mon agressivité retombe à plat quand ma fille me félicite de ma décision.

« Cela te fera de la compagnie, maman. Cela te fera du bien car ce n'est pas sain de vivre comme une recluse. Tu auras à qui parler et tu pourras sortir avec elle pour lui montrer tous les beaux endroits que tu connais. »

Qu'est-ce qui lui arrive ?

Il lui arrive que sa grossesse la remplit de bonheur. Elle ne parle plus que de ce tout petit qui bouge comme un champion de foot. Car ce sera un garçon, elle le sait de façon certaine, et elle s'attendrit sur cette vie qui croît en elle. Je m'inquiète de Sophie : comment prend-elle cette annonce de partage ? Sophie est folle de joie et d'impatience. Tous les soirs, elle se couche un long moment contre sa mère pour sentir, elle aussi, ce petit frère frapper des pieds. Cet enfant lui appartient, comme lui appartiennent ses parents. Investie d'un sentiment d'importance, Sophie est devenue une fille modèle, très attentionnée, sérieuse et studieuse. François a changé du tout au tout : plus question de s'enfermer dans son mutisme, non, il est gai et entreprenant. Il repeint toute la maison et déplace les meubles pour organiser la venue du bébé. Je me sens exclue de cette belle euphorie. Pressentant sa réponse, je demande :

« Vous comptez toujours venir à Planilhac aux vacances ?

— Je ne sais pas encore, maman, tout dépendra de comment je me sentirai. Hervé et Odile nous ont proposé d'aller dans les Alpes avec eux. Cela me conviendrait mieux car je redoute la chaleur de cet été. Et puis, à l'hôtel, je n'aurai rien à faire et François insiste pour que je me repose.

— Ah ! Et Sophie aussi ?

— Oui, bien sûr. Tu sais, en ce moment, elle est autant attachée à moi que Stéphanie à Odile. Mais c'est long les vacances ! Elle aura certainement envie de venir te voir et je te l'enverrai plus tard. Tu n'es pas déçue au moins ? »

Ah ! C'est donc pour cela qu'elle approuve ma décision d'accueillir une locataire ! Cela soulage sa conscience car elle n'a pas envie de monter en Ardèche mais se sent vaguement mal à l'aise. Elle m'encourage à me faire des amis et à m'amuser pour ne plus avoir à se soucier de mon éventuelle tristesse.

Pour ne pas l'embarrasser, forçant ma voix à l'enjouement, je m'empresse d'approuver ses projets. Par téléphone il est facile de feindre et j'écourte la conversation sous un faux prétexte. Bras ballants, je reste assommée près de l'appareil, le contemplant stupidement. Je pense à cette publicité « C'est si simple avec un coup de fil ». Oui, vraiment, c'est si facile d'asséner un mauvais coup avec ce fil et de ne plus s'en préoccuper car on ne voit pas la souffrance occasionnée.

Quand elle avait besoin de moi, elle savait où se réfugier, mais, à présent que tout va bien, elle doit me trouver encombrante. C'est bien fait pour moi, de quoi me plaindrais-je puisque j'ai toujours voulu paraître forte et indépendante, n'ayant besoin de personne ?

Je récolte ce que j'ai semé !

À propos de semer, ce qui me console, c'est mon semis de roses trémières. Des graines, jetées aux quatre vents, jaillissent aux endroits les plus inattendus les hampes vigoureuses sur lesquelles se déplient l'une après l'autre des corolles d'abord fripées comme du papier crépon. Du rose le plus pâle au pourpre presque noir, les fleurs dévoilent en s'épanouissant le coloris subtil et contrastant de leur calice, honoré par de gros bourdons bleus aux pattes dorées de pollen. Je m'extasie sur l'exquise perfection de la nature qui met tant de beauté en la moindre de ses créations.

Pleine d'enthousiasme, je passe mes journées à mettre en ordre la grangette, organisant tout pour un séjour agréable. Souvent, pour me reposer, je m'assieds et rêvasse, laissant errer mon regard sur le bout de paysage qui s'encadre dans la petite fenêtre. Dans le clair silence éclate le chant de la forêt. Une huppe a établi domicile au creux d'un vieux mûrier et j'observe ses incessants va-et-vient pour nourrir sa nichée. Le bec plein, elle s'accroche au tronc, tournant son aigrette dans tous les sens, à l'affût d'un danger. Puis, rassurée, elle plonge dans le trou, sous l'écorce craquelée derrière laquelle les oisillons piaillent d'impatience. Plus loin, un merle audacieux se fait remarquer par une roulade. Un serin enchaîne la sienne, tentant de rivaliser. Le faisan lance son cri guttural. Les baies acides des merisiers font les délices de tout ce petit peuple. J'essaye de cueillir quelques cerises mais j'arrive trop tard : toutes, et surtout les plus noires, ont déjà un coup de bec. Je ne suis pas dégoûtée et me gave de ces fruits juteux qui tachent mon chemisier.

Les journées passent vite. La Belge sera bientôt là. La grangette est fin prête. Ce soir, après avoir tondu le pré et rentré la machine dans la cave, je m'aperçois que seule Marmotte m'attend, à son poste, en haut des escaliers. Où est passé mon Fripon ? C'est vrai que, aujourd'hui, il ne m'a pas embêtée à vouloir mordre les pneus de la tondeuse comme d'habitude. Je l'appelle plusieurs fois, me tournant dans toutes les directions. Ne l'aurais-je pas enfermé par inadvertance dans la grangette ? J'y retourne, en vain. Il n'y est pas. Une sourde inquiétude commence à m'oppresser mais je la chasse. Ce voyou aura suivi une femelle en chaleur et il ne va pas tarder à rentrer, épuisé et penaud.

Je prépare mon souper et la pâtée des chiens. Marmotte mange, du bout des lèvres ; moi, je ne peux avaler une bouchée. J'ai branché la télévision mais suis incapable de fixer mon attention sur le programme. J'ai laissé la porte ouverte mais, à tous moments, je sors pour contrôler s'il n'est pas en vue. Nulle étoile, dans le ciel couvert, n'éclaire la nuit. Je frissonne mais ne me résous pas à me coucher. Serrant un châle autour de mes épaules, j'attends, assise devant le porche, repoussant les folles images qui hantent mon imagination. Je m'obstine à prétendre qu'il ne lui est rien arrivé, qu'il va revenir, et je me promets de ne pas le gronder malgré la peur qu'il m'a infligée. À minuit, je ne me leurre plus et je suis sûre que la pluie fine qui me mouille le dos, mouille aussi son pauvre petit corps blessé, perdu quelque part, je ne sais où.

Dès les premières clartés de l'aube j'arpente la route, scrutant les fossés qui la bordent. Marmotte m'accompagne ; je compte sur elle pour repérer son compagnon avec son flair et son instinct. Je l'exhorte comme Richard le faisait à la chasse : « Allez, cherche ! Où il est Fripon ? Cherche ! » Elle dresse les oreilles, me comprends et fouille de la truffe les bordures d'herbes folles, n'hésitant pas à pénétrer les fourrés les plus épais. Parfois, elle relève le museau et me regarde d'un air las, puis elle repart à fond, espérant autant que moi. Toutes les cinq minutes, je crie : « Fripon, Fripon ? » J'écoute, tendue, la bouche ouverte pour laisser échapper les battements de mon cœur qui tambourine dans mes oreilles. Je guette un jappement, un gémissement. Rien !

Quelle direction choisir ? Aux rares passants je demande : « N'avez-vous pas vu un Yorkshire ? » Personne ne l'a vu. J'ai une boule qui gonfle dans ma poitrine. Je suis sûre qu'il n'est pas mort et qu'il m'attend. Va-t-il avoir la force de tenir le coup. Mon Dieu, mon Dieu, faites que je le retrouve à temps, ne permettez pas qu'il crève comme un rat. Ce n'est qu'une bête mais il est capable de tant d'amour !

J'ai dû parcourir plusieurs kilomètres. Ce n'est pas possible qu'il ait été aussi loin. Il a dû partir ailleurs, il faut que je revienne sur mes pas et remonte la route dans l'autre sens. Je cours, le temps presse. En approchant de la maison, je le vois enfin, une chose informe, un peu de fourrure grise souillée de boue et de sang, affalé à l'entrée de notre chemin. Il n'y était pas tout à l'heure. Au prix de quels efforts a-t-il pu se traîner jusqu'ici ? Bouleversée, je tombe à genoux près de lui. Craintivement, Marmotte s'approche et le renifle. Ouvrant des yeux exorbités de terreur, Fripon geint faiblement. Il me reconnaît et gratte le sol d'un mouvement convulsif pour se traîner plus près de moi. À bout de forces, il abandonne et enfonce son museau au creux de ma main. Il halète, essoufflé par cette lutte inégale qu'il mène seul pour survivre.

Je le soulève précautionneusement, redoutant de le blesser davantage, mais il est si menu qu'il tient tout entier dans le berceau de mes deux paumes. Visiblement, c'est l'arrière-train qui est atteint, probablement heurté par une voiture. Vite, il faut le conduire chez un vétérinaire. Je dépose Fripon sur le siège avant et prends le volant. Marmotte court après la voiture : elle veut accompagner. Je la laisse monter à l'arrière et fonce vers Joyeuse. Je conduis d'une main, caresse Fripon de l'autre : « Courage mon petit vieux, tiens le coup, on va te soigner ! »

À la clinique du docteur Bourdieu, malgré l'heure matinale, il y a déjà un monde fou avec chiens et chats de toutes tailles dans la salle d'attente. Juste au moment où je franchis la porte, le vétérinaire sort de son cabinet, reconduisant une dame tirée par son Labrador fougueux. Tout de suite, la cliente suivante se précipite pour ne pas manquer son tour. Je ne peux parler, j'éclaterais en sanglots, mais je tends mes bras sur lesquels repose le pauvre Fripon, pantelant. Le docteur a compris ma supplication, il se penche sur le chien et, sans un mot me fait signe d'entrer, écartant la dame avec son coquet caniche. Il n'a pas besoin d'explication. Silencieux, il ausculte le petit corps sans réaction à part le souffle saccadé et le regard affolé. J'ai suivi l'examen et mon espoir s'envole, je sais que la colonne vertébrale est brisée. Il n'y a plus rien à faire ! Monsieur Bourdieu n'est pas un bavard, mais sa grimace d'impuissance est explicite. Il soupire, demandant sans me regarder :

« Alors, qu'est-ce qu'on fait ? »

Je sais ce qu'il veut dire mais je veux encore espérer un miracle. Mon cœur bat la chamade. D'une voix étouffée, je murmure :

« Ne pouvez-vous pas l'opérer ? »

Cette fois, il me regarde droit dans les yeux, plein de pitié :

« Il va souffrir pour rien, il vaut mieux l'endormir définitivement ! »

Je me détourne, mordant mon poing pour retenir un cri de révolte. Comment consentir, non pas, à le laisser mourir, mais à le tuer ? Cependant ma raison me souffle que je dois accepter d'abréger sa souffrance et je hoche la tête dans un signe d'assentiment que je suis incapable de prononcer.

Je me suis assise, prenant Fripon appuyé contre moi, pour qu'il n'ait pas peur. Je lui susurre des mots de tendresse, je l'embrasse, le gratte derrière les oreilles, comme il aime. Il accroche ses yeux aux miens, plein de confiance, et je lui souris pendant que le docteur prépare la seringue, cherche la veine dans la patte insensible et injecte lentement le puissant anesthésique.

Fripon ne se débat pas. Tout doucement, son regard se voile, il baisse les paupières, vaincu par le sommeil.

« C'est fini », annonce le docteur Bourdieu en retirant son aiguille. Je le contemple, stupéfaite. Ce n'est pas vrai : il dort paisiblement, sa petite gueule entrouverte comme je l'ai vu si souvent avec ce bout de langue rose qui dépasse les dents minuscules ! Je me penche pour l'embrasser : alors seulement, Fripon exhale un gros soupir de bien-être, étirant ses pattes une dernière fois, blotti contre mon ventre comme tous les soirs lorsqu'il venait faire son câlin pendant que je regardais la télévision.

Quelque chose se déchire dans ma poitrine, provocant une douleur violente, mais je suis courageuse, je me relève et demande au vétérinaire le montant de ses honoraires. Il hausse les épaules : il ne se fait payer que pour guérir ! Avec douceur, il me reprend le chien afin de l'enfermer dans un sac en plastique — un sac poubelle.

« C'est parce qu'il risque de se vider et cela salirait la voiture », m'explique-t-il.

Je le laisse faire, incapable de réfléchir et je sors, suscitant un profond silence dans la salle d'attente où les clients me regardent passer, devinant ce qui est arrivé et qu'ils redoutent plus que tout. Je porte respectueusement, sur mes bras tendus, ce sac pesant et mou. Je le pose sur le siège à côté du mien et Marmotte, restée à l'arrière, se hisse par-dessus le dossier pour le renifler frénétiquement. Elle me regarde, remplie d'incompréhension, mais je ne peux rien lui expliquer car aucun son ne traverse ma gorge, serrée sur mon chagrin comme le lien qui serre ce sac. Je conduis lentement. De temps en temps, je tâte furtivement le sac. Fripon est là, encore souple et chaud. Je ne suis pas certaine qu'il soit vraiment mort. Il doit étouffer dans ce sac !

En arrivant, je me hâte de déchirer ce plastique infâme pour délivrer mon chien. Je le soulève, mais malgré sa petitesse, il m'échappe presque, glissant entre mes mains sans résister. Je ne sais comment le tenir sans qu'il ne paraisse désarticulé. Sa tête oscille, pendant au gré de mes mouvements. Je m'assieds sur les marches de l'escalier, Fripon sur mes genoux, et je le caresse pour remettre de l'ordre dans sa fourrure où le sang et la boue ont séché, collant les poils en mèches raides. Des doigts, je les démêle, attentive à ne pas tirer pour ne pas lui faire mal. Il se soumettait volontiers aux séances de brossages mais savait m'arrêter quand je dépassais les bornes. Attentive, Marmotte suit chacun de mes gestes, espérant peut-être de moi, avec sa foi d'animal, que je ranime son petit compagnon. Elle est là, partageant ma tristesse, et je suis moins seule.

Mon Richard, pour la première fois, ce n'est pas à cause de toi que je ressens ce mal atroce qui me perce la gorge et la poitrine de mille couteaux. Mais comme j'aurais besoin de ton bras sur mon épaule, de la pression de ta main m'attirant contre toi pour nous soutenir mutuellement dans ce chagrin, le vivre ensemble pour le supporter ! Tu l'aimais autant que moi ce

Fripon, ce chien de luxe comme tu disais, toi qui avait été réticent au début, ayant une préférence pour les chiens de chasse plus rustiques.

Eh bien voilà ! Fripon aussi a rejoint l'absence, ce territoire d'indifférence où l'amour n'a aucun pouvoir de consolation. Qui ose dire que la mort d'un animal est sans commune mesure avec celle d'un être humain ? On mesure le chagrin à l'aune de l'amour, et celui que cette pauvre bête m'a donné à chaque instant de sa courte vie s'ajoute, se confond et s'unit dans mon esprit avec celui reçu de Richard.

De plein fouet, le chagrin me cingle. Ma vue se brouille derrière le rideau de larmes. Richard ! Comment as-tu pu me laisser ! N'as-tu pas pitié de mon désarroi ? Ne voudrais-tu pas, un bref instant, me prendre contre toi et m'embrasser ? J'ai tant besoin de toi, c'est trop difficile sans toi ! Je n'en peux plus de solitude dans la peine. Ce manque de toi, que je croyais avoir dompté, resurgit avec la violence d'un éclair, me foudroyant.

Un spasme me plie en deux et, de mes yeux, les larmes jaillissent sur Fripon. Je les retiens entre mes doigts serrés sur mes paupières, mais elles franchissent ce barrage dérisoire, et mon nez coule, et de ma gorge s'échappent des sanglots que je ne puis ravaler. Je voudrais protéger mon chien de ce déluge et me renverse en arrière. Je me frotte le visage sur mes manches, je me sens mal, le corps secoué de tremblements incoercibles, incapable de me relever, cherchant ma respiration à travers les hoquets qui me convulsent.

Marmotte n'a pas aboyé et pourtant quelqu'un est là. Je sens la caresse d'une main sur mes cheveux, j'entends des mots doux dans une langue étrangère, des mots qui fredonnent une berceuse pour calmer les enfants apeurés. C'est bon, c'est rassurant et si je pleure encore c'est sans douleur, pour laisser écouler cette affliction qui m'étouffe comme un gros sac en plastique logé au milieu de ma poitrine.

Ces bras qui me soutiennent, cette joue qui se mouille contre la mienne, cette tendre affection sont d'une femme inconnue. Mes yeux brûlants ne peuvent la distinguer mais déjà je l'aime et je m'appuie contre son épaule. Sur le corps de Fripon, sa main se joint à la mienne pour le caresser encore.

Progressivement m'apparaît le visage ovale, les yeux gris pointillés de vert, les longs cheveux d'une blondeur pâle de blés blanchis par le soleil. Elle me sourit et je suis certaine de la connaître. Mais d'où… ?

« Marieke, chère Marieke, te souviens-tu de moi ? »

Où m'appelait-on Marieke d'une voix mélodieuse, si ce n'est au pays flamand de mon enfance ? Et soudain, je la devine, Hendrikje, la compagne de mon adolescence avec qui nous échangions devoirs scolaires et secrets de jeunes filles romantiques.

La stupeur a tari mes larmes. J'hésite un peu :

« Hendrikje… c'est toi ?

—Oui, *Zoeteke*, (douce petite chérie) c'est bien moi, Hendrikje Stoffels, avec trente-cinq ans de plus mais toujours la même ! Je sais tout de toi par madame Lalauze à qui j'ai laissé ignorer que je te connaissais d'avant. Je voulais te surprendre mais je suis contente d'être là pour te consoler. Moi j'ai perdu mon vieux chien alors que mon mari me quittait et c'est la mort de mon chien qui m'a fait pleurer, car lui seul m'aimait, telle que j'étais, sans jamais me juger, quoique je fasse. Si tu le veux, je vais t'aider à l'enterrer, dans un bel endroit où tu seras heureuse de savoir qu'il repose. »

Malgré mon étonnement, je garde les questions pour plus tard. D'abord il faut s'occuper de Fripon ! Je le confie à Hendrikje qui le porte au creux de son bras, comme un bébé. Je sors de la remise la bêche, mais aussi la pioche car le sol est dur par ici. Je sais où il sera bien : sur la dernière terrasse qui surplombe la maison, au pied d'un olivier planté par Richard. C'est là que le chien préférait se tenir pour surveiller nos va-et-vient dans le jardin. C'est de là aussi qu'on a le plus beau point de vue sur les montagnes lointaines et nous y venions souvent, Richard et moi, nous asseyant, à l'ombre du mûrier, sur cette roche arrondie comme une carapace de tortue.

J'ouvre la terre à grands coups de pioche. L'effort est énorme mais je serais capable de briser des rocs. Creuser sa tombe est la dernière marque d'affection que je peux lui donner et j'ai les forces qu'il faut. Quand le trou est assez profond et large, je m'agenouille pour y déposer Fripon, l'arrangeant confortablement dans sa position habituelle de sommeil. Penchée tout près de lui, dans un ultime tête-à-tête, je lisse sa fourrure de dernières caresses, murmurant : « Adieu mon gentil petit chien. » De l'autre main j'éparpille sur lui la terre meuble, tout doucement pour qu'il n'en sente pas le poids. Il ne reste plus de visible que le coin de son oreille pointue et le bout de son museau avec sa minuscule truffe grosse comme une olive. Une dernière poignée me le cache complètement, mais j'étais déjà aveuglée de larmes. C'est vraiment fini ! À pleine brassée, je rassemble la terre au-dessus de la fosse. Marmotte ne m'a pas quittée, suivant mes gestes avec gravité. Elle s'approche, renifle la terre remuée, et se couche dessus, allongeant sa tête entre ses grosses pattes. Moi aussi, je voudrais appuyer mon front sur cette terre pour me reposer, mais Hendrikje me prend par le bras et me force à me relever. J'ai besoin de son aide car je tiens à peine sur mes jambes.

« Il faudrait déposer des pierres dessus, pour que… »

Oui, je sais, pour qu'aucune bête sauvage ne vienne le déterrer. Là-bas, en bordure, il y a de grandes lauzes qui feront l'affaire. Pour une si petite sépulture, une seule suffit. Ensemble, nous choisissons la plus belle et la transportons en titubant. Voilà, satisfaite, j'admire la dalle rugueuse au pied de l'olivier marquant l'existence de ce tout petit chien qui a tenu tant de place dans ma vie.

Hendrikje me prend par la taille et nous nous asseyons à l'étroit sur la roche. Je suis épuisée mais apaisée. Mon cœur est encore dolent mais je ne sens plus cette âpre déchirure qui me faisait suffoquer. Sans échanger un mot, nous contemplons la vallée éclairée suivant les caprices du soleil qui perce l'écume des nuages harcelés par le vent d'ouest.

Marmotte appuie ses pattes sur mes genoux et m'envoie un grand coup de langue sur la figure. « Allons, je suis là, moi », me dit-elle dans son langage que je comprends et traduis à Hendrikje. Elle rit et parle à la chienne en flamand :

« *Gÿ zÿt een braaf meisje* (Tu es une brave fille). »

Il y a si longtemps que je n'ai plus entendu cette langue et pourtant les mots me sont encore familiers. Nous prenons chacune un outil et revenons vers la maison.

« Il faut que tu m'expliques…

— Oui, Marieke, je vais te raconter, mais nous avons tout le temps devant nous. D'abord, nous allons nous re-connaître. »

XI

Retrouvailles

NOUS SOMMES ASSISES, l'une en face de l'autre, à la grande table de la cuisine. La pénombre de la pièce est propice à l'échange de confidences. Je me sens endolorie, fragile et, surtout, altérée. Rien ne peut étancher ma soif et je me relève pour remplir mon verre au robinet.

Les bras croisés appuyés sur le bois de la table, posément, sans émotion, comme si cela ne la concernait pas, Hendrikje raconte, mêlant parfois un mot flamand quand elle ne sait comment l'exprimer en français. Je traduis machinalement, et ce sont mes seules interruptions dans son récit.

« Tu étais déjà partie te marier en France quand j'ai commencé ma licence de langues germaniques à l'université de Bruxelles. C'est là que j'ai retrouvé Wilhem Vandeleeuwhart. Te souviens-tu de lui, le grand frère de notre copine Nora ? Il était encore plus séduisant et terminait sa maîtrise de droit international. J'ai été flattée qu'il s'intéresse à moi et n'ai pas pu, ni voulu, lui résister. Évidemment, tout de suite, j'ai été enceinte.

Tu te souviens de mes parents ? Principes et préjugés ! Ils ont toujours décidé de ce qui était bon pour moi ! C'est eux qui m'avaient poussée vers le professorat alors que je rêvais d'entrer à l'Académie des Beaux-arts. De même, ils ont exigé de Wilhem qu'il "répare" la faute en m'épousant. Les beaux-parents, tellement ambitieux pour la carrière de leur idole de fils, ont fait la gueule, mais Wilhem était majeur et n'avait pas besoin de leur consentement.

Notre fille est née et notre amour s'en est allé. Nous l'avons appelée Godelieve, Aimée de Dieu, et j'espère qu'il s'en est chargé car nous, nous l'aimions bien peu. Ce nourrisson qui pleurait, alors que nous devions étudier, nous tapait sur les nerfs et nous ne pouvions plus nous supporter mutuellement. Plus d'une fois, au cours d'une violente dispute, j'ai vu dans les yeux de Wilhem l'envie de me frapper. Il n'y résistait qu'en partant, claquant la porte derrière lui. Le soir, en rentrant, il avait ce visage buté qui me repoussait dans le mutisme. Alors ce bébé, témoin sans doute conscient de nos affrontements, ce bébé qui hurlait, je ne pouvais pas l'aimer. Il avait mis ma vie dans une impasse. Je souhaitais qu'il n'ait jamais existé, j'ai souhaité qu'il n'existe plus ! Je comprends les mères criminelles. Je sais que le désespoir engendre la folie et que le plus sage peut y succomber.

Nous aurions dû nous séparer à ce moment-là ! Au lieu de ça, pour notre tranquillité, nous avons laissé la mère Vandeleeuwhart prendre possession de notre fille et nous sommes consacrés à notre carrière.

Wilhem devenait éminent dans sa profession et gagnait beaucoup d'argent. Il n'a plus voulu que sa femme travaille — cela ne convenait pas à son *standing* —, et a exigé que je reste à la maison. Je devais "recevoir" ses relations d'affaire. Au début, je me suis appliquée, mais je ne suis pas douée pour ce genre de truc et, chaque fois, il y avait quelque chose de raté.

Wilhem avait honte de moi et me faisait des scènes horribles. La belle-mère se mêlait de tout, prétendant me donner des conseils, me faisant surtout des critiques. Je n'étais jamais comme il faut pour servir la gloire de son grand homme de fils. Non seulement je ne savais pas cuisiner, mais non plus m'habiller, ni me coiffer, ni converser pour paraître une bourgeoise raffinée. Plus ils essayaient de me transformer, la mère et le fils, plus je me ratatinais sur moi-même, devenant de plus en plus nulle. Le pire, c'est que j'étais persuadée qu'ils avaient raison et que j'avais tort. Je me suis mise à boire, c'était ma seule possibilité de refuge, et j'ai atteint le fond du désespoir. Je suis sûre que ma belle-mère espérait que je me suicide et c'est seulement pour ne pas lui faire ce plaisir que j'ai lutté contre cette attirance de la mort. J'ai quand même fait une tentative (manquée !) et, à ce moment-là, Wilhem a compris que sa gentille maman, sous l'apparence de rendre service, manœuvrait pour détruire notre couple.

Il s'est enfin écarté d'elle et rapproché de moi. Il m'a encouragée à suivre une cure de désintoxication, puis m'a poussée à reprendre le dessin, la seule discipline où j'étais valable. Nous avons fait un autre enfant, un fils, Tom. J'ai cru que j'étais heureuse. Nous avons donné l'illusion, quelques années, d'une famille unie.

Mes illustrations ont eu du succès et on a commencé à s'intéresser à moi pour des livres d'art et des expositions. On parlait de moi dans les journaux et, au début, Wilhem était flatté. Après, il en a pris ombrage : c'était lui l'homme important ! Il ne fallait pas l'oublier !

Pendant ce temps, les enfants grandissaient. Godelieve a toujours été très indépendante, très sûre d'elle, brillante, réussissant tout ce qu'elle entreprenait. Elle dirige maintenant avec talent une agence d'intérim. Mais Tom, mon pauvre chéri, était comme moi, trop sensible et vulnérable et il a déçu Wilhem qui exigeait un fils fort et ambitieux, à son image. Écrasé, battu d'avance par la supériorité de son père, Tom n'a fait aucun effort, se complaisant dans la dénomination de cancre ou de bon à rien. Longtemps, il est resté chétif, souvent malade. Plus tard, il a souffert d'acné et a aussi dû porter des lunettes. Cela l'a rendu timide, renfermé sur lui-même, mal dans sa peau.

Mais il était mon tout petit : il n'aimait que moi, je n'aimais que lui ! »

Hendrikje se tait, cachant son visage dans ses mains. On n'entend que le tic-tac du balancier de l'horloge et le goutte à goutte du robinet que j'ai mal fermé. Je pressens le drame qui a fait basculer sa vie dans l'horreur. Je me lève, remplissant encore un cruchon d'eau. Je tends un verre à Hendrikje. Elle me remercie et boit à grands traits.

« Je ne sais pourquoi j'étale tout ça devant toi ! Cela ressemble tellement à un mauvais mélo que j'en ai honte. Tu penses sûrement que, après avoir été une mère indigne, je suis devenue une mère possessive, que je l'ai trop couvé, que j'ai reporté sur lui l'affection qui me manquait, que je l'ai étouffé ! Sans doute est-ce vrai — je n'ai jamais pu agir raisonnablement—, mais je croyais le protéger, le voyant sans défense contre ce père autoritaire. Cependant, c'est par ce père prestigieux qu'il était attiré, c'est à lui qu'il voulait inconsciemment ressembler alors qu'il prétendait le haïr. À dix-sept ans, il a grandi énormément et est devenu beau garçon. Il a pris de l'assurance, a mieux travaillé à l'école et, pour l'encourager, Wilhem lui a offert une moto. J'étais folle furieuse, je m'y suis opposée de toutes mes forces, prévoyant le pire. Personne ne m'a écoutée et surtout pas Tom qui pensait avoir enfin gagné l'estime de son père et voulait démontrer que lui aussi était capable d'assumer des risques. *Zot kind, ongelukkig moeder* (Fol enfant, malheureuse mère) !

Chaque jour, j'ai attendu l'accident, et trois ans plus tard… il est arrivé ! Tom est resté six mois dans le coma. Je l'ai veillé nuit et jour, sûre que seul mon amour le rappellerait à la vie. Il est revenu d'entre les morts, mais quand il a été conscient, il m'a détestée de l'avoir fait renaître dans ce corps d'infirme car il est défiguré et amputé d'une jambe. Il m'a chassée, il ne veut plus me voir, ne supportant ni mes larmes ni mes baisers. Il n'accepte que la présence de son père qui le rudoie sans pitié. Je te demande un peu ! Ce père gonflé d'orgueil qui voulait un fils à sa ressemblance, que va-t-il faire d'un handicapé ? Au lieu de nous réunir, ce drame nous a déchirés et la cellule familiale a éclaté. Wilhem, courant le monde à la poursuite de ses affaires, a cherché ailleurs ce que je ne pouvais plus lui donner. De mon côté, je n'ai pas été irréprochable. Godelieve prend et jette ses amants comme des mouchoirs en papier. Incapable de poursuivre ses études, Tom n'en finit plus de se rééduquer, mentalement et physiquement, dans une clinique spécialisée. J'ai demandé le divorce. Je suis une femme libre ne devant plus penser qu'à moi et à ma carrière d'artiste. »

Que d'amertume dans le ton ! Par-dessus la table, je lui prends les deux mains. La pièce se remplit d'ombres. Le silence flotte et se dépose doucement sur nous comme une gaze de soie, légère et chaude. Aussi meurtries que nous soyons aujourd'hui, nous savons qu'il n'y a pas de cicatrice qui ne s'atténue avec le temps, maître de l'oubli. Je dois me racler la gorge plusieurs fois avant de retrouver ma voix :

« Mais, en ce qui me concerne, explique-moi comment tu m'as retrouvée ? Si tu savais où j'étais, pourquoi ne m'as-tu jamais contactée plus tôt ?

— Tu as un cousin qui travaille à la *Bank van Antwerpen.* Godelieve a fait un stage de formation dans cette banque et ton cousin lui a parlé de toi sans se douter qu'elle était la fille de ton amie d'enfance. J'ai voulu en savoir plus et, sans révéler mes arrière-pensées, depuis longtemps, j'ai poussé Wilhem à passer nos vacances chaque année en Ardèche. Ce fut facile de faire parler de toi par les gens du village. Cependant, quand j'ai appris combien tout te réussissait dans la vie alors que moi, je me fourvoyais, je n'ai pas pu supporter l'idée de te rencontrer. Ton bonheur était insultant, je n'ai pas eu la force, je n'ai rien dit. C'est moche, hein ! Mais quand j'ai su ton malheur, je me suis sentie proche et, même sans madame Lalauze, je serais venue à toi *mÿn zielsvriendin*, mon amie d'âme ! »

Je lui serre plus fort les mains. Je n'ai rien à lui reprocher, connaissant ce sentiment d'amertume qui pousse à fuir ceux pour qui tout va pour le mieux alors que le monde s'est écroulé autour de vous. À celui qui est heureux, comment lui dire sincèrement « Je suis contente pour toi ! » quand, du fond de son cœur, on hurle à l'injustice : « Pourquoi elle ou lui, et pas moi ? »

Hendrikje, ma petite amie « d'âme boiteuse », nous allons nous soutenir mutuellement pour apprendre, ensemble, à nous redresser.

*

* *

Elle s'est installée dans la grangette et, de voir son ravissement pour ce logis, me la fait aimer encore davantage. Dès le lendemain, comme elle a besoin de provisions, nous descendons au marché de Joyeuse.

Je ne suis plus la même : je suis à deux et tout est différent. Je peux parler à quelqu'un qui m'écoute et me répond, communiquer mes impressions, demander son avis, tenter de la convaincre… y renoncer pour lui plaire. Cet échange sur un pied d'égalité me rappelle la délicieuse complicité entre Richard et moi pour des choses anodines qui nous faisaient rire. Je m'aperçois que j'avais honte d'être une femme seule, je me voyais suspecte aux yeux des autres. Sottise, assurément, mais, ce matin, avec Hendrikje, bras dessus, bras dessous, je suis à l'aise et je lui fais les honneurs de ce village où, soudain, je ne me sens plus une intruse.

Devant le monument aux morts, tout en haut de la rue du marché, je lui montre la beauté poignante de la statuaire : taillés dans le granit, un rude paysan et sa femme, serrés l'un contre l'autre, tiennent ensemble le casque d'un soldat, évoquant leur fils disparu. Ici, point d'ange pleureur, de bras implorant tendu vers le ciel, de colombe, de couronne ou de fleurs. Pas de résignation non plus, car le poing fermé de l'homme atteste sa colère. Mais de la dignité, noblesse de ces gens simples qui assument avec courage ce destin impitoyable.

« Tu vois, Hendrikje, chaque fois que je passe ici, je jette un regard d'envie à ce couple de pierre : ils sont unis dans le malheur ! »

Hendrikje jette un cri :

« Tu ne sais donc pas que le malheur désunit ? Ne les envie pas car ils ne vont pas tarder à se détester ! Je sais de quoi je parle. Dans le malheur, d'abord tu perds la plupart de tes amis (ils ont peur que cela ne soit contagieux). Les soi-disant "vrais", ceux qui restent, spécialistes de la consolation aux affligés, ne sont pas forcément ceux que tu préférais et, en tous cas, pas les plus marrants. Ensuite, comme un grand brûlé qui hurle à cause d'une poussière sur sa peau à vif, tu deviens hyper susceptible, ne supportant plus le moindre des petits travers de ton conjoint. Tu es irascible. Pour des bêtises insignifiantes, tu te disputes et cela prend des proportions dramatiques. Si ton couple battait de l'aile, il va se fracasser en piqué. Le chagrin rend égocentrique, tu te crois seule à vraiment souffrir, tu attends des égards, et tu ne fais que lasser, agacer l'autre qui souffre autant et n'en peut plus de t'entendre gémir. Comme le brûlé dans sa bulle stérile, tu cherches à t'isoler, tu fuis tous ceux qui te rappellent ton tourment, tu fais le vide autour de toi.

Non, ne t'imagine pas qu'un couple soit plus soudé dans le malheur. Au contraire, il est détruit car le malheur est la négation de l'amour et il est ressenti comme un échec. D'une certaine façon, on est coupable car on a manqué de vigilance. Mais qui serait capable de reconnaître ses torts quand il s'agit de son enfant ? On préfère accabler le destin, les circonstances et, de préférence, le conjoint qui n'a pas dit, pas fait ce qu'il fallait au moment opportun. C'est lui le coupable ! Devant l'inacceptable, on devient insensé ! Tu sais, Marieke, je suis maintenant assez lucide pour analyser les choses telles qu'elles sont, mais je ne guérirai jamais de la révolte folle qui couve en moi. »

La voyant si pâle, la voix rauque, les yeux trop brillants, je garde le silence.

La tirant par le bras, je l'entraîne chez le boulanger dont la fameuse brioche du mercredi embaume toute la rue. Ensuite nous flânons devant les marchands de légumes, de fruits, de fromages et de charcuteries qui font la renommée de ce marché local où la foule se presse joyeuse et bavarde. Le cabas posé par terre, serré entre les pieds, on cancane malicieusement à propos des dernières nouvelles. C'est ici que je rencontre mes plus proches voisins de Planilhac car, là-haut, chacun est trop occupé pour perdre le temps d'une causette. Je présente Hendrikje que tous observent avec curiosité et elle se plie de bonne grâce au rituel des questions banales.

« Alors, comme ça, vous êtes venue par chez nous ? — Ça vous plaît-il, le pays ? — Ça doit vous changer de chez vous qu'il pleut toujours ! — Vous êtes veuve, vous aussi ? »

Je devine que, malgré ses mines aimables, Hendrikje est agacée, et moi, qui ai considéré ces braves gens avec sympathie, cherchant même leur amitié, je suis gênée parce que je les vois à travers le regard ironique de mon amie.

S'il y en a que j'aurais préféré ne pas rencontrer, ce sont bien ceux-là, toute la famille Balthazar attablée au bistrot. Impossible de rebrousser chemin ! J'affecte d'être très occupée par l'inspection des marchandises exposées, et marche en leur tournant la tête. Mais je n'échappe pas au jeune Bénichou qui m'interpelle à grands cris et traverse la rue en courant pour nous inviter à boire un verre. Je refuse énergiquement : pas le temps ! Pressée de rentrer pour mettre les provisions au frais !

Quel démon de la curiosité pousse Hendrikje à prétendre le contraire et, à son tour, à me tirer par le bras pour rejoindre les Balthazar ? Je ne lui ai rien raconté sur eux et, tout de suite, avec un instinct très sûr, elle joue de son charme auprès de ces hommes sensibles à sa beauté nordique. Renfrognée, je pense « Qu'est-ce qu'ils foutent là au lieu d'être sur leur chantier ? » et, comme s'il lisait en moi, Boubou explique qu'ils vont réaménager le bistrot de fond en comble, débutant les travaux dès demain. Ils sont venus apporter le matériel.

Lui aussi fait le joli cœur auprès d'Hendrikje, la faisant pouffer à ses plaisanteries éculées. Boudeuse, je reste de marbre et Boubou, s'inclinant vers moi, tendrement moqueur, s'adresse à mon amie :

« Marie, je ne la fais même plus sourire, elle me connaît trop !

— Comment ! s'exclame Hendrikje. Mais elle ne m'en avait rien dit ! Comment vous connaissez-vous ? »

Je coupe court : « Mon toit ! Ils ont refait mon toit. »

Je me lève, catégorique : « Excusez-nous, mais nous devons vraiment partir. »

Hendrikje me suit, visiblement désappointée.

« Qu'est-ce qui te prend ? C'était amusant, on était bien, ils sont beaux gars, tes maçons.

— Justement, ce ne sont que des chercheurs d'aventures !

— Et alors ? Ne sommes-nous pas des femmes libres ?

— Toi peut-être mais moi, ici, j'appartiens au pays de mon mari et j'ai un devoir d'honorabilité à respecter.

— Mais Marieke ! À quelle époque vis-tu ? As-tu entendu parler de l'émancipation de la femme et, a fortiori, de la veuve ? Belle femme comme tu es, tu ne me feras pas croire que tu n'es plus capable d'avoir envie d'un homme ! »

Je veux nier vigoureusement mais je pique un tel fard que, suffoquée, je reste la bouche ouverte sans pouvoir proférer un son. Hendrikje éclate de rire, convaincue de m'avoir percée à jour.

Je bredouille :

« Mes enfants ne toléreraient pas…

— Tes enfants, qui veulent t'empêcher de danser en rond, mènent leur vie sans demander ton consentement et, quand tu seras vieille, ils n'auront pas envie de se charger de toi. Ne te sacrifie pas pour eux car ils n'en auront aucune reconnaissance. Godelieve, ma fille, me pousse à prendre, comme elle, des amants. Je ne suis pas dupe : ce n'est pas par largesse d'esprit, c'est pour préserver sa propre liberté sans devoir se culpabiliser de ma solitude. »

Touchée au vif, je me souviens de mon désappointement lorsque j'ai appris que Viviane préférait passer ses vacances ailleurs qu'avec moi. Il ne faut rien exiger des enfants, rien attendre et cependant rester humblement à leur disposition, prêt à répondre au moindre de leurs appels.

Elle a raison, Hendrikje, je dois me secouer de ce joug de dépendance affective, d'obligation parentale ! Je me redresse, résolue. Mais, dans un éclair, c'est l'image de Richard qui m'éblouit ! Mon amour ! Ce ne sont pas les enfants qui me retiennent, c'est toi seul ! Me détacher de toi serait un arrachement, me laissant horriblement mutilée. C'est impensable, c'est impossible. Hendrikje est mon mauvais ange mais ses coups d'épée ne pourfendent que le vent. J'essaye de lui expliquer :

« J'ai tellement aimé Richard… je l'aime encore. »

Elle soupire, haussant les épaules :

« J'ai tellement détesté Wilhem, et maintenant, il m'est devenu indifférent. C'est encore pire ! Je suis vide. »

Nous nous regardons, consternées, cherchant celle qui est le plus à plaindre, et, aussitôt, nous éclatons de rire. Allons, nous n'allons pas jouer à qui a le plus mal ! Instantanément consolées, nous nous sentons gamines, reportées à ces années d'adolescence où l'éveil de nos sens nous mettait en émoi. En attendant le tramway, nous guettions les étudiants qui sortaient du collège en face. Perverses chattemites, nous tentions de séduire à coups d'œillades affriolantes le premier garçon un peu convenable qui passait par-là. Le malheureux se cuirassait de feinte indifférence, évitant de croiser notre regard sous peine de succomber à une ridicule bouffée de rougeur. Nous gloussions de ravissement mais aurions paniqué s'il avait osé nous aborder.

D'emblée, nous égrenons la litanie de nos contre-performances scolaires qui ne volent pas haut mais nous ont tant fait rire. Chacune amorçant la pompe à souvenir de l'autre, nous nous remémorons nos exploits. Il y a de quoi remplir plusieurs volumes et c'est dans un état d'hilarité exubérant que nous regagnons Planilhac.

Hendrikje me retient à la grangette pour me montrer ses dessins.

Que sont devenus les elfes et les fleurs dont elle décorait la marge de ses cahiers de brouillon ? Écorchés vifs, exorbités, arqués par la souffrance, ses personnages tendent, vers un ciel de mercure, des bras sanguinolents, tandis que des oiseaux en décomposition s'écrasent sur une terre calcinée. Sarcastique, Hendrikje surveille la grimace de recul que je ne peux dissimuler.

« C'est dégueulasse, n'est-ce pas ? Eh bien ! Cela a un succès fou. J'illustre des bandes dessinées de science-fiction. Bientôt on va en réaliser un film. J'avais débuté avec des livres pour enfants, suaves, mignons, délicats, mièvres à souhait. Personne ne s'en souvient, à part moi qui le dis quand je veux faire bonne impression sur des gens simples qui seraient effarés par ma vraie nature. Pourtant ces dessins hideux ne représentent que les ogres et les sorcières de notre jeunesse, mis au goût du jour. La fleur bleue, le romantique, ne sont plus à la mode. Même les tout petits veulent de la violence et, très tôt, du sexe. Tiens, regarde celui-ci : les méchants, vêtus de peaux de singes, tuent les bons en les empalant. Cela fait frémir, c'est excitant, cela sent la bête en rut, et notre homme d'aujourd'hui, si bien policé, a besoin de ça pour bander ! C'est pour cela que les adultes achètent des "BD", pour galvaniser leur libido défaillante. »

Incrédule je dévisage mon amie. Si mince, si blonde, si pâle, ses yeux clairs d'innocence, son sourire mélancolique, ses doigts fins sans bagues, sa tenue modeste, tout en elle indique la retenue de ceux qui se replient sur eux-mêmes, choisissant la vie intérieure des mystiques.

Dehors, loin, on entend gronder l'orage. De brèves lueurs cisaillent l'ombre menaçante. Battu par le vent, le volet claque. Je frémis.

« Comment as-tu pu ? Qu'es-tu devenue Hendrikje ? Qui es-tu vraiment ? »

Elle se force à rire et vient s'asseoir sur le canapé, contre moi, passant un bras par-dessus mon épaule pour m'attirer plus près d'elle.

« Es-tu si naïve, Marieke, que tu ne comprennes pas quel désappointement m'a conduite à détester les hommes ? À vouloir me dominer, mon père, mon mari et même mon fils, ont exacerbé ma rébellion. Physiquement, je ne suis pas de force à me défendre et j'ai été aussi bas dans la honte de moi-même qu'il est possible de descendre. Mais j'ai trouvé mes armes et je ne me laisserai plus jamais soumettre par un homme. J'étais une cible, je suis devenue une amazone et mon trait de crayon vaut des flèches.

Pourtant ne crois pas, *schatje*, petite chérie, que je ne rêve pas d'amour tendre, de la force apaisante d'un amant attentionné. Moi aussi, j'aspire à recevoir et à donner des baisers, des caresses, j'ai envie de m'abandonner en confiance. Ne me prends pas pour une mauvaise, une méchante. Non ! Je suis seulement désespérée. Mais tu es là, toi, ma gentille Marieke, et je me sens moins amère, tu m'adoucis l'âme. »

Brutal, un coup de tonnerre très proche nous fait sursauter. Ce n'est rien qu'une petite peur ! Rassurée, je souris et me tourne vers Hendrikje. Son visage est tout contre le mien. Elle ne sourit pas. Dans la pénombre, je ne vois que ses lèvres qui s'approchent des miennes. Dans un souffle imperceptible, elle murmure :

« Marieke, j'ai tant besoin… Ne me repousse pas. »

Lourde, la pluie frappe à coups sourds sur la toiture. Nous restons enlacées, le cœur affolé, le souffle court. Il faudrait si peu pour chavirer. Mais la pluie cesse soudainement et le silence insolite qui succède au martèlement rompt l'envoûtement. Je détourne la tête. Nous nous séparons, troublées, sachant que nous avons frôlé une rive escarpée, regrettant peut-être de ne pas avoir été plus loin.

Dans le frais parfum du vent lavé, je regagne ma maison. Il est tard, le soleil s'en est allé derrière la montagne, mais le ciel purifié s'illumine encore de rose. Je m'arrête sur la plus haute faÿsse, là où Fripon monte la garde. Je suis lasse, incapable de démêler les sentiments contradictoires qui me tiraillent. Ce firmament si beau me remplit de tristesse.

Qu'ai-je besoin de prendre une décision, de choisir, de trancher ? Ne suis-je pas une femme libre ? Je n'ai qu'à me laisser porter par les événements comme le nageur se laisse entraîner par le courant qu'il ne peut contrer.

Ce soir, au téléphone, Jean remarque l'altération de ma voix. Il s'inquiète : est-ce toujours la mort de Fripon qui m'accable ? Lui aussi regrette ce charmant animal. Mais mon amie retrouvée ne me console-t-elle pas de mon chagrin ?

Ce n'est pas si simple !

Je lui parle de vague à l'âme… mais cela va passer… il me connaît n'est-ce pas ? Il n'insiste pas, ne demandant qu'à être rassuré, voulant croire en mon indéfectible solidité.

Comme il est foncièrement gentil, il a pensé me faire plaisir en m'envoyant Bénédicte chargée de ces pêches qu'ils ont commencé à cueillir depuis deux jours. Oui, déjà ! Elles sont superbes, et les marchands se battent pour les lui acheter. Il est le coq du marché !

Son enthousiasme me gagne. Je connais l'angoisse des matins blêmes à Châteaurenard sur la place du gigantesque marché « d'intérêt national » quand, transi, au cul du camion, on attend le bon vouloir des expéditeurs. Ils passent affairés, jetant un bref coup d'œil à la marchandise, méprisant ou autoritaire suivant les commandes reçues. Ah ! Quelle déception de rester « planté » sur le carreau, marqué du sceau infamant « invendu », et de devoir courir après les transporteurs pour liquider à bas prix ou se résoudre à retourner chez soi, le camion plein, pour stocker dans la chambre froide trop exiguë, tout en sachant que demain ne sera pas un jour meilleur. Mais quand le marchand achète, quelle joie, quelle fierté, quelle arrogance pour claquer les portes du véhicule et partir livrer à la remise. Sans parler du sérieux casse-croûte qu'on ira prendre chez Pierrot en commentant les prix avec les collègues.

« Tu vois, mon cher fils ! Tu étais inquiet et pourtant tu te débrouilles très bien. Je suis rudement contente pour toi. Je me fais une fête de revoir Bénédicte. »

La soirée est longue. Depuis mon lit, je regarde un film sans en comprendre le sens. Les images défilent, les acteurs parlent, je suis ailleurs. J'ai permis à Marmotte d'entrer dans ma chambre. Roulée sur la carpette, béate de bonheur, elle ronfle aussi fort qu'un humain. Je n'écoute qu'elle, attendrie par son ronflement, réconfortée par sa présence. Elle était, exclusivement, le chien de Richard. Tous deux, compères, partageaient la merveilleuse complicité de la chasse. Longtemps, elle a cherché et guetté son maître et je suis sûre qu'elle l'espère encore lorsque, parfois, elle va humer le carnier et la veste de chasse accrochés au portemanteau du placard. Peu à peu elle est venue vers moi, sentant que j'étais ce qui restait de plus proche de lui. Je suis fière de cette confiance qu'elle m'accorde maintenant. Entre nous, pas de feinte, pas de ruse, pas de manœuvre de séduction : elle m'aime comme elle a aimé Richard, d'un amour inconditionnel… et fidèle. Elle ne jugera jamais aucun de mes actes, n'attendant de moi qu'une présence, à portée de caresses.

Émue, je me tourne sur le côté pour appuyer ma main sur son pelage rêche. Marmotte pousse un soupir, s'étire des quatre pattes et m'offre la douceur soyeuse de son ventre rose avant de se rouler à nouveau en boule avec un petit grognement d'aise. Je laisse mes doigts accrochés à sa crinière hirsute et m'endors en oubliant d'éteindre la télévision.

Au matin, Hendrikje pointe son nez au moment où je coupe la brioche. Mon exaltation d'hier est tombée et je me sens très embarrassée. Me forçant au naturel, je l'invite à partager mon petit-déjeuner, mais devant son silence lourd d'entendus mes paroles désinvoltes sonnent creux. Irritée, je me relève et passe derrière elle pour sortir les tranches du grille-pain. Se retournant brusquement sur sa chaise, elle me saisit par la taille. Crispée, les mains écartées pour ne pas la frôler, je retiens tout geste qu'elle pourrait prendre pour un assentiment.

Mon attention est concentrée sur le chuintement de l'eau ébouillantant le marc de café. Je voudrais me libérer, prendre la cafetière, mais je n'ose bouger. Soudain, c'est une forte odeur de cramé qui m'alerte. Déjà des flammèches crépitent au-dessus du grille-pain où les tartines sont restées coincé. Poussant un cri, je me précipite pour arracher la prise et taper sur le feu avec ma serviette. Une odeur âcre envahit la cuisine, nous faisant tousser. J'ouvre grand la fenêtre et agite un torchon dans tous les sens pour chasser la fumée. Hendrikje fait de même, nous rions, le danger est passé.

J'ai eu chaud, mais je ne sais de quel feu j'ai redouté la brûlure.

Renonçant aux toasts, nous trempons la brioche beurrée dans le café. D'un air dégagé, Hendrikje s'informe :

« As-tu des projets pour aujourd'hui ? Nous pourrions faire une excursion ?

— Impossible ! J'attends la petite amie de mon fils.

— Ah ! vraiment ? Dans ce cas, je partirai seule. J'irai peut-être à Joyeuse... »

Tiens ! Pourquoi Joyeuse ? Et, instantanément, je devine : c'est pour revoir mes maçons ! Je me garde de lui poser la question, la soupçonnant de vouloir titiller ma jalousie. Elle me quitte, me soufflant un baiser du bout des doigts. Mais son regard perçant contredit son sourire tendre.

J'accueille Bénédicte avec soulagement. Avec elle je reprends le rôle qu'elle attend de moi, et qui me convient parfaitement, celui de femme sage, de mère attentionnée. Il fait si beau qu'elle veut marcher un peu pour se dégourdir les jambes et nous partons, à travers bois, sur les chemins moquettés d'aiguilles de pin. Côte à côte, en silence, mais sans contrainte, nous allons d'un bon pas. Je veux lui faire la surprise d'un lieu enchanté où les fées, dit-on, se réunissent à la pleine lune. Le clapotis léger de l'eau devient chant triomphal quand nous atteignons le Péroulet, cette crique calcaire creusée d'une cuvette profonde par le ruisseau de la Pissevieille qui cascade en gerbes d'écume pétillante. Vautrée dans une flaque, Marmotte boit à longs lapements bruyants. Enivrées par ces fortes senteurs résineuses, la tête nous tourne légèrement et nous nous asseyons sur des pierres moussues qui émergent de la bruyère violette.

Un peu en retrait, j'observe Bénédicte. Elle contemple le spectacle de l'eau mais je sais que ses pensées sont ailleurs. L'effort a rosit son visage, et une légère transpiration vernit l'ourlet de ses lèvres. Elle sent encore le savon à l'eau de Cologne d'une toilette de fillette. Son tee-shirt blanc et son jean moulent un corps gracile. Deviendra-t-elle la mère de mes petits-enfants ? Je voudrais savoir, je voudrais lui poser plein de questions sur Jean et elle. Mais il ne faut surtout pas la brusquer, sous peine de l'effaroucher à jamais ! Patiente, j'attends, je l'attends, le cœur aimant.

Elle a coupé une brindille de bruyère et la tortille entre ses doigts sans quitter des yeux la cascade qui éclabousse la rive. Sa voix si faible est emportée par la mélodie de l'eau et je tends l'oreille pour en saisir des bribes.

« Voyez-vous ma... madame, (elle ne sait encore quel nom me donner) ici, je suis bien. C'est tout ce que j'aime, un endroit magique où je peux rêver. Je suis d'une nature lente et contemplative, en quête d'absolu, timide, craintive. J'ai été subjuguée par Jean qui est tout mon contraire. Il m'a paru le prince charmant venu réveiller la belle au bois dormant. Il est si entreprenant, si sûr de lui, si courageux, si combatif. Il m'entraîne dans le tourbillon de sa vie et je me laisse emporter sans résister. Il me croit consentante, je suis sans volonté, enfiévrée d'amour. Dès que je suis éloignée de lui, il me manque, je perds ma joie de vivre, je languis de l'instant où je le retrouverai. Cependant, nous courons au désastre car jamais je ne pourrai devenir la femme qu'il désire. Je sais ce qu'il attend de moi car, honnêtement, il me l'a dit : une épouse efficace, capable de le seconder dans son entreprise sans négliger les tâches domestiques, une mère pour les enfants qu'il veut nombreux, la partenaire de ses ambitions.

Mais je suis incapable d'être tout cela ! Il a été séduit par ma faiblesse, ma vulnérabilité, ma sensibilité, comme il aurait été pris de pitié pour un pauvre petit lapin égaré loin de son terrier. Il s'imagine me transformer mais c'est impossible. Je reste encore une enfant gâtée, cherchant la protection de mon père et de ma mère qui m'ont affectueusement ouvert les yeux et mise en garde. Je ne suis en aucune façon la femme dont Jean a besoin. Très vite, il sera déçu et il me reprochera mon désordre, ma nonchalance, mon incompétence dans tous les domaines.

Il faut que je vous dise… ma… dame, j'ai le cœur brisé car je l'aime éperdument et pourtant, je vais le quitter. Je voudrais tant que vous me compreniez. Quand je serai partie, vous lui expliquerez, à lui, que je n'ai pas voulu le faire souffrir ! »

Bénédicte se tait. Je n'entends plus la cascade, ni le gazouillis des oiseaux, ni le craquement des bois, ni les battements de mon cœur. La tristesse a tout étouffé, bâillonné. Le soleil s'est jeté ailleurs, la lumière se pique de gris, l'humidité sournoise rampe à mes pieds, à travers l'herbe touffue.

La déception me frappe à m'assommer, et je me tasse, arrondis le dos, serre les dents, enroule mes bras autour de mon corps pour amortir les coups. Je devine que la jeune femme pleure mais je ne bronche pas, refusant de la consoler car ma rancune est égale à la peine que je ressens à la place de Jean. C'est Bénédicte qui se relève et vient se blottir contre moi, sanglotant comme une petite fille.

J'ouvre les bras pour l'accueillir, j'appuie ma joue sur son front et nous partageons l'amère désillusion. Je ne peux m'y résoudre, je la supplie :

« Attends encore un peu. Ne prends pas ta décision tout de suite, réfléchis quelque temps. Tu ne te connais pas ! Moi, je te crois capable ! Tu es si jeune, tu vas changer ! Comment crois-tu que j'étais à vingt ans ? Une gamine capricieuse, comme toutes les filles, mais par amour on quitte son père et sa mère pour suivre son mari, on mûrit, on devient femme et, tout naturellement, on assume son rôle dans la famille que l'on fonde. »

Bouche bée, essuyant son nez du revers de sa manche, Bénédicte lève vers moi un regard mouillé où l'incrédulité, peu à peu, fait place à l'espoir. La joie gonfle ma poitrine. D'instinct, j'ai tapé juste : cette petite s'est laissée convaincre par ses parents, mais en son cœur, elle ne peut les croire ni ne veut leur obéir. Cependant, moi, qui m'acharne à défendre la cause de mon fils, suis-je sensée ? Pour lui épargner un chagrin maintenant, ne vais-je pas l'engager dans une union vouée à l'échec ?

Bénédicte est rouge de plaisir. Elle m'embrasse fougueusement :

« Je voudrais tant que vous ayez raison ! Vous me donnez courage. Si vous m'aidez un peu, j'y arriverai, j'en suis sûre. »

Mes doutes s'estompent. Qui dirige notre destin si ce n'est l'amour ? Faisons-lui confiance. Près de nous, un oiseau s'égosille en roulades. Est-ce un merle ou déjà le rossignol ? Nous l'écoutons, recueillies, reconnaissantes pour cet instant d'harmonie. Le jour s'étire longuement, suspendu aux derniers rayons du soleil qui s'attarde de ce côté de la terre. Allons, il est temps de rentrer. Jappant de contentement, Marmotte gambade devant nous.

Nous suivons le sentier qui longe le ruisseau de la Pissevieille. Il y a longtemps que je ne l'ai plus emprunté et le parcours est devenu chaotique. Maintes fois, nous devons escalader des éboulis, enjamber des arbres renversés, éviter les tentacules des ronces. Bénédicte me tend la main pour franchir les obstacles et j'accepte son geste, y voyant la promesse de notre entente.

J'aurais pu prendre le chemin qui rejoint la route, tellement plus facile, mais, inconsciemment, j'ai choisi celui qui aboutit derrière la grangette.

« Je vais te présenter à mon amie », ai-je averti Bénédicte. Mais, en approchant, je remarque la camionnette des Balthazar mal camouflée dans le bois.

Je le savais !

J'ai un petit rire, étonnée de ne rien ressentir si ce n'est du soulagement. Plus d'équivoque ! Me voilà dépêtrée des deux à la fois.

J'accélère le pas.

« Viens, il est un peu tard, tu la verras une autre fois. »

XII

Revanche

IL EST DES NON-DITS qui valent mieux que de franches explications. Hendrikje n'a pas évoqué notre bref égarement, je n'ai rien insinué à propos de Boubou et, comme si nous avions passé l'éponge au tableau noir, nous reprenons notre relation de cordiale amitié.

Emplie d'une soudaine énergie, profitant du beau temps enfin stabilisé qui me permet de laisser les fenêtres ouvertes, j'entreprends de repeindre enfin la cuisine. J'ai entreposé toute la vaisselle sur la table, tiré les meubles au milieu de la pièce, étendu de vieux journaux au sol. C'est l'état de siège ! Un torchon entortillé sur la tête, protégée d'une vieille salopette trois fois trop grande, gantée de caoutchouc rose, je monte ou descends de mon escabeau branlant, le pot à la main, pour badigeonner de blanc les murs tachés. Souvent, mon pinceau décolle une plaque de l'ancienne peinture et je peste contre ces croûtes visqueuses dont je ne peux me défaire. Là où j'ai peint, la différence de couleur m'éblouit : une vraie pub pour la lessive qui lave plus blanc que blanc.

Hendrikje est avertie qu'elle doit me laisser en paix tant que je n'ai pas fini. Elle-même travaille d'arrache-pied à la mise au point de sa prochaine publication. Ce n'est donc pas elle que j'entends monter les escaliers de la cour. Contrariée, je m'apprête à rabrouer l'intrus qui se permet de me déranger. Juchée sur mon échelle, brandissant pot et pinceau, je poursuis mon travail sans vouloir regarder qui vient si mal à propos.

« Oh ! Marie ! Quelle artiste ! »

De saisissement, je fais un écart et ne rattrape mon équilibre qu'en bousculant mon pot de peinture qui déborde d'une vague crémeuse droit sur mes chaussures.

« Florette ! »

Cela ne m'empêche pas de jurer grossièrement. Elle en rit sans exprimer aucun regret mais entreprend d'éponger les dégâts avec des feuilles de papier journal. Évidemment, elle s'en met plein les mains et je dois sortir le *white spirit* pour la débarbouiller.

« Que faites-vous là au lieu d'être à la librairie ?

— D'abord, sachez que nous sommes dimanche et que tout Aubenas respecte le jour du Seigneur. Ensuite, trouvez-moi un autre pinceau et je vais vous aider car je sais qu'on ne peut laisser en plan un mur à moitié peint. Après seulement, je vous raconterai ce qui m'amène. »

Je fournis un petit pinceau, une autre paire de gants de caoutchouc rose et une blouse-tablier de la grand-mère. Appliquée, Florette se charge du contour délicat des fenêtres, des placards et des plinthes tandis que je continue les grandes surfaces.

J'attends ses révélations, essayant de cacher ma curiosité, mais elle a décidé de ne rien dire avant d'avoir fini le mur et je reste sur ma faim. C'est elle qui m'incite à terminer complètement la pièce : pour ce qu'il en reste, ce serait dommage de ne pas aller jusqu'au bout ! J'accélère le mouvement, oubliant les douleurs de mon bras ou de mes épaules, et tant pis s'il y a quelques imperfections. J'accrocherai des tableaux pour les camoufler ! Perfectionniste, Florette exige de nettoyer immédiatement les taches de peintures tombées au sol malgré les journaux, ainsi que les pinceaux et autres accessoires. Elle a raison mais je rechigne. J'ai toujours détesté les finitions.

Enfin, jetant un regard satisfait sur les quatre murs immaculés, elle ôte gants et tablier et me suggère de préparer une bonne tasse de thé.

Je peste pour retrouver la bouilloire et le thé plus deux bols. Le service est sommaire mais l'heure n'est pas au raffinement. J'écarte le vieux drap qui protégeait les fauteuils et nous faisons salon au milieu de la pagaille générale.

« Voilà ! Je suis venue, mon amie, pour vous demander de m'accompagner à Montélimar, vendredi prochain, pour un vernissage. J'ai appris que mon mari présentait ses œuvres au château des Adhémar.

— Ah ! Vous avez refait l'accord ?

— En aucun cas. Mais je ne peux supporter de rester sur une défaite. J'ai eu le mauvais rôle, je veux inverser la situation.

— Comment comptez-vous vous y prendre ?

— Par la séduction, ma chère, la plus redoutable des armes féminines ! Mais, malgré mon apparente arrogance, je tremble et, pour vaincre, j'ai besoin d'être soutenue. Si vous êtes là, avec moi, j'aurai toutes les audaces.

— Rien ne me surprend de votre part et j'avoue que je ne voudrais pas rater le spectacle. Que pensez-vous d'une béquille supplémentaire ? En ce moment, j'ai ici une de mes amies d'enfance qui devrait vous plaire. Une artiste avec un sacré caractère ! Il s'agit d'Hendrikje Stoffels, illustratrice de renom en Belgique. Voulez-vous faire sa connaissance ?

— Hendrikje Stoffels ! Mais bien sûr, je sais qui c'est ! J'ai certains de ses albums à la librairie. C'est tout à fait remarquable dans son genre et le personnage m'intrigue au plus haut point. Faites-moi vite rencontrer cet oiseau rare. »

Leur entente dépasse mes espérances. Les deux femmes se reconnaissent d'instinct comme ceux qui, atteints de la même maladie, luttent contre la même souffrance. Ulcérées dans leur orgueil, elles brûlent du même désir de revanche sur tous les hommes à cause d'un seul qui les a déçues.

Hendrikje montre ses dessins.

Survivant à l'apocalypse, ses héroïnes arrachent leur glaive aux guerriers agonisants au lieu de les secourir. Elles partent à la conquête du pouvoir, organisant leur société sur le modèle de la ruche. L'amour n'est qu'un divertissement passager, le mâle un objet de plaisir jetable.

Florette s'extasie. Hendrikje resplendit. Je me sens exclue. Je n'appartiens pas à cette caste de féministes outrancières. S'apercevant de ma réticence, elles s'adoucissent, changent de registre, se plaignent de leur sort, m'envient de ne pas avoir connu l'atroce amertume de l'amour bafoué.

Sans doute ! À les entendre, quel avantage d'être veuve ! Je devrais presque culpabiliser, comme celui qui ne peut cacher sa richesse au regard avide des démunis. Je commence à grincer des dents, excédée.

Heureusement, il n'est bientôt plus question que de la virée à Montélimar, et ce petit voyage en vallée du Rhône nous paraît très excitant. En bonne Flamande, Hendrikje a le tutoiement facile. Loin de s'en formaliser, Florette l'y encourage et m'invite à en faire autant. Cela change complètement nos rapports : nous sommes trois complices, rajeunies jusqu'à l'adolescence, prêtes à pourfendre l'adversaire au cri de « Un pour tous, tous pour un ! » comme de joyeux mousquetaires.

Avec juillet, la chaleur est venue d'un seul coup. Ce vernissage huppé au château sera l'occasion de sortir les robes d'été.

« Faites-vous belles, les filles ! » nous a recommandé Florette.

En voilà une affaire ! Notre tenue vestimentaire devient le souci majeur. Hendrikje se plaint de ne rien avoir à se mettre, et moi j'ai une folle envie de quelque chose d'excentrique. Nous voilà aussitôt en route pour faire du lèche-vitrine à Aubenas. Cette ville de province ne manque pas de magasins très branchés. Fini l'époque des tristes tabliers noirs en satin fermière. Les paysannes d'aujourd'hui sont à la dernière mode de Paris. Nous entraînant mutuellement à plus d'audace, nous visitons plusieurs boutiques, essayant partout différents modèles, abusant sans vergogne de la patience des vendeuses. Il nous faut tout l'après-midi pour faire notre choix. Finalement, dans un espèce de comptoir indien, nous découvrons ce qui convient. Hendrikje jette son dévolu sur une tunique pantalon en mousseline vaporeuse de dégradés turquoise qui met sa blondeur en valeur. Je me drape dans un long fourreau de lin olive brodé de soie d'or où s'accrochent des perles de nacre et de corail.

Très satisfaites, nous courons montrer nos trouvailles à Florette. En cet après-midi caniculaire, il n'y a pas un client à la librairie. Elle en profite pour fermer et nous allons nous attabler à une terrasse de café, sur la place. Tout en savourant une coupe glacée, débordante de chantilly, nous essayons d'échafauder un plan de bataille. Le malheureux sculpteur de mari, Arthur Delhaize, dit « Ar-tou-ro », ne se doute pas de ce qui l'attend. Pourtant, nos projets sont très flous car, à part l'effet de surprise dûment préparé, la suite des opérations, sur place, est laissée à l'improvisation suivant l'inspiration du moment. Une seule chose est certaine : on va gagner !

On va gagner quoi ?

Florette relève le menton. D'un geste brusque, elle rejette sa chevelure flamboyante en arrière. Elle serre les dents, pinçant les lèvres. Ses yeux mi-clos laissent filtrer un éclair vert. Elle se veut implacable, sans pitié, sans pardon. Elle va gagner la réhabilitation de son amour-propre.

Soudain, je suis sceptique : où est la victoire quand l'amour-propre l'emporte sur l'amour ? Mais je chasse vite cette pensée dérangeante à laquelle Florette ne peut souscrire. Je suis là pour donner mon appui inconditionnel et non pour moraliser. Le jeu m'amuse, j'en attends le déroulement avec impatience et curiosité, sachant que le rôle de l'imprévu sera le plus important.

Le vendredi fatidique, Hendrikje et moi consacrons toute la matinée à nous apprêter comme de grandes coquettes. Trois fois, j'ai recommencé mon chignon et je fignole particulièrement le maquillage de mes yeux. Je reconnais ce contentement enfantin de l'invitation à la fête. Je m'étonne : pourquoi vouloir me faire belle alors que je ne songe nullement à séduire quiconque ? Je regarde mon image dans le miroir et me souris : c'est à moi que je veux plaire, effaçant ce chagrin derrière lequel je n'existais plus.

Pour me guérir de l'absence de ta présence, je savais que je devais me forcer à agir : j'ai planté des arbres et des fleurs, j'ai relevé des murs, j'ai repeint la maison. Tous ces gestes, ces efforts, l'un après l'autre, petit à petit, m'ont confortée à défaut de me consoler. Maintenant, je m'aperçois que le temps est venu où je puis exister en dehors de toi. Je ne t'ai pas oublié, mon amour, mais tu m'es devenu doux et tendre comme un enfant que je porte secrètement en mon sein.

Nous sommes convenues de prendre Florette chez elle à Malatavernes. Je n'y étais plus revenue depuis le drame de la séparation. Tout est différent. Le soleil radieux blanchit les falaises, teinte les ombres au bleu du ciel. Sur les troncs calcinés, qui déjà disparaissent derrière les repousses verdoyantes, les cigales stridulent leur chant assourdissant. Au fond des gorges, ruban de soie verte tissée d'argent, la rivière ondule entre ses plages envahies de baigneurs.

Omar, le grand chien blanc, maigre et hirsute, bâtard de lévrier afghan, se précipite à notre rencontre, aboyant pour annoncer notre approche. Ainsi donc, Florette a déjà récupéré son chien ?

Florette sort sur le pas de sa porte.

Nous ne pouvons retenir un cri d'admiration. Qui reconnaîtrait la femme rompue qu'elle fut un jour ? Taillée dans une spirale d'arc-en-ciel, sa robe la fait paraître flamme. Un large turban orange et mauve ceint sa tête au port altier. Ses beaux bras ronds, dorés d'éphélides, sont cerclés de fins bracelets cliquetants. Étincelant de toutes ses facettes, un collier baroque aux multiples rangs de cristal de Bohème rehausse son long cou. Elle est éblouissante ! Malgré nos prétentions, nous ne pouvons paraître que les modestes suivantes de sa royale personne.

Le chien aussi la contemple en extase. Florette le flatte de la main et elle nous explique comment le lévrier est revenu de lui-même à Malatavernes. Elle en déduit qu'il ne pouvait pas «piffer» l'Italienne et que le maître ne tardera pas à suivre. Obéissant, Omar s'assied devant la porte et, malgré une certaine inquiétude, se résigne à attendre aussi longtemps qu'il le faudra.

Dans la voiture, c'est l'allégresse. Pour un peu nous chanterions comme des gamines en voyage scolaire. Je conduis vite sur la belle route qui mène à la vallée du Rhône. Aux abords de Montélimar, c'est la cohue, l'inextricable bouchon des vacanciers montants et descendants, coincés aux goulets des péages d'autoroutes. Les malheureux tentent de bifurquer sur les nationales, faisant confiance à un Bison futé dépassé par les événements. Nous avançons au pas, la chaleur devient suffocante, notre humeur est massacrante. Si ça continue, nous allons arriver après l'heure, aussi dégonflées qu'un soufflé raté. Nous sommes sûrement encore loin du château des Adhémar que je ne sais où situer dans le labyrinthe des rues de cette ville inconnue, à la circulation dense. Florette, au bord du malaise, se mord les lèvres pour ne pas m'accuser de nous avoir égarées. Elle scrute les panneaux routiers qui n'indiquent rien pour nous mettre sur le bon chemin. C'est Hendrikje qui, tout à coup, remarque le petit écriteau signalant enfin ladite exposition. Je bifurque brusquement, coupant la route à un automobiliste grincheux qui klaxonne d'indignation. Retrouvant sa verve, Florette lui fait un bras d'honneur. Devant l'air outragé du type, nous éclatons de rire !

La route s'enroule en de multiples virages autour de la colline qui domine la ville. Tout en haut, un parc planté de marronniers centenaires remplace les douves de l'austère forteresse médiévale. De nombreuses voitures sont garées à l'ombre des arbres. Un brouhaha indique que la réception bat son plein. Florette repasse du rouge sur ses lèvres, nous rectifions hâtivement l'ordonnance de nos atours. Échangeant un dernier regard de connivence, comme des gendarmes avant une intervention musclée, nous franchissons l'ancien pont-levis, Hendrikje et moi escortant Florette, deux pas derrière elle, toutes trois arborant un sourire déjà vainqueur qui vaut des pistolets armés.

Dans la cour d'honneur, les invités papotent par petits groupes, un verre à la main. Nous ne passons pas inaperçues car le silence s'établit et tous les regards convergent vers nous. Rares sont ceux qui connaissent Florette et pourtant, tous s'écartent, ouvrant en grand notre passage vers l'artiste à l'honneur. Enfin je découvre Arthur Delhaize. Un homme massif, le front dégarni, la figure burinée éclairée par des yeux étrangement clairs. Une épaisse couronne de cheveux blancs tombe jusqu'à son cou qui sort d'une chemise bariolée, largement ouverte sur sa poitrine. À ses côtés, diaphane dans une longue robe noire, l'Italienne nous regarde médusée.

« Vise-moi le corbeau ! » me siffle Florette sans cesser de sourire.

Sans hésitation, sublime, radieuse, Florette avance, les mains tendues, vers son mari. Arthur, fasciné, ne la quitte pas des yeux. Soudain, irrésistiblement attiré, il va à sa rencontre et la reçoit dans ses bras. Oubliant la foule qui les entoure, ils s'étreignent et s'embrassent fougueusement comme de jeunes amants. Des *flashs* crépitent : les journalistes profitent de l'aubaine d'une photo à « sensation ». Le public, amusé, applaudit.

Notre rôle de suivantes est terminé et nous ne sommes pas peu fières de nous. Nous sommes abordées par des curieux qui veulent savoir qui et quoi et comment et pourquoi. Sans être trop explicites, nous les informons incidemment de l'amour passionnel qui unit, envers et contre tout, ces deux tempéraments de feu. Quelques regards sournois coulent vers l'autre femme si blanche dans ses vêtements noirs. Cruel opportuniste, l'opérateur de la télévision détourne son objectif du visage enlaidi de rage d'Angèla, l'Italienne, pour faire un gros plan sur le couple enlacé. Un frémissement parcourt l'assemblée espérant un esclandre, se gaussant d'avance d'un scandale.

Se détachant d'Arthur, Florette s'élance vers Angèla, s'écriant de façon à être entendue de tous :

« Chère amie, *carissima*, laissez-moi vous embrasser pour vous remercier de tout le mal que vous vous êtes donné afin de promouvoir l'immense talent de mon époux. Grâce à votre flair de professionnelle, vous avez su découvrir le sculpteur de génie et avez été une mère pour lui. Jamais Arthur et moi ne pourrons suffisamment vous exprimer notre gratitude respectueusement filiale même si, pour vous, cela ne vaut pas grand-chose à côté du profit colossal que cette affaire vous rapporte. »

Joignant le geste à la parole, Florette serre Angèla contre son cœur, à mon avis, plus pour l'étouffer que pour l'embrasser. Puis elle la repousse à bout de bras et la lâche d'un mouvement sec. Triomphante, elle reprend sa place auprès de l'artiste subjugué. Tous s'empressent autour d'eux pour leur faire la cour, attirer leur intérêt par de plates flatteries. La main dans la main, le couple pose pour les photographes devant les statues exposées, et Florette explique comment chaque œuvre est l'aboutissement de leur passion amoureuse.

Un peu nauséeuse, je m'éloigne du lieu d'exposition pour m'aventurer dans le château. Il est sombre, dépouillé et tout en hauteur. Dans la tour, un périlleux escalier en colimaçon aux marches étroites et irrégulières conduit au chemin de ronde tout autant dégradé. Cependant, à cette hauteur, on a une vue panoramique sur la ville et sa campagne, jusqu'au Rhône. On domine la Vierge plantée au sommet de la cathédrale. Accoudée au rempart, je rêvasse en admirant le moutonnement des toits de tuiles roses. Même si haut, je perçois encore le chant lancinant des cigales cachées dans les marronniers. Un autre son s'y mêle que je ne saurais définir. Mon oreille m'avertit de la direction et je me tourne vers l'échauguette qui délimite l'enceinte à l'est.

Je la distingue à peine, elle me tourne le dos, mais, à sa longue robe noire, je sais immédiatement que c'est elle, Angèla, l'Italienne. Ce sont ses pleurs que j'entends et soudain j'ai honte. J'ai collaboré en riant à ce jeu qui visait à blesser une autre femme. Je me mets à sa place. Elle aimait et était aimée. À son tour, elle est rejetée. Sa rivale a gagné alors que la motivation n'était pas l'amour mais la vengeance. Les forces du mal sont les plus puissantes.

Dans ce combat de dames, je suis du côté de Florette, mais son triomphe est tellement écrasant que je ne peux retenir un élan de pitié pour la vaincue. De là où elle est, elle épie la cour du château où le vernissage bat son plein. Dépitée, elle doit se cacher ici pour éviter que ses invités ne se repaissent, avec une curiosité morbide, de la jalousie qu'elle ne peut dissimuler. Je m'éloigne doucement, évitant de claquer mes talons pour qu'elle ne sache pas que je l'ai observée à son insu. Je descends l'interminable escalier et rejoins Hendrikje qui s'est déjà fait un tas de relations. Un serveur me tend un cocktail irisé au goût indéfinissable. Je m'assieds à l'écart, préférant observer plutôt que participer aux conversations oiseuses ou calomnieuses. Il est question d'un repas, un souper fin qui réunira la vedette et ses invités triés sur le volet. Je voudrais que nous partions en catimini, ce serait tellement plus simple.

Mais Angèla est revenue, le visage impénétrable sous le savant maquillage. Ses épais cheveux noir, coupés au carré, dissimulent son front et ses joues, ombrant les traces de l'âge. C'est en hôtesse incontestable qu'elle s'adresse à Florette avec son accent chantant :

« Il va de soi, ma chère, que vous êtes des nôtres, et vos amies également ! »

Florette perçoit la note de condescendance dans le ton, et remarque le sursaut mal maîtrisé d'Arthur. La partie n'est pas jouée. Le dénouement n'est pas évident. Le roi n'est qu'un pion ballotté entre les deux reines et chacune s'acharnera à le conquérir ou à le détruire.

Dans le quartier rehabilité de la vieille ville, ce restaurant gastronomique se situe sous les voûtes d'anciennes écuries. Les lumières tamisées créent une ambiance douce. D'autorité, Angèla a disposé ses invités, plaçant « Ar-tou-ro » entre Florette et elle au centre de la table. En face, se trouvent les personnes dites influentes pour la carrière du sculpteur — sponsors, critiques d'art en vue. Je tremble : l'imprévisible Florette ne va-t-elle pas être tentée de faire une scène abominable qui ruinerait l'avenir de son mari ? Son sourire me paraît moins radieux, ses traits accusent la fatigue. Nos regards se croisent et je lis l'indécision dans ses yeux. Précipitamment, je me relève et me penche par-dessus son épaule pour lui chuchoter à l'oreille :

« Ne gâche pas ton avantage ! Tu dois rester la plus digne ! »

Elle serre ma main, se redresse, reprend son air souverain.

Durant toute la soirée, elle est le boute-en-train, aussi aimable avec ses voisins qu'avec sa rivale. Les échanges sont vifs et drôles. Souvent toute la tablée éclate de rire à ses reparties spirituelles. À la fin du repas, elle lève son verre pour porter un toast à son sculpteur adoré de mari et à l'incomparable Angèla qui a su découvrir son talent et le dévoiler au monde. Sous les applaudissements, elle embrasse Arthur, puis Angèla, et tandis que l'Italienne à son tour prend la parole, elle s'éclipse discrètement.

Je bondis. En passant, j'arrache Hendrikje à ses nouveaux admirateurs et nous rejoignons Florette au vestiaire. Elle est épuisée, n'en pouvant plus de jouer cette comédie.

« Filons, les filles, avant que je ne craque. Je crois que l'avantage est pour moi. Restons-en là ! »

Ce n'est pas une fuite, c'est un repli stratégique. La fraîcheur de la nuit apaise notre tension nerveuse. Nous respirons mieux, marchons lentement, perdues dans nos pensées. Nous atteignons la voiture lorsque Arthur Delhaize nous rattrape, tout essoufflé :

« Flore, que fais-tu ? Tu ne vas pas partir comme ça ? J'avais cru que…

— Ne crois rien, mon chéri, il nous faut encore un peu de temps avant de savoir vraiment où nous en sommes. Ne me retiens pas, ce serait le plus sûr moyen de me perdre.

— Mais Flore, mon amour, ne me dis pas que tout ceci n'était que comédie !

— À toi de juger ! »

Vainement, Arthur tente de la saisir. Florette s'engouffre à l'arrière, dans la voiture où nous sommes déjà assises, gênées d'être témoins. Je démarre en accélérant exagérément et je cale. Arthur court à la hauteur de la portière :

« Ma Florette, je t'aime, je te demande pardon ! »

Florette me frappe dans le dos :

« Allez, roule ! Qu'est-ce que tu attends ? »

La voiture bondit en avant. Dans le rétroviseur, je vois Arthur, au milieu de la rue, les épaules voûtées, les mains ouvertes devant lui, effaré comme celui qui a laissé échapper un objet très précieux.

Le trajet du retour se déroule dans un mutisme absolu. Je branche la radio sur un programme de musique. Nous nous laissons envahir par une douce torpeur jusqu'au moment où je dépasse, sans le voir, l'embranchement pour Balazuc.

« Hé ! Tu dors ? me crie Florette. On ne va pas à Aubenas ! »

Je fais demi-tour sur la route déserte. Nous retrouvons notre langue. Hendrikje raconte qu'elle a fait la connaissance, à la réception, d'un avocat français qui a travaillé avec son ex-mari sur un dossier de transferts frauduleux. Il lui a appris que Wilhem est sur le point d'acheter une maison quelque part en Ardèche, il ne sait pas où exactement. Elle fulmine :

« Le monde est si petit, tu vas voir qu'il va finir par rappliquer ici ! C'est tout ce que je redoute. Ne sommes-nous pas bien toutes les trois sans homme pour semer la panique ? Nous pouvons faire ce qui nous plaît sans avoir de comptes à rendre. J'espère, Florette, que tu vas tenir bon et ne pas t'encombrer de ton sculpteur volage.

— Ce n'est pas évident ! Je ne me sens pas particulièrement heureuse d'être débarrassée de mon époux. Je voulais lui en faire baver mais c'est moi qui en bave. J'ai beau prétendre chérir mon indépendance, je suis désemparée sans la présence, à mes côtés, d'un homme. Quand il était là, je râlais contre le désordre qu'il m'infligeait, particulièrement dans la salle de bain où il ne pouvait faire sa toilette sans éclabousser de savon à barbe les quatre murs et rouler toutes les serviettes en boule. Le désordre règne toujours, mais à présent ce n'est que le mien et cela me déprime d'autant plus ! À mon âge je ne vais pas refaire ma vie et, je me connais, si je rencontrais quelqu'un qui me plaît, je serais incapable de le supporter au quotidien. Même le meilleur a des manies intolérables.

Non, j'avoue qu'en revoyant Arthur, je n'ai pas eu à me forcer pour me jeter dans ses bras. En revanche, je me suis tenue à quatre pour résister à l'envie d'arracher les deux yeux à son Italienne ! Là, je vous assure que la salope a eu de la chance. Cependant, je ne suis pas aveuglée par la rage au point de perdre la raison. Je sais que cette femme a une emprise certaine sur

Arthur et qu'elle ne le laissera pas lui échapper. Aujourd'hui, ébranlé, il hésite, mais exiger qu'il choisisse immédiatement serait le perdre à brève échéance.

Il aime deux femmes ? Et bien, soit, faisons ménage à trois ! Je jouerai ce jeu s'il le faut… avec l'intention de gagner et d'éliminer l'autre définitivement. »

Je m'indigne :

« C'est impossible ! Toi si franche, comment pourrais-tu agir avec tant de duplicité ?

— Je ne prétends pas que ce sera facile mais je suis capable de me maîtriser pour arriver à mes fins.

— Aimeras-tu encore un homme qui sera devenu ton pantin ?

— C'est le risque ! Mais l'amour se nourrit d'estime et j'admire Arthur avant tout pour son génie d'artiste. Tant que, de ses mains, il créera ces œuvres superbes, j'aurai le désir que ses mains se posent sur moi. »

Nous avons atteint le petit pont qui enjambe le ravin avant Malatavernes. Je ralentis. Dans la lueur des phares, je reconnais Omar, le grand chien blanc. Il est venu attendre sa maîtresse ici et il tourne autour de la voiture en bondissant de joie. Nous oubliant complètement, Florette se précipite pour caresser son chien et lui parler affectueusement.

Je lui propose de la raccompagner jusqu'à sa maison mais elle refuse :

« Pas la peine ! Tout va bien. Ne vous attardez pas, je suis en sécurité avec Omar. »

Nous continuons notre route. Nous ne sommes plus très loin de Planilhac mais je suis lasse et je baille à m'en décrocher la mâchoire.

« Quand même, elle aurait pu nous dire merci », marmonne Hendrikje.

«Bof ! Nous sommes les acteurs d'une même troupe, jouant ensemble dans la pièce. Les applaudissements dépendent du succès que nous obtiendrons à la tombée du rideau.

— S'agit-il d'une tragédie ou d'une comédie ?

— C'est comme la vie, une tragi-comédie ! »

XIII

En passant

En revenant de Suisse, Viviane et François font un détour par Planilhac, comptant me laisser Sophie. Je n'osais plus l'espérer et, les voyant arriver, le contentement me met les larmes aux yeux. Sophie jaillit hors de la voiture avant qu'elle ne soit arrêtée et, d'un bond, se jette à mon cou, accrochant ses jambes autour de ma taille. J'accuse le choc, chancelant un peu, mais ne me plains pas. Au contraire, affermissant mon équilibre, je tourne en rond sur moi-même pour la faire danser comme quand elle était toute petite. Elle rit aux éclats malgré Viviane qui la gronde, tout en s'extirpant lourdement de la berline :

« Tu n'as pas honte ? Une grande fille comme toi ! Tu ne te rends pas compte que mamie est vieille ?

— Non, mamie n'est pas vieille », s'indigne ma petite-fille qui traduit bel et bien ma propre pensée.

Viviane soupire et se laisse tomber sur le banc sous le tilleul.

« Ouf, je n'en peux plus ! Ce voyage était tuant. Ces aoûtiens, qui partent tous ensemble pour s'agglutiner sur les plages, encombrent les routes et provoquent des embouteillages dingues. Avec cette chaleur, malgré la clim, c'était insupportable. Quand je pense comme on était bien, au frais, au bord du lac de Neuchâtel ! Quel regret de devoir redescendre déjà dans cette fournaise du Midi !

—Tu pourrais rester quelques jours ici, il y fait meilleur qu'à Avignon. Tu te reposerais, je m'occuperais de toi.

—Et je mourrais d'ennui ! Non merci ! T'as vu comme je suis déjà déformée ? Dans mon état, j'ai besoin de distractions avant de devenir complètement monstrueuse. Odile organise samedi une fête que je ne veux pas manquer. Nous repartirons demain, mais console-toi, si elle le veut, je te laisse Sophie quelques jours. À propos, mon petit chou, veux-tu aller me chercher un Coca-Cola ? Je sais que mamie en a toujours dans le frigo. »

Sophie s'en va à regret, traînant les pieds. Dès qu'elle a le dos tourné, Viviane m'avoue :

« Elle qui était adorable avant les vacances, est devenue odieuse en Suisse. Continuellement de mauvaise humeur, contrariante, boudeuse, impolie. Elle m'a fait honte vis-à-vis de mes amis dont la fille Stéphanie est un modèle. Hervé, qui est devenu mon médecin, prétend que c'est la puberté qui la travaille. Je crois plutôt que c'est la jalousie. Je ne sais plus comment la prendre. Essaye de lui tirer les vers du nez et de lui remettre les idées en place. »

Je promets. Sophie revient avec le Coca, le regard suspicieux. Elle se doute que sa mère s'est plainte et elle guette ma réaction. Je lui souris gaiement :

« Nous n'allons pas laisser ton papa porter les bagages tout seul ! Donnons-lui un coup de main. »

Viviane s'exclame : « Oui, allez-y car il ne faut pas compter sur moi. Je porte notre enfant, cela suffit comme ça !

—J'arrive, prévient Sophie, partant en courant, mais je vais d'abord vite voir si mes copains sont encore là. »

Pendant ce temps, François, rouge et dégoulinant de transpiration, a déjà vidé le coffre et monté deux valises. J'empoigne un sac et le suis à l'étage.

« Alors, François, comment cela se passe-t-il avec Viviane ? Sa grossesse ne la rend-elle pas trop pénible ? »

François se crispe comme si j'avais commis une terrible indiscrétion. Que je ne m'attende pas à des confidences ; il est de ceux qui ne parleront pas sous la torture. Il n'a jamais été à l'aise avec moi et ce n'est pas maintenant, en fonçant dessus avec mes gros sabots, que je vais l'amadouer.

« Mais, belle-maman, je vous assure que tout va très bien ! Elle est un peu fatiguée mais le docteur dit que c'est normal, et moi, je m'efforce de la soulager le plus possible.

— Je sais, François, combien vous êtes prévenant. Ma fille a de la chance de vous avoir à ses côtés. Excusez-moi, je me suis mal exprimée. Je connais le caractère vif de Viviane et je redoute que son état ne la rende encore plus soupe au lait. Je devine que vous devez avoir énormément de patience. Je n'ai jamais eu l'occasion de vous le dire, mais soyez certain que je vous estime beaucoup. »

Il me fait un petit sourire gêné. Je m'esquive pour couper court à un échange de platitudes qui nous embarrasserait autant l'un que l'autre.

Je rejoins Viviane à l'ombre du tilleul. Une brise légère fait un courant d'air frais. Nous partageons le Coca-Cola, absorbée dans la contemplation de la chaîne des Préalpes dont le mont Ventoux est visible jusqu'ici. Je me rapproche d'elle et lui prends la main.

« Raconte-moi, le bébé, c'est comment ? »

Viviane, instantanément, rayonne de joie et caresse son ventre comme si elle voyait l'enfant.

« J'ai l'impression que je suis la première femme au monde à être enceinte. Tout ce qui m'arrive me paraît exceptionnel. Je passerais mon temps à l'écoute de mon corps où le miracle prend forme. Pour Sophie, si peu désirée, je n'avais voulu m'apercevoir de rien, m'astreignant à rester performante au boulot, en femme moderne, maîtrisant les inconvénients de la féminité. Mais pour mon fils, je n'existe que par lui. Tout ce que je fais, au lycée comme à la maison, je le fais en état second, en pilote automatique, car ma vigilance est axée continuellement sur cette petite vie qui croît en moi.

—Je te comprends, mais ne t'étonne pas si Sophie est jalouse.

—Non, elle ne devrait pas car, pour racheter la certaine indifférence que je ressentais quand je l'attendais, je l'associe à ce petit qui va naître. Je la porte à nouveau en moi, en même temps que lui, afin qu'ils soient ensemble, liés par les liens de mon cœur avant d'être liés par ceux de mon sang. Sophie en était très consciente et nous avions une relation de tendresse comme jamais nous ne l'avions vécue avant. Mais depuis les vacances, c'est le rejet ! On dirait qu'elle m'en veut.

—Il s'est passé quelque chose qui t'a échappé. Ne t'es-tu pas disputée avec François ?

—Avec lui ! Non, grands dieux ! J'ai appris à l'apprécier. La crise que nous avons traversée nous a rapprochés. Je reconnais que je n'étais pas sans torts et, depuis, je ne peux que l'aimer encore plus sincèrement. Si tu savais comme il est heureux de cet enfant, comme il l'attend avec autant de joie que moi ! Pour lui, comme pour moi, c'est la résurrection de notre amour après un grand danger. »

Nous restons silencieuses. Je me demande si le doute n'a jamais effleuré François ! Et ma fille elle-même, sait-elle avec certitude qui est le père ? Ma curiosité est malsaine. Parce qu'ils le désirent ensemble, cet enfant est légitime. Cependant nos pensées doivent suivre un même cheminement car soudain, sarcastique, Viviane m'interroge :

« Et ton Boubou ? Qu'en as-tu fait ? Il est toujours amoureux de toi ?

—Hé, non ! Il m'a laissée tomber pour une autre. »

Vexée, j'ajoute : « Ça devrait te faire plaisir, non ? »

Viviane élude la question en éclatant de rire :

« Ah ! Quelle famille ces Balthazar ! Il n'empêche ... »

Elle laisse sa phrase en suspens, soudain figée. Je reprends :

« Il n'empêche que chaque être que nous rencontrons, même involontairement, a son rôle à jouer dans notre existence. Je pense que celui des Balthazar fut primordial pour nous remettre les idées en place, réajuster nos valeurs. »

D'un geste brusque de la main elle me fait signe de me taire. Elle refuse d'en entendre davantage et se lève pour couper court :

« Je vais voir ce que fait François. »

Je reste à ma place, me sentant fautive. Partager un secret impose de ne jamais l'évoquer. Cependant, que ce soit à notre insu ou volontairement, par malveillance ou par distraction, toutes les actions que nous voudrions cacher, un jour sont révélées. Elles se transforment en rumeur et le cours de notre vie peut en être bouleversé.

Sophie revient, accompagnée des deux gamins de la maison voisine. Tiens donc ! Ils retrouvent le chemin de chez moi parce que ma petite-fille les accompagne, alors que, depuis les vacances de Pâques, les enfants se sont contentés de me saluer timidement de loin. Câline, Sophie se coule contre moi :

« Dis, mamie, c'est vrai que je peux rester avec toi jusqu'à la fin des vacances ?

— Bien sûr, ma puce, j'en serais très heureuse. »

Elle jette ses bras autour de mon cou, me serre, m'embrasse, rit, se redresse, saute sur ses pieds, danse une gigue autour de la table de pierre, tandis que les garçons la regardent d'un air niais. Puis, d'un bond de chèvre, elle cabriole sur le chemin, ordonnant :

« Venez les gars, on va voir les grenouilles dans la mare ! »

Ils la suivent, dociles, et c'est à mon tour d'avoir l'air niais d'adoration, tant elle me plaît cette fillette turbulente en qui je reconnais ma propre intrépidité.

Viviane et François sont retournés à Avignon sans que je ne cherche à les retenir. L'important est de garder Sophie avec moi. Je lui laisse toute liberté de courir avec sa petite bande de vacanciers. Bientôt, ils regagneront Paris ou Lyon ou un pays étranger. Ces enfants, en s'amusant, font provision de souvenirs qui deviendront les plus beaux de leur âge adulte.

Le soir, Sophie se pelotonne contre moi sur le canapé pour regarder la télévision et, pour lui faire plaisir, je lui laisse choisir son programme Elle se passionne pour les variétés qui ne m'intéressent pas. Elle écoute, bouche bée, les inepties proférées par certains animateurs et les vedettes du *show-biz*, et chante en se trémoussant en mesure pour les accompagner. Puisqu'elle est contente, je le suis également. De tout temps, à chaque génération, il y a eu conflit d'appréciation musicale. Je me souviens de ma grand-mère se pâmant devant le suave Tino Rossi. Sans égard pour ma pauvre mémé, je tournais son chanteur en dérision. Il me faisait hurler de rire avec ses trémolos, moi qui étais fan d'Elvis Presley et de son *rock'n'roll* endiablé.

Quand je borde Sophie dans son lit, elle s'accroche encore à moi, me réclamant un dernier *poutoun*, un gros baiser. J'appuie mes lèvres sur son cou qui sent bon l'eau de Cologne dont la coquette aime se parfumer. Je m'attends à des confidences car je suis certaine qu'elle porte une souffrance dont je souhaite qu'elle se libère. Mais, si un soupir lui échappe parfois, elle me rassure aussitôt : non, ce n'est rien, non, il n'y a rien. Seule l'évocation de Stéphanie, la fille d'Hervé et d'Odile, la fait réagir violemment : « Surtout, ne me parles pas de cette chieuse ! »

Qu'a donc pu faire ou dire Stéphanie pour qui je n'éprouvais aucune sympathie et que je déteste maintenant en plein ?

Naïvement, les enfants racontent la vie des grandes personnes qui les entourent et dévoilent l'intimité des familles. Rien de tel avec Sophie qui ne dit mot sur ses parents. Même du bébé, il n'est pas question. Il ne semble plus l'intéresser le moins du monde.

Les jours qui raccourcissent passent vite et j'appréhende la fin des vacances. Sophie va m'être enlevée sans qu'elle m'ait permis de sonder son cœur. Toute la journée, elle vadrouille avec ses copains comme une sauvageonne, bâtissant des cabanes dans le bois, grimpant aux arbres, escaladant les rochers, crapahutant dans le ruisseau presque à sec. Si Viviane la voyait dans l'état déplorable où je la récupère le soir, elle s'indignerait de mon manque de surveillance. Je me contente de la nourrir (elle a un appétit féroce) et de la débarbouiller (ce n'est pas du superflu). Moyennant quoi, Sophie éclate de joie de vivre, a une mine resplendissante et je crois même qu'elle a grandi de plusieurs centimètres. Je ne suis pas rassurée pour autant. N'essaye-t-elle pas de s'étourdir, son entrain n'est-il pas forcé ? Je scrute son visage mais n'y décèle aucune ombre. Après tout, je dois avoir tort de me faire du souci. Les enfants ont des sautes d'humeur sans conséquences.

Le dimanche matin, alors qu'elle prend son petit-déjeuner, je l'avertis du peu de temps qui reste avant la rentrée. Subitement, son regard se ternit, sa vivacité s'étiole et elle enfonce sa tête entre ses mains, l'air renfrogné. J'essaye de la raisonner :

« Tu sais, tes copains aussi retournent chez eux pour aller à l'école. Toi, qui es bonne élève, tu devrais te réjouir car cela va beaucoup t'intéresser d'entrer au lycée. »

Elle hausse les épaules, les yeux au ciel, la moue désabusée, me faisant comprendre… que je n'y comprends rien ! Je veux minimiser en la taquinant mais elle n'a nulle envie de rire et, butée, elle s'en va, laissant son bol à moitié plein et ses tartines à peine entamées. Je reste en plan, partagée entre le sentiment d'avoir commis une erreur et la colère devant son insolence. Cette fois, quand elle reviendra, je vais tirer la situation au clair et la questionner franchement. Il y a un abcès : il faut le percer, quitte à ce que cela soit douloureux !

Pour l'instant, c'est moi qui me sens mal et je tourne en rond n'ayant aucun courage, redoutant ce moment de vérité que j'hésite maintenant à provoquer. J'aimerais demander conseil, mais à qui ? Au Père Rambert ? Son monastère est envahi de touristes en recherche spirituelle et je n'ai nulle envie de me mêler à ces mystiques d'occasion. Personne ne me paraît capable de comprendre les états d'âmes de ma petite-fille. L'heure tourne et je me morfonds, assise les bras croisés devant la table de la cuisine, ne pensant même plus à préparer le gâteau que j'ai promis aux enfants.

Qu'est-ce que j'attends ? J'attends l'imprévisible qui façonne notre destin.

Quelqu'un court vers la maison et Marmotte va à sa rencontre en aboyant. Je guette, immobile, mais mon cœur affolé bourdonne dans mes oreilles. Les jambes en flanelle, je me redresse en m'appuyant péniblement à la table.

Hendrikje entre en trombe. Hors d'haleine, elle comprime sa poitrine à deux mains pour maîtriser sa respiration et elle m'explique, hachant sa phrase au rythme de son souffle :

« Marieke… ne t'en fais pas… ce n'est pas grave… mais Sophie a eu un accident…

— Où est-elle, qu'est-ce qu'elle a ? J'y vais tout de suite !

— Non, attends. Les gosses sont venus d'abord chez moi pour prévenir et… Boubou était justement là. Il est allé la chercher. »

Elle rougit, s'imaginant sans doute qu'elle vient de me dévoiler sa liaison cachée. Mais qu'est-ce que je m'en moque ! C'est de Sophie qu'il s'agit, c'est vers elle que je veux me précipiter. Rien d'autre n'a d'importance. Hors de moi, je la bouscule et fonce en direction de la grangette. Hendrikje me suit, peinant à me rattraper.

Je hurle « Sophie, Sophie ? » espérant qu'elle réponde à mon appel. Hendrikje m'indique le ruisseau avant de renoncer à me tenir pied.

Un jour, par étourderie, Sophie m'avait révélé le coin secret des rendez-vous de leur équipe. J'avais fait semblant ne pas entendre, mais je n'ai pas oublié. Quelle force surnaturelle me permet de courir si vite malgré les broussailles, d'enjamber les rochers sans trébucher, de sauter par-dessus les fossés pour aller avec une certitude instinctive vers le lieu de l'accident ?

Je connais cet endroit où le ruisseau, jadis, fut canalisé de digues de pierres pour détourner l'eau au profit d'un moulin et de jardins. Depuis longtemps l'œuvre des hommes est ruinée, ensevelie sous les ronces. Mais, résistants, des vestiges de murs massifs, sur lesquels s'inclinent les branches basses des châtaigniers sombres, évoquent un château hanté où rôdent des âmes perdues. Le mystère du passé excite la curiosité des enfants et, malgré la peur de l'inconnu, ils adorent se rassembler ici, en cachette, jouant aux conspirateurs.

En approchant, je reconnais les petits Lyonnais, deux frères jumeaux aux cheveux en brosse, au nez en trompette, ressemblant à deux oursons de dessin animé. Ils se tiennent précautionneusement en retrait sur la terrasse qui surplombe le ruisseau d'au moins deux mètres. Effarés, ils reculent encore d'un pas en me voyant surgir comme une furie. En cette saison, le cours d'eau est pratiquement à sec et seul un mince filet maintient des mares au creux du lit rocheux. Je me penche mais, saisie de vertige, je me rejette en arrière. Sophie n'est pas là ! Je me tourne vers les garçons et crie d'une voix suraiguë :

« Où est-elle ? »

Ils sont terrifiés et bafouillent tellement que je ne comprends rien et dois les faire répéter.

« Ce n'est pas d'not' faute et c'est nous qu'avons averti... » parviennent-ils à exprimer en levant les bras pour se protéger d'une gifle peut-être bien méritée. J'ai envie de les secouer violemment mais me contrains au calme.

« Je ne vous accuse pas, malheureux, mais dites-moi où est Sophie !

— Le monsieur, il a sauté pour descendre la chercher et il va la remonter, mais il ne trouve pas le passage. Il est parti par là en bas avec nos copains et il nous a dit de rester ici pour l'attendre. »

Moi je sais où est le passage, en aval près du bief qui alimentait le moulin. Je m'élance à travers les ronces en appelant Boubou. Il n'est pas loin, m'a entendue et me répond.

« Par ici, Marie, je suis ici, tout va bien. »

J'avale une grande goulée d'air comme si je remontais d'une plongée en apnée. Maintenant seulement, je me rends compte que je n'ai pas cessé de prier ou plutôt de supplier inlassablement : « Mon Dieu faites que... ! »

Je ferme les yeux. « Merci mon Dieu ! »

Sans me préoccuper de mes vêtements lacérés, de mes jambes et mes mains griffées au sang, je me fraie un chemin jusqu'au bief. Je tombe pile sur l'étroit escalier intégré au mur de soutènement et aperçois Boubou qui approche, portant Sophie dans ses bras. Je le hèle et ce sont les gamins qui me répondent, tous à la fois. Ils s'étaient avancés trop loin et ils reviennent vers moi, piaillant comme une couvée de poussins. Je descends dans le lit du ruisseau et vais au devant d'eux, rattrapant quelques fois mon équilibre de justesse en glissant sur la vase.

Je suis devant Sophie et la tiens dans mes bras croisés sous ceux de Boubou. Elle est livide, le front marqué d'ecchymoses, les paupières gonflées de larmes, mais elle me sourit et détache une main du cou de Boubou pour l'accrocher au mien. Une grosse boule me monte à la gorge et je chancelle sous l'émotion, appuyant mon visage contre sa poitrine pour me retenir.

« Allons, Marie ! Vous n'allez pas vous trouver mal ? gronde Boubou de sa grosse voix. Je suis fort mais pas au point de vous porter toutes les deux ! Du cran, que diable ! Vous n'êtes pas une femmelette ! »

Je me force à rire, le regardant, pleine de reconnaissance. Dans ses bons yeux je lis en réponse de ne plus m'inquiéter, qu'il est là pour me venir en aide, qu'il se charge de tout avec affection et tendresse.

Je voudrais savoir, et les enfants veulent expliquer, tous à la fois. C'était un jeu qui s'est transformé en défi. Sophie a sauté depuis la digue abrupte et s'est tordu la cheville en tombant sur le fond rocheux. Je redresse la tête pour constater la hauteur du mur et je frémis, laissant percer ma colère par-dessus mon angoisse :

« Mais pourquoi as-tu fais cela, petite sotte ! Tu aurais pu te tuer ! »

Le visage fermé, Sophie se tait, et c'est comme si elle avouait qu'elle a cherché, délibérément, à se blesser. Le pied est enflé et des marbrures bleues marquent la jambe jusqu'au genou. Au mieux, c'est une vilaine entorse, mais il serait prudent de radiographier pour vérifier s'il n'y a pas fracture. Sophie gémit au moindre effleurement. Pratique, Boubou envoie les enfants avertir Hendrikje d'amener la voiture aussi près que possible sur le chemin du vieux moulin. Conscients de l'importance de leur mission, ils partent à fond, tous voulant arriver le premier. Je précède Boubou, écartant les obstacles pour lui faciliter la marche. Il avance prudemment, évitant les secousses qui font geindre la petite blessée.

Soulevant un nuage de poussière, klaxonnant sans relâche, Hendrikje fonce sur le chemin comme si elle manœuvrait un véhicule du SAMU. Son zèle est à la mesure de son anxiété. L'accident ravive en elle des souvenirs oppressants et c'est moi qui m'efforce de la rassurer. Sur la banquette arrière, Sophie, à demi allongée, est soutenue par Boubou dont elle a exigé la présence.

Hendrikje prend la décision :

« Pas la peine de s'arrêter à la maison et d'attendre un médecin. D'ailleurs, un dimanche, celui qui est de garde est toujours hors d'atteinte, et son répondeur vous invite à appeler les pompiers. Non, il faut filer tout de suite à l'hôpital où ils lui feront une radio et nous saurons à quoi nous en tenir. »

Je lui sais gré de son esprit d'initiative et je l'approuve. Je me retourne vers Sophie pour la rassurer et suis frappée par sa pâleur. Visiblement, elle s'est murée dans sa souffrance et retient ses larmes en gardant obstinément les paupières fermées. Je tends une main hésitante par-dessus le siège pour la toucher mais Boubou me fait signe :

« Laissez-la, ne dites rien. Elle a besoin de calme. »

Je hoche la tête, soumise et confiante. Je m'en remets à Hendrikje et à Boubou qui nous prennent en charge, ma petite-fille et moi.

Que la route est longue et que je hais ces vacanciers qui roulent comme des tortues, nous empêchant de doubler, ou obstruent les carrefours, se trompant de direction. J'ai tellement hâte d'être à l'hôpital comme si, une fois là-bas, tout était résolu. En vue du grand bâtiment, Boubou indique à Hendrikje la rampe d'accès des urgences. Un camion du SAMU est encore dans le sas, débarquant un corps sur une civière. Des brancardiers approchent un chariot et opèrent le transfert sans ménagement. Les hommes échangent quelques commentaires désabusés, se plaignant du surcroît de travail :

« Oh, là, là ! Qu'est-ce qu'il y en a ce dimanche ! On ne sait plus où les mettre ! »

Sans attendre, Boubou a sorti Sophie de la voiture et il la transporte dans ses bras vers le bureau des admissions. Je trottine derrière lui, tandis que Hendrikje, sur l'ordre d'un gardien intransigeant, va se garer ailleurs. Le couloir est encombré de chariots alignés les uns derrière les autres. Les blessés ou les malades, prostrés, ne disent mot mais les accompagnants, hors d'eux, harcèlent les infirmières qui passent en courant. Elles leur lâchent, excédées :

« On fait ce qu'on peut ! Attendez votre tour, mais, d'abord, faites les papiers car on ne vous prendra en compte que lorsque vous aurez rempli les formalités ! »

Comment n'y ai-je pas pensé ? Je n'ai pas pris mon sac et tous les papiers sont dedans ! Affolée, je me précipite dans la cage de verre du bureau et essaye d'expliquer comment, dans l'urgence, je n'ai pas songé aux documents administratifs. J'implore :

« On va quand même la soigner, ma petite-fille ? »

L'employée, une jeunette maquillée comme une star, est inflexible. Il lui faut — absolument — le numéro de Sécurité sociale. Que je me débrouille ! Je suis tellement atterrée que je deviens incapable de réfléchir. De l'autre côté de la vitre, je vois Boubou, assis sur un banc, qui retient Sophie secouée de spasmes. Un tout jeune médecin, la blouse baillant au vent, le stéthoscope balancé par-dessus l'épaule, se penche vers elle, l'ausculte brièvement et hèle deux brancardiers. Il se passe quelque chose ! Je veux les rejoindre mais l'employée, qui a suivi la scène, m'attrape au vol :

« Hé, là ! Ne partez pas ! Il me faut le numéro de sécu pour remplir mon dossier.

— Mais comment voulez-vous que je fasse ? Je ne l'ai pas, je ne l'ai pas ! Et vous avez bien vu que ma petite va mal. Vous n'allez pas la laisser mourir à cause d'un numéro sur un bout de papier ?

— Ne vous énervez pas, madame, j'applique le règlement, je n'y suis pour rien, pas la peine de vous en prendre à moi ! Il y a bien une personne de votre famille qui peut vous renseigner ? Vous n'avez qu'à téléphoner ! C'est simple ! »

C'est si évident que j'en reste abasourdie. Il faut que j'avertisse Viviane. Hors de question cependant que je me serve du téléphone sur son bureau. Il y a des cabines au fond du couloir ! Mais je n'ai ni carte ni sous.

Boubou revient. Les brancardiers ont emporté Sophie en salle de radiographie. Il faut attendre, on nous préviendra.

Hendrikje est là aussi, hors d'haleine, ayant trouvé très loin une place pour garer la voiture. Elle a son portable. Je peux appeler Viviane mais je redoute sa réaction, ses questions. Je contemple l'appareil avec appréhension. Comment m'y prendre ? Lui dire la vérité sans lui faire peur, sans minimiser non plus, et la rassurer en lui cachant mes craintes ? Je tape son numéro, le cœur battant, et suis extrêmement soulagée de tomber sur sa messagerie. Il m'est facile de composer un message superficiel, presque désinvolte, qui l'informe quand même que Sophie, pour un accident sans gravité, se trouve à l'hôpital d'Aubenas auquel elle doit communiquer, au plus tôt, son immatriculation à la Sécurité sociale.

Épuisée, je me laisse choir sur le banc entre Boubou et Hendrikje, le dos au mur, les yeux fixés sur le bureau des admissions, centre nerveux de l'activité effrénée du service. Allongés, inertes, parfois sanglants, sur leur brancard, les nouveaux admis sont roulés à travers le couloir, comme de banales marchandises, par des aides-soignants qui discutent tranquillement entre eux de problèmes de routine.

Dans la cage de verre, une autre employée prend le relais. La première lui fait part de mon cas, me désignant méchamment du menton. La nouvelle vient vers moi, le dossier à la main. C'est une bonne grosse, d'un certain âge, un sourire éclairant sa face ingrate :

« Ne vous tracassez pas, madame. Ma collègue manque d'expérience en informatique mais, avec les renseignements que vous nous avez donnés, on peut établir la fiche de la petite. Je vous fais confiance. Je vois bien que vous êtes une personne comme il faut ! Ceci dit, dès que possible, vous serez aimable de revenir pour régulariser. »

Je l'embrasserais presque la brave femme ! Instantanément, je me sens mieux et je la remercie avec effusion. J'oublie ma fatigue pour reprendre mon impatience. Cela fait combien de temps déjà que Sophie est partie ? C'est trop long ! Nous devrions aller voir ce qui se passe !

Boubou pose sa main sur mon bras :

« Attendez, Marie, vous voyez bien qu'ils sont débordés ! N'allez pas, en plus, les énerver ! »

Il a raison et son calme me rassérène. Subitement, je comprends ma chance de les avoir eus tous les deux à proximité pour m'aider dans cette épreuve. Qu'aurais-je fait toute seule ? Rien qu'à l'envisager, la détresse me submerge et je tremble.

Se poussant contre moi, Hendrikje me donne un petit coup d'épaule :

« *Flink, meisje !* (Courage, ma fille !). Ça va aller ! »

Emplie de gratitude, je les prends chacun par une main, entrecroisant nos doigts, me sentant le maillon faible de cette chaîne qu'ils ont renforcée par leur amitié. Alors seulement, en voyant les traces de griffures sur nos mains enlacées, m'apparaît notre état lamentable. Sales, les cheveux emmêlés, les vêtements en désordre, les souliers crottés, nous avons une allure de déguenillés. Pour un peu, on nous embarquerait comme des individus louches ! Je pense aux Pieds Nickelés, et leur souffle doucement :

« Vous avez vu comme nous sommes mis ? »

Boubou et Hendrikje me regardent, puis se regardent, et nous pouffons tous les trois, essayant de retenir ce rire qui serait incongru et indécent en ce lieu. Évidemment, notre relâchement nerveux nous fait perdre tout contrôle et je dois cacher mon visage dans mes mains pour camoufler mon hilarité qui m'arrache des larmes. Vu de loin, cela pourrait passer pour une manifestation de désespoir et le jeune médecin, qui revient, s'y trompe. Il me tapote gentiment dans le dos en répétant :

« Ne vous en faites pas, madame, la petite n'a rien de cassé ! »

Pour le coup ce sont de vraies larmes qui ruissellent sur mes joues rouges, mais je me ressaisis très vite et j'écoute attentivement ses explications. Rien de cassé mais une entorse carabinée avec déchirement des ligaments qui nécessite une immobilisation de la cheville avec interdiction de poser le pied par terre pendant trois semaines. Comme elle a été prise de vomissements, il a craint un « trauma » crânien et il préfère la garder en observation cette nuit. Si tout va bien, elle pourra rentrer à la maison demain. Nous sommes autorisés à la voir dans la salle des pansements en attendant qu'on lui trouve un lit quelque part.

Je balbutie des mercis et des mercis à l'infini. Mais le jeune homme, au stéthoscope en équilibre sur l'épaule, après une dernière tape amicale, s'est éloigné. Déjà, il se penche sur un autre brancard.

Marchant sur la pointe des pieds, nous pénétrons dans la salle de soins. Une infirmière moule une bande gluante sur la cheville de Sophie qui observe la manipulation avec grand intérêt. En m'apercevant, elle m'appelle, criant très fort « Mamie ! » J'accours et elle se pend à mon cou, me serrant passionnément. Elle n'a plus peur, elle n'a plus mal et elle me raconte, ravie, que l'infirmière ne lui fait pas un plâtre mais une résine, ce qui est plus léger et donc beaucoup mieux. Ce qui est beaucoup moins bien, c'est qu'on lui a coupé son pantalon avec des ciseaux pour la déshabiller. C'était un si joli pantalon, et maintenant il est fichu. Qu'est-ce qu'elle va dire maman ?

Je lui assure que ce sera le cadet de ses soucis, trop heureuse de la voir s'en sortir à si bon compte. Boubou et Hendrikje ont droit eux aussi à des embrassades fougueuses auxquelles l'infirmière doit mettre un terme car on va monter la petite dans sa chambre. Ils partent, promettant de revenir demain pour nous chercher.

« Tu restes avec moi, hein mamie ? » s'inquiète Sophie qui ne lâche pas ma main. Je la rassure et l'accompagne dans l'ascenseur, puis dans un dédale de couloirs avant d'échouer dans une chambre où le deuxième lit est occupé par une vieille femme à l'allure de sorcière. Elle nous fixe d'un air très mécontent. Je la salue poliment mais, sans répondre, elle se tourne de l'autre côté. Tant pis ! Nous l'ignorerons également.

Confortablement installée, calée par deux oreillers, Sophie soupire de bien-être, un peu somnolente. J'approche l'unique chaise près de son chevet et appuie ma tête près de la sienne.

« À présent, ma petite chérie, tu devrais me raconter ce qui te cause tant de peine. Je suis sûre que je peux t'aider. »

Sophie ne se défend pas, n'a pas un geste de repli. Je retiens ma respiration, évite tout mouvement, me fais légère, invisible, et j'attends. Sa petite main est restée dans la mienne. Je ne la serre pas, lui donnant la possibilité de se détacher, mais Sophie ne bouge pas. Nous écoutons longuement les bruits ordinaires de l'hôpital : le pas pressé des infirmières, les portes qui claquent, l'ascenseur qui monte en ahanant, et par-ci, par-là, un appel, une exclamation sourde. Quand tout ça est devenu familier, Sophie se penche un peu plus vers moi et je sens la douceur de son haleine contre ma tempe.

« Mamie, dis, c'est vrai que je ne suis qu'une petite bâtarde, que mon papa n'est pas mon papa et que ma maman ne m'aime pas ? »

Elle a prononcé sa longue phrase d'une traite, sans respirer, et, aux derniers mots, elle s'étrangle. Moi aussi je suffoque, comme si elle m'avait percuté l'estomac d'un coup de poing. Ma douleur, qui est la sienne, m'empêche de réagir autrement que par un râle. Je presse sa main de toutes mes forces pour, qu'ensemble, nous échappions à cette allégation insoutenable. Comme si je me réveillais en sursaut d'un cauchemar, je me redresse brusquement et je crie :

« Non ! »

Dans ses yeux agrandis de cernes, je lis une immense fatigue. Partagée entre honte et révolte, elle a porté ce lourd secret jusqu'à la limite de sa résistance. Comme un petit ânon écrasé par son fardeau, elle s'est abattue sur le sentier pierreux, elle abandonne.

Je prends sa main entre les deux miennes et pose mes lèvres dessus, me recueillant l'espace d'un battement de cœur. Mon Dieu, aidez-moi à trouver les mots qu'elle attend, ceux qui réconfortent, qui rendent l'espoir, qui donnent la joie de vivre.

« Ma chérie, ma tant aimée, comment as-tu pu croire une chose pareille ?

— C'est Stéphanie qui me l'a dit. Elle avait entendu son père le raconter à sa mère.

— Mais, ce n'est pas possible, elle aura mal compris ou inventé.

— Non, elle sait des tas de trucs de médecine et il y a des analyses qui dévoilent des choses cachées. Et puis, c'est connu que les mamans, elles préfèrent les garçons, et la mienne, je vois bien qu'elle est folle du petit frère qui va naître. Je ne compte plus, je l'énerve.

— Mon bébé, qu'as-tu imaginé ? Il n'y a rien de vrai dans tout cela si ce n'est que Stéphanie a voulu te faire du mal. Probablement qu'elle est jalouse de toi car son papa t'admire et il te cite trop souvent en exemple. Comme elle ne sera jamais à ta hauteur, elle en souffre et elle t'a prise en grippe. C'est une réaction presque normale. Alors, pour se venger, elle a tenté de gâcher ton bonheur par des insinuations perfides et mensongères. Comment as-tu pu douter de l'amour de ton papa à qui tu ressembles tant et de celui de ta maman dont tu es la plus grande fierté ?

— Mamie, je ne voulais pas la croire mais c'était plus fort que moi. Ça me rongeait dans la tête, sans arrêt. Plus je réfléchissais, plus je trouvais des preuves qu'elle avait raison. Les parents, ils me grondent tout le temps, ils ne sont jamais contents de ce que je fais ! Pourtant, au fond de moi, je sais qu'ils m'aiment mais c'est si “fond” que je ne le sens plus !

—Mon petit ange bêta, tu as laissé ta raison glisser sur la voie de la méfiance. La suspicion est un poison qui s'instille dans notre esprit et qui peu à peu, nous rend fou. Il nous arrive à tous d'y succomber car notre orgueil se laisse volontiers contaminer par le mal. Il est difficile de résister et de choisir la confiance.

Stéphanie est une peste mais tu dois lui pardonner car, si elle est ainsi, c'est parce qu'elle est malheureuse. Mais toi, ne doute jamais plus que tu es notre amour à tous, à ton papa, à ta maman et à moi !

—Et pas à tonton Jean ?

—Mais si, bien sûr ! Tu mériterais une fessée, nigaude !

—Essaye, mamie ! »

Sophie éclate de rire et, m'entourant le cou de ses bras, m'attire contre elle. Je lutte pour refouler mon émotion et paraître gaie. Un poids terrible m'a été enlevé mais j'en reste meurtrie. Elle le devine, ma petite-fille qui m'étreint pour me consoler à son tour. Elle me chuchote à l'oreille :

« Tu sais, mamie, parfois j'aurais voulu mourir pour les punir, mais je pensais à toi, que ça t'aurait fait trop de peine et je continuais à vivre.

—Mais alors, quand tu as sauté ce matin depuis ce mur, c'était pourquoi ?

—C'était pour qu'on s'occupe de moi car moi, je n'y arrivais plus.

—Et maintenant, tu es contente ? »

Sophie s'agite, montre son inquiétude, et soupire : « Presque… »

Je devine ce qui la tracasse. Elle redoute la réaction de ses parents et je me garde de la réprimander, lui adressant seulement une grimace clownesque de désapprobation ironique.

Une agitation soudaine bouleverse la quiétude du corridor. Le monte-charge, grinçant sur sa poulie, livre les plateaux-repas. Tout de suite, c'est l'ambiance de cantine avec les plats et la vaisselle qui s'entrechoquent. Une odeur de ragoût mijoté flotte par-dessus celle des produits pharmaceutiques. De chambre en chambre, les aides-soignantes poussent les tables roulantes, interpellant les malades d'une voix enjouée. Chez nous, la vieille sorcière s'est redressée dans son lit, visiblement très intéressée par l'arrivée du souper, mais quand la jeune femme apporte son plateau, elle lui fait une moue dégoûtée et se plaint qu'elle n'a pas d'appétit et que, de toutes façons, la nourriture est infecte. L'autre, probablement habituée, ne se démonte pas et lui sourit gentiment :

« Vous allez manger un petit peu, madame Rodier, juste un peu, pour me faire plaisir. »

Puis, elle se retourne vers Sophie et s'exclame, joyeuse :

« Oh ! La jolie demoiselle que voilà ! Que t'est-il arrivé ma chérie ? C'est en dansant la bourrée que tu as fait ça ? Je ne sais pas si tu as droit au repas. Le docteur n'a pas laissé d'ordre.

— Mais je meurs de faim, moi ! » s'indigne Sophie avec véhémence.

L'aide-soignante, qui s'appelle Béatrice, rit aux éclats, suscitant un regard courroucé de la vieille qui malaxe ses aliments sur ses gencives édentées dans un va-et-vient ininterrompu de son menton en galoche.

« Bon, je vais voir ce que je peux trouver à manger pour une pauvre affamée. »

S'adressant à moi, elle s'excuse : « Pour vous, ce n'est pas possible, mais vous pouvez descendre à la cafétéria. »

Béatrice revient presque aussitôt avec un plateau, nous signalant avec un clin d'œil que c'est un « spécial » car elle ne l'a garni, elle-même, qu'avec de bonnes choses. Top secret ! Il ne faut pas en parler et tout manger si on ne veut pas qu'elle se fasse « remonter les bretelles » par sa chef !

Les yeux brillants de gourmandise, Sophie découvre les différentes portions et goûte à toutes dans le désordre. Tout lui paraît savoureux et elle déguste son premier repas d'hôpital comme si elle était chez Lucullus. Il est vrai que depuis ce matin, elle n'a rien avalé ! Ayant dévoré jusqu'à la dernière miette de pain, elle s'allonge, ressentant le besoin de dormir. Ses paupières alourdies se ferment seules. Dans un dernier sursaut de lucidité elle murmure :

« Mamie, tu ne me laisseras pas seule ici ? Tu resteras avec moi ?

— Oui mon chaton, promis, ne t'en fais pas. Béatrice va m'apporter une couverture et je passerai la nuit près de toi dans ce grand fauteuil relax. Mais, auparavant, je vais aussi aller manger un morceau à cette fameuse cafétéria. »

Sophie me sourit mais ses yeux sont déjà fermés et elle ne m'entend plus. Une grande lassitude m'accable. Je suis moulue, je me sens sale et, par-dessus tout, j'ai faim. Je me penche sur Sophie et dépose un baiser léger sur sa joue de pêche. Je m'éloigne, me retournant fréquemment.

En bas, la cafétéria est accueillante mais, exaspérée, je me souviens que je n'ai pas d'argent sur moi. Bah ! Ce n'est pas si grave ! Un peu de régime ne me fera aucun mal ! J'ai envie de bouger, de respirer de l'air frais. Je m'avance sur le perron. Beaucoup de malades, assez valides pour se déplacer, sont rassemblés là, pour fumer ou bavarder. J'avise un banc sous les arbres, face à l'allée centrale qui mène au parking, et je m'y assieds, observant les derniers visiteurs qui s'en vont. Le soir n'apporte aucune fraîcheur et l'odeur du goudron chaud mêlée à celle de l'herbe sèche, me donne la migraine. Allons, je ferais aussi bien d'aller m'allonger près de Sophie !

C'est au moment où je me relève que j'aperçois Viviane, courant maladroitement dans l'allée en soutenant son ventre. Ma pauvre fille, pauvre maman anxieuse courant vers son enfant en danger, imaginant sans doute le pire ! Elle ne m'a pas vue bien que je m'élance vers elle, et ce n'est qu'au moment où je la saisis dans mes bras qu'elle me reconnaît. Hagarde, elle me fixe sans pouvoir dire un mot et pourtant j'entends son angoisse. Je dois répondre à ses questions avant qu'elle ne les ait formulées, je dois la rassurer jusqu'au cœur de son cœur si glacé de peur.

« Tout va bien, tout va bien. »

Elle vacille contre moi et laisse tomber sa tête contre mon épaule. Elle pleure doucement, sans hoquets, sans reniflements. Elle s'épanche, se délivrant simplement de tout ce mal qui l'oppresse. Je la berce lentement, répétant encore :

« Tout va bien, tout va bien. »

Je sens contre mon ventre son enfant qui bouge et je sursaute de plaisir. Viviane me sourit, la joie au fond des yeux :

« Je suis venue dès que j'ai su. François est à Paris, je ne l'ai même pas prévenu. Rien d'autre ne comptait que d'être auprès de Sophie. Je veux la voir !

— Oui, tu vas la voir, mais avant, il faut que tu saches, je dois t'expliquer, c'est important ! Nous devrions aller nous asseoir à la cafétéria et prendre quelque chose, à condition que tu n'aies pas oublié ton portefeuille. Je suis sûre que tu n'as rien avalé et, d'ailleurs j'avoue, moi non plus ! »

Je la prends par le bras et l'entraîne. Elle se laisse conduire, intriguée mais docile. Nous choisissons un sandwich et nous asseyons face à face à une petite table un peu à l'écart. À cette heure, il n'y a plus grand monde. Seules des infirmières passent boire un dernier café pour discuter un instant entre collègues. Nous mangeons en silence. Je prends mon temps et Viviane attend sans manifester d'impatience. Je commande des cafés et alors seulement, je lui raconte. Parfois elle a un sursaut, comme sous le coup d'une douleur intérieure, mais elle ne m'interrompt pas et m'écoute jusqu'au bout.

« Ma Vivi chérie, tu vois, ce n'est qu'une entorse, mais c'est la manifestation visible d'un mal beaucoup plus grave dont Sophie souffre au tréfonds de son âme. Avec son imagination d'enfant, elle a monté un drame dans sa tête à cause d'insinuations perverses. Il te sera facile de la guérir car elle veut croire à ton amour pour elle. Quand, en se réveillant, elle te découvrira tantôt à son chevet, elle sera sauvée de son désespoir, libérée de ses tourments.

Allez, tout va bien maintenant. Vas-y, monte dans sa chambre, mais avant, donne-moi les clefs de ta voiture. Je vais rentrer à Planilhac, avertir Hendrikje et Boubou, et, demain matin, c'est moi qui reviendrai vous chercher toutes les deux. »

Viviane me tend la main par-dessus la table. Elle me sourit mais ne peut cacher ses larmes :

« Oui, rentre, maman. Si tu voyais ta tête, tu es à faire peur ! »

Au pied de l'ascenseur, elle m'embrasse encore et murmure à mon oreille :

« Merci, maman ! Tu sais, je vais faire très attention. »

Je ne sens plus la fatigue et conduis vite sur la route déserte. Cette fois, nous avons eu de la chance. Cependant, n'oublions jamais que des mots, mal compris, peuvent provoquer le désir de mort. Notre vie tient à un fil, celui sur lequel nous évoluons en funambule et il en faut si peu pour perdre l'équilibre.

Le bonheur nous est donné provisoire, éphémère, et je ne peux jouir du moment présent sans redouter le moment d'après où tout peut basculer.

XIV

Incertitude

François a rejoint Viviane et la petite famille solidement ressoudée est rentrée en Avignon. Sophie était tellement surexcitée de joie qu'elle en devenait pénible, essayant de voir jusqu'où elle pouvait aller sans se faire rabrouer, mais ses parents se sont bien gardés de lui faire la moindre remontrance. Tout s'est donc arrangé, je devrais être contente et pourtant je me sens déprimée, fatiguée sans raison, ennuyée de tout. Pour la première fois, je me demande pourquoi je suis venue me perdre à Planilhac. Les journées me paraissent longues. C'est la fin de l'été, je ne sais que faire, n'ai envie de rien. Les démêlés amoureux de mes amies ne m'intéressent pas, voire m'agacent.

Florette est venue me voir pour m'expliquer son acceptation du partage.

« Tu comprends, je l'aime et je veux son bonheur. Un homme c'est un homme et on ne peut lui demander cet esprit de fidélité inconditionnelle que la morale chrétienne veut imposer. Entre nous, donc, pas d'hypocrisie. Nous avons établi une relation de totale franchise. Il m'aime, mais il aime aussi Angèla qui l'aime vraiment. Alors, je dois aimer Angèla si je veux être logique avec moi-même ! Arthur va de l'une à l'autre, essayant d'être équitable, mais je prévois qu'un jour prochain, il nous proposera de vivre à trois ensemble.

— Ah ! Florette, c'est tordu, c'est malsain ton histoire. Ou bien, si tu es d'accord, c'est que cela t'excite également.

— Et pourquoi pas ? Je n'ai jamais eu l'esprit petit-bourgeois, moi ! J'ai des idées larges et les relations érotiques « particulières » ne me dégoûtent pas. Tu devrais y songer au lieu de te dessécher stupidement dans ta situation de veuve fidèle. Car, entre nous, ça t'avance à quoi de respecter la mémoire de Richard ? La vie est courte et la recherche du bonheur est le seul but valable. Tu es en train de gaspiller ton temps. Déjà, tu as mauvaise mine. Bientôt tu seras moche. Ensuite, il sera trop tard, tu ne seras plus une femme, mais une vieille complètement desséchée ! »

Cet échange de vérités pas bonnes à dire a refroidi notre amitié. J'ai haussé les épaules et changé de sujet, mais je reste mortifiée, ne pouvant retenir une certaine rancune. Je ne me croyais pas « bégueule » et je suis étonnée de me sentir choquée par l'extravagance (pour ne pas dire l'indécence) sexuelle de mes deux amies. Mais y a-t-il indécence, ou suis-je devenue effectivement une vieille desséchée qui se veut moraliste et qui, en réalité, n'est que frustrée ?

Je le ressens d'autant plus aujourd'hui, premier dimanche de septembre, en voyant débarquer Godelieve, la fille d'Hendrikje.

Oubliant ses critiques antérieures, Hendrikje, subjuguée, couve sa fille des yeux, ne pouvant cacher sa fierté maternelle, devant l'admirable prestance de la donzelle. Il est vrai qu'elle est « tape à l'œil ». Très grande, très mince, très pâle, les cheveux blonds si courts que son crâne paraît rasé, le visage artistiquement maquillé, elle a de l'allure dans sa robe de lin noir qui dévoile haut ses longues jambes. De lourds bijoux d'argent, véritables sculptures, ornent son cou, ses bras et ses doigts. Elle proclame (mais cela se voit au premier coup d'œil) qu'elle déteste la campagne qui est pour elle un milieu hostile où l'on ne peut marcher sur des talons aiguilles sans les « pourrir » en s'enfonçant dans la terre. Si elle a daigné venir, c'est en coup de vent, en tant que *manager* de sa mère, pour prendre livraison de ses dernières créations réclamées d'urgence par l'éditeur.

Hendrikje s'affole. Elle n'est pas prête. Il manque encore quelques détails, mais ils sont importants. Il faut lui laisser au moins une semaine de répit.

Deux jours seulement, concède Godelieve à regret, résignée à subir un calvaire d'ennui dans ce pays arriéré. Pas question pour elle de loger à la grangette, ni même chez moi où c'est plus spacieux. Non, non, elle tient à son indépendance. Elle prendra une chambre à Joyeuse, dans le meilleur des hôtels car, elle l'avoue, il lui faut son confort trois étoiles. Et puis, argument irréfutable, le portable passe mal à Planilhac, et elle doit, impérativement, être joignable à tout moment.

Par quel hasard déterminé, Jean est-il venu seul, sans me prévenir, ce jour-là précisément ?

Nous sommes encore à la grangette, écoutant Godelieve soliloquer avec verve à propos du monde de l'édition, qui lui est aussi familier que celui de ses agences d'intérim qu'elle dirige d'une poigne d'acier assurément.

Lorsque la porte s'ouvre sur mon fils, nous restons toutes les trois muettes de saisissement. Qu'il me semble gauche et timide, mon grand garçon qui bredouille un vague bonjour, visiblement mal à l'aise devant cette fille si sophistiquée. Pourtant, le silence soudain de Godelieve indique son intérêt pour le jeune homme, et leurs regards qui s'accrochent nous repoussent dans l'ombre de leur indifférence. Irrésistiblement attiré, Jean s'approche de Godelieve. Il a pris de l'assurance car il voit qu'il lui plaît et aucun homme ne reste insensible au désir d'une femme belle et provoquante.

Que m'arrive-t-il ? Je voudrais me jeter entre eux, les écarter l'un de l'autre, préserver mon tendre enfant de cette mangeuse d'homme. Un clin d'œil égrillard d'Hendrikje me cloue sur place. Je me compose un masque pour cacher mon hostilité instinctive. Et voilà que ces deux jeunes bavardent déjà comme de vieux camarades et je découvre, ébahie, que Jean s'intéresse à la musique comme au cinéma. Exclues de la conversation, Hendrikje et moi nous retirons dans un coin. Je l'aide à rassembler ses esquisses. Elle va se mettre tout de suite au travail et moi, je vais rentrer chez moi. J'ose à peine m'enquérir des projets de Jean. Évasif, il prétend qu'il va d'abord indiquer à Godelieve un hôtel recommandable et qu'il me rejoindra ensuite.

À propos, il s'est acheté une nouvelle voiture… Un petit bijou ! Quand je vais voir ça, je vais être épatée ! Il a l'air si content que je réfrène mon envie de lui dire qu'il gaspille son argent en futilités, qu'il se conduit comme un gamin sans réfléchir plus loin que le bout de son nez, qu'un vrai paysan a de meilleurs investissements à faire pour la prospérité de son exploitation. Mais je me tais car je ne veux pas être pour lui une rabâcheuse de conseils, une mère Fouettard.

Je l'attends vainement jusque très tard dans la nuit, sachant pertinemment qu'il ne viendra pas.

Le lendemain, quand il se pointe vers midi, un peu faraud, je ne prête aucune attention à la fameuse voiture car je ne peux dissimuler ma colère ni mon désappointement.

« Et Bénédicte, elle compte si peu pour toi que tu te laisses embobiner comme un… comme un… idiot, par cette… cette…

— Cette quoi ? Tu te trompes maman, elle est rudement bien Godelieve et, quant à Bénédicte, tu sais, ça ne chauffe plus très fort entre nous.

—Ce n'est pas possible ! Une si gentille fille !

—Tu ne la connais pas vraiment. Elle a son caractère et nous nous disputons à tous propos. Elle me casse les pieds car elle exige que je m'engage définitivement. Elle veut se marier, avoir des enfants. Je ne me sens pas prêt, je veux réfléchir encore. Alors elle boude, se réfugie chez ses parents, et je ne te dis pas tout… Mais, à ce train là, nous nous éloignons l'un de l'autre à vitesse T.G.V. et la distance sera bientôt infranchissable. »

Suffoquée, je détourne la tête et fixe la fenêtre pour éviter de répondre trop vite. Mais c'est plus fort que moi, je ne peux me retenir et passe à l'attaque :

« Tu n'essayes pas de la comprendre, tu ne fais aucun cffort et, toi-même, tu ne sais pas ce que tu veux ! Tu te plaignais de ne pas rencontrer une jeune fille qui accepterait de devenir paysanne et, quand tu en trouves une, tu la laisse échapper sans essayer de la retenir. Il y a quelque chose qui ne va pas, mon pauvre garçon !

—Mais enfin maman, je ne vais pas me marier pour te faire plaisir au risque de divorcer tout de suite après ! Tu serais la première à me le reprocher.

—Oh ! Tu m'énerves. Je ne sais plus quoi te dire. Mais cette Godelieve, quand même, ce n'est pas une fille pour toi ! Tu as vu son genre ?

—Quel genre ? Je suis libre, elle aussi, et celle-là au moins, elle ne cherche pas à me mettre le grappin dessus. Nous passons un moment ensemble sans rien attendre l'un de l'autre qu'un peu de plaisir. Cela ne va pas plus loin. C'est le genre qui me plaît. Point besoin d'amour et de ses trémolos, pas de serments ni de scènes. Cool quoi ! »

Découragée, je renonce.

« Si tu veux, soit, n'en parlons plus. Mais, au fond, pourquoi es-tu là ? Car je suppose que tu n'es pas venu par hasard !

—Bof ! Ça n'a plus d'importance.

— Ah, non ! Ne dis pas ça ! C'est ainsi que l'on refoule au fond du cœur une écharde qui va vous empoisonner l'existence jusqu'à la mort. Parle ! Était-ce à propos de Bénédicte ?

— Oui, en fait oui. Mais tu vois, j'ai vite trouvé la solution. Je me posais des questions, je doutais de moi et venais te demander conseil. Maintenant je suis sûr. Je ne suis pas encore décidé à me mettre la corde au cou.

— Ce n'est qu'un refus de t'assumer, de prendre tes responsabilités. Tu me déçois ! Pense que tu ne pourras pas compter sur moi toute ta vie durant.

— Mais si, maman chérie, et ne me raconte pas que tu en as marre de t'occuper de ton grand fils. Je te connais et je sais que tu adores ça ! »

Usant de son sourire enjôleur, Jean m'attire et me serre contre lui. Je ne peux résister et me laisse aller à ce sentiment d'infinie tendresse qui me fait fondre de bonheur. Je soupire, mais ce n'est que pour la forme :

« Vraiment, tu n'es pas raisonnable… »

Ensuite, je ne peux y échapper, je dois admirer sous toutes les coutures la petite merveille de haute technologie automobile qui fait des pointes de 270 kilomètres à l'heure. Avant que j'aie pu me récrier, Jean me rassure : il n'est pas fou, il est très prudent, je n'ai aucun souci à me faire !

Il dîne avec moi, de fort bon appétit, et je savoure cet instant d'intimité partagée dans la fraîcheur sombre de la cuisine. Il me parle de la récolte, bonne, et des ventes, excellentes cette année. Abdellah, le nouveau marocain embauché au printemps, se révèle une recrue de premier ordre qui s'entend bien avec son cousin, le vieux Mohamed. Les saisonniers espagnols, les mêmes depuis dix ans, sont les plus malaisés à gouverner. Ils l'ont connu enfant et ne parviennent pas à le considérer comme le patron. Ils le traitent avec trop de familiarité et discutent quand Jean leur donne des ordres. S'ils ne se soumettent pas mieux à son autorité, il sera obligé changer toute l'équipe l'année prochaine. Heureusement qu'il peut compter sur Gaston, le régisseur de Richard, qui a repoussé d'un an sa retraite pour seconder le petit maître. C'est lui qui, le voyant tendu et fatigué, a poussé Jean à monter à Planilhac pour changer d'air. Pour quelques jours, on peut se passer de lui car les fruits sont tous vendus d'avance à l'expéditeur et c'est Mohamed, qui a le permis poids lourd, qui fera les livraisons.

J'exulte :

« Tu vas rester quelques jours ?

— Deux jours, maximum ! C'est déjà bien beau. Dis, maman, tu ne te fâcheras pas si je te laisse maintenant ? J'ai promis à Godelieve de lui montrer la région et de l'emmener se baigner à la rivière. Aïe ! Ne fais pas cette tête. Elle ne va pas me dévorer tout cru ! Laisse-moi m'amuser un peu !

— Je n'ai rien dit ! Fais un peu ce que tu veux, mon grand, mais tu ne m'empêcheras pas de penser que cette fille est une garce. Prend garde à toi !

— Mère abusive, va ! Allons, ne t'en fais pas, tu es la seule femme de ma vie, je n'aimerais jamais que toi !

— Fiche-moi le camp d'ici, vil flagorneur ! Heureusement que j'ai du bon sens pour deux. »

Il éclate de rire, se penche pour m'embrasser et saute gaiement dans sa voiture.

« Écoute cette horloge », me dit-il en faisant vrombir son moteur. En démarrant, il agite encore la main d'un petit signe désinvolte. « Ciao ! »

Je reste un long moment sur place. Je suis sous le charme, je ne peux lui en vouloir, je le comprends, je l'approuve, je lui pardonne tout. Je l'aime, quoi !

Ce soir, je n'irai pas, comme d'habitude, faire un tour chez Hendrikje. Car, d'abord, elle doit travailler, n'est-ce pas ? Et puis, surtout, je ne me sens pas capable d'exprimer, à propos de sa fille, des louanges que la mère doit attendre de moi. En fin de journée, Jean me passe un bref coup de téléphone. Il ne rentrera pas de la nuit, que je ne m'en fasse pas ! Le contraire m'eût surprise, mais je n'en suis pas moins amère et inquiète, pressentant qu'il ne sortira pas indemne de ce qu'il prétend n'être qu'une aventure sans lendemain. Cette fille est trop torride pour qu'il ne s'y brûle pas le cœur.

Cependant, le lendemain, quand il revient avec Godelieve, j'ai du mal à cacher une méchante jubilation. La jolie fille est rouge comme un homard ébouillanté, les paupières gonflées, les lèvres éclatées. De torride elle est devenue torréfiée ! Acerbe, elle reproche à Jean de ne pas l'avoir mise en garde, lors de la baignade, contre ce soleil qui l'a défigurée, sans parler de la douleur insupportable de sa peau boursouflée de cloques. En guise de nuit d'amour, ce dut être un aperçu de l'enfer. L'air penaud de Jean dissimule à peine son ennui et son désir de se débarrasser de cette femme geignante. Il invoque une soudaine urgence de la récolte qui exige sa présence au plus tôt sur la propriété. Godelieve affiche un air ulcéré, ce qui ne va pas du tout avec son teint rubicond. Fiérote, elle se dirige vers la grangette, tordant, sur la caillasse du chemin, ses pieds haut perchés sur de fines sandalettes.

Elle n'est pas encore hors de notre vue, que Jean s'exclame :

« Tu vois, tu avais tort de t'en faire ! Cela n'aura pas duré longtemps. Ces filles du Nord, ça ne résiste pas à notre climat ! Pour être cuite, l'affaire est cuite. C'est le cas de le dire ! Pourtant, c'était un beau brin. T'as vu ce que j'en ai fait après un seul jour passé avec moi ?

— Cesse de t'exprimer comme un abominable macho. Cela ne te va pas. Et n'oublie pas que moi aussi, je suis une fille du Nord. Tu n'es vraiment pas doué avec les femmes ! »

Jean ricane bêtement, ne sachant que répondre, sans doute plus déçu qu'il ne veut le laisser paraître. Il est prêt à rentrer en Avignon, plus rien ne le retient et il me fait ses adieux à la hâte.

Il prétend devoir passer par Aubenas pour visiter le dépôt du grossiste auquel il livre ses pêches. Cette relation commerciale est importante et vaut de perdre un peu de temps pour maintenir la bonne entente. Je lui dis qu'il devrait pratiquer la même diplomatie avec ses conquêtes amoureuses. Mais ça, il n'y pense pas un instant.

À son avis, l'amour vrai ne demande aucun effort, il coule de source. Je voudrais lui expliquer que l'amour est comme un jardin qui exige sans relâche les soins attentifs d'un jardinier affectueux, sous peine de devenir rapidement un clos de broussailles inextricables. Mais Jean n'a pas le temps de m'écouter. Je lui ferai mon cours d'horticulture un autre jour. Il est déjà dans sa voiture toute neuve et je me penche pour lui donner un dernier baiser à travers la vitre ouverte. Marmotte s'est dressée sur ses pattes arrières pour lui dire au revoir elle aussi, mais elle se fait remettre en place à grands cris car elle risque de griffer la peinture métallisée de la portière.

Comme des laissées pour compte, nous restons figées toutes les deux au bord de la route, le regardant filer à la vitesse grondante des seize soupapes de son joli bolide.

Si je n'ai pas de compliments à exprimer au sujet de sa fille, Hendrikje n'en a pas plus à propos de mon fils dont Godelieve n'a pas dû vanter les mérites. Nous évitons d'en parler à part quelques soupirs dans le style « Oh, ces enfants ! », sous-entendu « Ils nous en font voir de toutes les couleurs ! »

Godelieve est retournée soigner ses coups de soleil en Belgique. Hendrikje, ayant livré ses dessins, décide de rester encore un peu et de se délasser en renouant avec l'aquarelle. Profitant de la belle lumière de cette douce fin d'été, elle arpente la région, son matériel dans un sac à dos, pour planter son chevalet là où le paysage l'inspire.

Malgré son insistance, je n'ai pas envie de l'accompagner et je préfère me consacrer aux confitures avec les dernières framboises de la saison. Parce qu'on fait mieux les choses quand on est en tenue, j'ai sorti de l'armoire de la grand-mère un de ces beaux tablier de cuisine bien enveloppant, en toile blanche, raide d'amidon. Les bretelles de la bavette se croisent dans le dos et les rubans de la ceinture sont assez longs pour que je les ramène devant moi pour les nouer.

Je surveille la cuisson, penchée au-dessus de la marmite, mon écumoire à la main. Un bouillon de trop et c'est la cristallisation. Pour tester la consistance, je précipite quelques gouttes dans un bol d'eau froide. Elles se délitent en un nuage rose : c'est trop tôt. Avec la cuillère de bois, je continue à tourner le jus des fruits d'un mouvement lent et régulier qui creuse un siphon ondulant au milieu de l'ancestrale bassine de cuivre. Une abeille intrépide me frôle avant d'aller inspecter mes pots alignés sur la table. Déçue de les constater vides, elle revient vers moi, entêtée, agaçante.

Je perçois un crissement de voiture, des pas, des voix et, plus insolite encore, la cloche de l'entrée qui tinte. Quel est l'inconnu qui ignore que, chez moi, on monte sans prévenir, que la porte ouverte est une invitation à entrer ? Je ne peux lâcher ma confiture, le *petit boulé* est imminent. Bientôt la goutte va rester ferme dans l'eau froide et, à l'instant précis, je dois être là pour arrêter la cuisson. Sans quitter des yeux la gelée pourpre qui éclate en bulles de cristal, je crie :

« Venez, je suis ici ! »

Il n'a fait aucun bruit mais je l'ai entendu. Quelqu'un attend derrière la portière de perles de buis qui empêche les mouches de pénétrer dans la cuisine. Je sens son regard, mais je ne bouge pas tant que je ne juge pas le moment opportun de couper le gaz de la cuisinière. Au fond de la bassine, la confiture en ébullition s'apaise et se lisse, tranquille comme un lac. Je me retourne et, aussitôt, je le reconnais.

C'est Wilhem !

Non, ce n'est pas possible, c'est Tom, le fils de Wilhem et Hendrikje.

À travers le rideau de perles qu'il a entrouvert, nous nous observons. Lui savait qu'il allait rencontrer une vieille dame, amie de sa mère, mais moi, je reçois de plein fouet le rappel de mon adolescence. Comment un garçon peut-il autant ressembler à son père et me rappeler cet émoi de mes quinze ans quand, me rendant chez Nora, j'apercevais le ténébreux Wilhem qui, lui, n'accordait aucune attention aux copines de sa sœur. Son indifférence augmentait sa séduction et nous étions toutes folles de lui, rêvant de conquérir son cœur. C'était loin, c'était complètement oublié, et même de savoir Hendrikje mariée avec lui ne m'avait pas troublée le moins du monde. Mais là, ce jeune homme qui me regarde sans oser franchir cette légère barrière qu'il écarte de la main m'émeut comme un doux souvenir d'enfance.

« Bonjour Tom, entre donc. »

Étonné, il se projette brusquement à l'intérieur, et alors seulement je remarque, sous la lumière crue de la fenêtre ouverte, la balafre qui lui déchire l'autre joue avant d'enfoncer l'œil au fond de l'orbite sous une cicatrice en étoile.

« Vous savez qui je suis, madame ?

— Tu ressembles tellement à ton père.

— Ah oui ? Vous le connaissez ? Il est là, il m'attend en bas. Nous sommes venus pour voir *Moeke*, maman. »

Est-ce le parfum enivrant des framboises brûlantes ? La tête me tourne et je dois m'appuyer à la table. Déconcerté par mon silence, Tom fait quelques pas vers moi, de cette démarche saccadée que lui impose sa jambe artificielle. Il s'inquiète :

« Je ne me trompe pas ? C'est bien chez vous que réside ma mère ? C'est ma sœur qui m'a donné votre adresse. »

Il s'exprime avec un fort accent flamand, cherchant ses mots. Je me ressaisis. Je le rassure et l'invite à s'asseoir. Il veut d'abord avertir son père mais je le retiens en riant. J'irai moi-même, pour lui faire la surprise. Je descends l'escalier en courant mais, en approchant du porche, je m'arrête, la peur au ventre. À quoi est-ce que je m'attends ? À renouer avec ma jeunesse ? Mais, pauvre folle que je suis, quarante ans ont passé et nous ne verrons que les marques hideuses de l'âge qui nous ont défigurés. Je lirai la déception dans ses yeux comme il lira la mienne au fond des miens. Je me gourmande. Pourquoi y attacherais-je de l'importance ? Nous ne sommes rien l'un pour l'autre. Si cela se trouve, il ne se souvient même pas de m'avoir croisée à l'époque de mon amitié avec sa sœur Nora. De quelques années plus âgé, il regardait avec dédain les adolescentes boutonneuses que nous étions.

Sur la pointe des pieds, je franchis le portail. Il ne m'a pas entendue et, le cœur battant, je l'observe. Adossé au muret qui délimite la cour, Wilhem fume nonchalamment une cigarette, le regard perdu vers la chaîne des montagnes qui encerclent l'horizon. J'aurais détesté qu'il soit devenu gros et laid, et je lui suis gré d'avoir conservé cette allure élégante et sportive malgré le vieillissement certain. Il a dû sentir ma présence car il se retourne lentement et me sourit de ce même sourire un peu narquois d'autrefois. Il jette sa cigarette, l'écrase sous le talon et vient vers moi.

«*Hello*, Popie !»

Il n'a pas oublié ce petit surnom que me donnait sa sœur, et, comme si nous nous étions vus hier, je réponds :

«*Hello*, Wim !»

Il me dévisage effrontément et je sens qu'il me jauge. Je me redresse, piquée par son impertinence mais il s'exclame :

«Tu sais que tu es devenue une sacrée belle femme ?»

Je fais un vague geste de démenti mais, au fond, je suis flattée, je le crois sincère. Je désigne mon tablier, taché de jus de framboise :

«Je ne m'attendais pas à toi, je préparais de la confiture. Monte donc, il faut que je la mette tout de suite en pots.»

Cette fois, j'ai l'avantage. Je reçois le père et le fils chez moi, dans cette maison dont je suis fière malgré ses plafonds noircis, ses murs ventrus, ses dalles de guingois. Je remarque le regard approbateur que Wim laisse traîner sur les meubles rustiques, sur le bouquet de fleurs des champs dans la vieille cafetière émaillée, sur celui de bruyère garnissant le chaudron pendu à la crémaillère. Cet avocat célèbre, habitué au luxe et au confort, apprécie en connaisseur la beauté authentique de cette demeure de paysans. De plus, quel homme véritable ne serait charmé par l'ambiance d'une cuisine campagnarde où une femme prépare des confitures comme au bon vieux temps des grands-mères ?

Avec des mines d'enfants gourmands, le père et le fils me regardent remplir ma louche de belle gelée translucide et la verser précautionneusement dans les pots de verre. Quand j'en renverse un peu sur la toile cirée, Tom l'essuie d'un doigt qu'il lèche avec délice.

Tous mes pots sont remplis, et Tom referme les couvercles, les serrant de toutes ses forces. Ils resteront là jusqu'à ce que la confiture soit parfaitement refroidie. Je leur sers un frais sirop de fruits que j'ai préparé avec les framboises en trop et, les coudes appuyés sur la table, nous parlons enfin de ce qui les amène à Planilhac. C'est le père qui raconte.

Pour hâter la guérison de son fils, Wilhem s'est acheté une vieille maison en haute Ardèche, certain que l'intérêt pour la restauration de cette baraque serait la meilleure des thérapies. Ils ont passé tout l'été ensemble, travaillant durement, campant pratiquement sur le chantier, et Tom, avec le goût de l'effort, a retrouvé la joie de vivre. Il a regagné confiance en lui-même et a décidé de reprendre ses études de droit, pour marcher sur les traces de son père. Fort de cette assurance nouvelle, il veut maintenant renouer avec sa mère envers qui, il s'en rend compte, il a été particulièrement injuste. Il n'est pas certain de son accueil, il redoute sa réaction.

Le jeune homme, qui n'a rien dit jusqu'à présent, relève les yeux et me regarde en face :

« Vous croyez qu'elle sera contente de me voir ? Est-ce qu'elle ne m'en veut pas trop ? »

Par-dessus les pots de confiture, je tends le bras pour me saisir de sa main.

« Elle sera la plus heureuse des mères, j'en suis sûre. »

Pour empêcher ses lèvres de trembler il appuie son poing contre sa bouche, mais ne peut retenir quelques larmes furtives qui s'accrochent à ses cils. Wilhem, sensible à son émotion, détourne la tête. Moi-même, je lutte pour vaincre une bête envie de pleurer. Cette affection qui unit le père au fils, ce père pourtant si sévère et exigeant qui se consacre à la guérison de son enfant, et ce dernier qui, enfin sauvé, désire recevoir de sa mère l'amour qu'il avait repoussé… tout ça me bouleverse. Heureusement que l'abeille est toujours là, bruissante et collante, pour nous remettre les idées en place. Je la chasse vers la fenêtre à coups de torchon et aperçois la voiture de Hendrikje qui monte le chemin. Je pousse Tom :

« Ta mère arrive ! Va vite, dépêche-toi, descends l'attendre. »

Tout pâle, il se lève, hésite, jette un regard angoissé à son père :

« *Echt ? Is het Moeke ? Moet ik gaan* ? (Vraiment ? C'est maman ? Dois-je y aller ?)

— *Vooruit man ! Laat haar niet wachten*. (Vas-y fils ! Ne la fais pas attendre.) »

Soudain, il se décide et nous restons en tête à tête, tendus, ne sachant que dire, tant il y a de gravité en nous. Les hommes sont plus réservés que les femmes et ne dévoilent pas facilement ce qui les tracasse. Wilhem doit se douter que son épouse m'a parlé de leur couple, en l'accablant sans doute, mais il n'abordera pas le sujet, n'ayant pas à se disculper envers moi.

Gênée, je lance une phrase banale :

« Cela n'a pas dû être facile ? »

Il hausse les épaules, secoue la tête, et répond :

« Nous n'étions pas faits pour vivre ensemble. Dommage ! »

Il n'en dira pas plus et je n'insiste pas. Comme Hendrikje, il a souffert profondément de cet échec.

Le silence nous englue, nous figeant dans l'attente. D'en bas ne nous parvient aucun bruit et j'imagine la mère et le fils enlacés, n'ayant pas besoin de mots pour s'expliquer et se comprendre. Je n'ose regarder Wilhem, redoutant la peine que je pourrais lire sur son visage. Pourtant, je le comprends et suis pleine de pitié. Derrière le masque d'orgueil qu'il s'impose, il tremble pour son fils blessé. Rapprocher Tom de sa mère, le rendre peut-être à sa mère, doit coûter à Wilhem beaucoup de renoncement. Dans un couple déchiré, la cruauté fait loi. Grande est la tentation d'exclure l'enfant du cœur de l'autre. Accepter le partage demande une abnégation que seul l'amour véritable permet d'assumer.

Quand ils entrent dans la pièce, se tenant par la main, ils ont un air de bonheur, presque arrogant. Wilhem se lève comme un accusé attendant le verdict. Je me recroqueville dans mon coin, désirant passer inaperçue, mais j'ai mal. Pourquoi Hendrikje affiche-t-elle ce sourire triomphant de victoire alors qu'elle devrait remercier humblement ?

Comme une des héroïnes vindicatives de ses bandes dessinées, elle lance — et ses paroles sont un glaive — :

« Tom reste avec moi ! Il rentrera en Belgique avec moi ! »

Wilhem n'a pas bougé, même pas d'un battement de cils. Posément, il s'adresse au jeune homme :

« C'est aussi ce que tu veux, fils ? »

Tom baisse les yeux et murmure :

« Oui, Pa.

— C'est bon, mon garçon. Prends tes affaires qui sont dans le coffre de la voiture. Je les avais préparées avant de venir. »

Il lève les yeux, hésitant entre reconnaissance et méfiance.

« Vraiment Pa ? »

Wilhem s'efforce à sourire et Tom a un geste pour s'élancer vers lui. Mais Hendrikje resserre l'étreinte de sa main et le tire en arrière :

« Allons, viens maintenant, cela suffit ! »

Au moment de franchir le seuil, Tom se retourne :

« Au revoir, Pa, à bientôt. »

Jusqu'à ce que tout murmure de leur présence ait disparu, Wilhem reste immobile, cloué sur place, laissant les ondes du chagrin s'éloigner en cercles grandissants.

Puis il me regarde, d'un air las :

« Il est temps que je rentre chez moi. »

J'acquiesce, incapable de trouver les mots de réconfort que je voudrais lui dire. Il fait quelques pas vers la porte. Je bondis en avant :

« Attends ! Tu emporteras un pot de confiture ! »

Je lui donne le pot encore tiède et il le prend, la surprise effaçant sa tristesse.

La pendule sonne les heures mais nous ne les comptons pas. Le temps s'est arrêté. D'un doigt il m'effleure la joue.

« Adieu, Popie.

— Adieu Wim. »

Il est parti et je reste. En apparence rien n'a changé et cependant, je ne suis plus la même. Je ne veux pas m'expliquer cet émoi qui m'envahit, je ne veux pas savoir s'il est de joie ou de peine.

Méticuleusement, je range mes pots de confiture dans le placard et j'enferme, en attente avec eux, ce sentiment flou que je me refuse de reconnaître.

XV

Partance

JE VAIS BIENTÔT ME RETROUVER SEULE et je redoute cette solitude à laquelle j'avais tant aspiré il n'y a pas si longtemps. Le départ de Hendrikje est devenu imminent. Parfois, je le souhaite car elle m'irrite, je ne la comprends pas, je la juge égocentrique. D'autres fois, je suis envahie d'une bouffée d'affection mêlée de compassion pour elle qui a vécu tant d'épreuves. Son attitude, ses réactions provocantes m'ont choquée car Hendrikje n'obéit qu'à ses impulsions, et non à la morale qui nous a été enseignée. Cependant, de l'avoir côtoyée intimement pendant tout cet été m'a permis de connaître et de recevoir aussi son infinie générosité.

Qu'ai-je à lui reprocher, si ce n'est son attitude de féministe, méprisante envers les hommes ? Pour elle, la relation amoureuse n'est qu'un jeu qui tourne au combat quand elle redoute d'en perdre la mainmise. Je m'aperçois que je suis du côté des hommes, ou plutôt du côté de ces deux hommes-là, Boubou et Wilhem, qui m'inspirent, bien que je m'en défende, un élan de tendresse.

Nous sommes assises sur le bord d'un muret de pierres sèches au milieu de la bruyère et nous regardons Tom qui débite un pin à la tronçonneuse. Torse nu, luisant de sueur, il manie le lourd engin avec dextérité. Il se penche un peu de côté pour éviter la gerbe de sciure qui jaillit au-dessus de la lame. L'arbre se fractionne en rondins qui s'alignent les uns après les autres. Ce sera ma provision de bûches car bientôt il faudra, à nouveau, éclairer la cheminée.

Je sens Hendrikje tendue, prête à bondir. Elle se ronge les ongles. Elle ne quitte pas son fils des yeux. Elle a peur. Peur de la blessure dans la chair de son enfant. La lame qui glisse et entaille, l'éclat de bois qui percute et perce, le tronc qui roule et écrase. Tom se moque de son angoisse et de ses avertissements. Il est fier de sa jeune force décuplée par la puissance de l'outil. Il s'attaque à un autre pin, l'ébranchant d'abord à petites coupes rapides. Tour à tour, il soulève ou appuie la scie comme s'il caressait d'un archet les cordes du violon, heureux de diriger avec tant de facilité cette mélodie mécanique qui chante son savoir-faire.

Ayant terminé, il stoppe le moteur de la tronçonneuse et, plein d'une juvénile satisfaction, se retourne vers nous pour quêter notre approbation. Hendrikje se précipite, l'obligeant à remettre sa chemise, pour ne pas attraper froid. De son mouchoir, elle veut essuyer la sueur qui mouille son front. Agacé, Tom l'écarte d'un geste brusque.

«*Moeke! Ik ben geen kind meer! Laat mÿ gerust*! (Maman ! Je ne suis plus un enfant ! Fiche-moi la paix !) »

Il jette quand même sa chemise sur ses épaules, ronchonnant que c'est bien pour lui faire plaisir. Partagée entre son désir de le protéger et sa crainte de lui déplaire, Hendrikje le contemple d'un air douloureux, ce qui augmente l'exaspération du jeune homme. Prétextant l'envie d'aller se désaltérer, il s'éloigne de sa démarche étrange, balançant son corps d'arrière en avant. Juste à temps, Hendrikje a retenu son offre d'aller lui chercher une bière. Baissant la tête, elle soupire :

« Que je suis maladroite ! Je voudrais tant l'aider et c'est justement ce qu'il refuse ! Pourtant, je le vois, que de souffrances doit-il endurer pour prouver qu'il est capable, malgré son handicap, de vivre comme n'importe quel homme bien portant ! Mon pauvre enfant, pourquoi ne se confie-t-il pas à mes soins ? Pourquoi est-il si revêche avec moi qui l'aime plus que tout ? Ne peut-il pas essayer de comprendre ce que j'endure dans mon cœur de mère ? Au lieu de ça, il ne me parle que de l'intransigeance de son père qui ne lui a excusé aucune faiblesse, est resté insensible à ses plaintes. Sans pitié, il l'a harcelé pour le forcer à surmonter sa douleur et sa honte. Et mon fils rit à présent en me racontant avec quelle rudesse, et même cruauté, Wilhem lui a imposé de dépasser le défi lancé à chaque étape de sa rééducation.

— Le résultat est là. Tu ne peux en vouloir à Wilhem sans paraître injuste, voire, jalouse. Ton amour maternel a rappelé Tom à la vie, mais c'est la volonté implacable de son père qui lui a rendu le goût de vivre. Cette volonté était aussi de l'amour.

— Je ne sais pas. Tu te fais des illusions sur Wilhem. La seule chose qui le motive, c'est la réussite. Ce qu'il entreprend doit aboutir. Il écrasera tout sur son passage pour arriver à son but. Son ambition ne connaît pas d'obstacle. Sa passion c'est de gagner et plus il y a de difficultés, plus il prend de plaisir. La rééducation de Tom n'est qu'un de ces *challenges* qui l'excite et je ne crois pas qu'il ait besoin d'une once d'amour pour le stimuler.

— Tant que tu refuseras d'accorder le moindre mérite à son père, tu n'obtiendras pas l'affection totale de ton fils. Il ne peut choisir entre vous deux sans être déchiré et détruit ! Tu ne peux vouloir cela ! »

Butée, Hendrikje ne répond rien. Elle sait que j'ai raison, mais l'admettre est au-dessus de ses forces. La rupture de son couple lui a laissé trop de noir à l'âme. Tom revient vers nous. Il a enfilé sa chemise normalement. Il apporte trois canettes, pensant que nous devons avoir soif, nous aussi. Nous renversons quelques rondins à plat, cela fait de bons tabourets, et nous dégustons tranquillement la bière, à petites gorgées. Le bourdonnement monotone des abeilles dans la bruyère nous alanguit. Au loin, une brume de chaleur ondule sur la ligne d'horizon. Tom interrompt notre rêverie en craquant entre ses mains la canette métallique.

«*Moeke*, il est temps de rentrer en Belgique, maintenant. J'ai un tas de choses à préparer avant de commencer les cours.

—Ah oui ! Quelles choses ?

—Par exemple, emménager.

—Emménager ? Mais où comptes-tu habiter, si ce n'est chez moi ?

—Non, *Moeke*, ni chez toi, ni chez pa. Je vais vivre avec une copine dans un studio près de la fac.»

Sous la pression incontrôlée de ses doigts, Hendrikje écrase la canette d'où gicle la bière comme un geyser. Elle éclate d'un petit rire convulsif :

«Et c'est ta copine qui lavera ton linge ?

—Oui, *Moeke*. Elle possède une machine à laver ! C'est une chic fille et j'espère que tu l'aimeras autant que je l'aime.»

À la manière d'un automate, Hendrikje hoche la tête en signe d'assentiment, trop bouleversée pour répondre. Elle tente un pauvre sourire si désemparé que Tom s'approche d'elle et lui prend la main. Elle respire profondément, à plusieurs reprises, et, dominant son émotion, elle reprend :

«Nous pouvons partir demain, si tu veux.»

C'est moi qui prends un coup au cœur. Déjà ! Cependant je me relève, simulant la gaieté :

«Alors, il serait urgent de préparer vos bagages mes amis. Allez-y et, si vous le voulez, ce soir je vous invite chez moi pour partager un dernier repas.»

Je charge quelques bûches fraîchement coupées sur ma brouette et la pousse lentement sur le chemin. Malgré l'effort, je frissonne. Le soleil va s'enfoncer bientôt derrière les crêtes et toute la vallée se pare du rougeoiement de son rayonnement vespéral. Devant cette splendeur éphémère, la tristesse m'étreint. Tout a une fin. Elle est toujours chagrin.

*
* *

Ils sont partis tôt le lendemain et je suis allée fermer la grangette comme on irait au cimetière, avec cette impression de parcours inachevé que je ne pourrai jamais mener à son terme.

Je remplis encore ma brouette de bûches et c'est en remontant que j'entends grincer derrière moi la vieille voiture du frère Pierre. Il s'arrête à ma hauteur et descend, venant vers moi, le sourire aux lèvres.

« Et bien, Marie, comment allez-vous depuis ? »

Depuis quand ? Je devine qu'il pense à ce premier jour où je suis arrivée dans cette maison noire, glacée d'abandon, comme mon cœur après la mort de Richard. Je ne pouvais l'ouvrir à la lumière, étant sans courage, n'ayant plus assez de force pour pousser les volets gonflés d'humidité.

Je reconnais, dans les yeux si bleus du moine, cette étincelle de bonté qui rallume l'espoir. Il n'y a pas de hasard ! Se peut-il qu'il m'ait été donné de le croiser sur mon chemin, ce jour-là, dans le seul but de me « réanimer », de me rendre à la joie de vivre ? Il a ouvert mes volets, me rendant la vision de ce qui est beau. Il m'a offert du miel, me rendant le goût de ce qui est bon. C'est évident, et je reste frappée de stupeur. Je croyais avancer par ma seule volonté, et, pendant tout ce temps, j'étais portée par ceux qui marchaient à côté de moi. Sans attendre ma réponse, frère Pierre affirme :

« Je vois que vous allez mieux. Loué soit le Seigneur ! »

Il approche son visage du mien pour une accolade et sa longue barbe si douce frôle mes joues.

Il remonte dans sa guimbarde. Une dernière fois, il se tourne vers moi, radieux :

« Amen, Marie !

— Oui, Pierre, ainsi soit-il. »

J'attends qu'il se soit éloigné avant de saisir les mancherons de la brouette lourdement chargée. Je pousse, ça monte, je souffle. Je règle ma respiration au rythme de l'effort et, inconsciemment, je chantonne :

« Glo-ooooo-ooooo-ooooo-ria, in excelsis Deo... »

*
* *

En ce début d'automne, mes jeunes rosiers croissent soudain en vigueur, prodiguant une floraison que je n'attendais plus. Je m'extasie sur la délicatesse des petites roses et la subtilité des coloris pastel. Du coup, j'ai envie d'en planter davantage. Un grimpant aurait belle allure à l'angle de la façade. Et pourquoi pas ériger une tonnelle au milieu du pré, ou une allée d'arceaux comme dans les plus beaux jardins ? Tentée, je feuillette des catalogues, plus enchanteurs les uns que les autres, qui négligent tous d'évoquer les contraintes liées à la culture de ce buisson épineux.

Pas loin de chez moi, la roseraie Berty, célèbre pour ses variétés anciennes, propose une vente au public. Je voudrais y aller, mais seule, cela ne me dit rien. Je n'ai de plaisir que si je le partage. Si je proposais à Florette de venir avec moi ? Ce serait une bonne occasion de renouer après l'échange de propos un peu piquants de notre dernière rencontre ! Le prétexte est bien choisi et je ne doute pas de son assentiment.

Comme je me méfie du téléphone, ce butor qui s'impose au mauvais moment sans détecter la gêne qu'il occasionne, je préfère rencontrer Florette à la librairie pour l'inviter de vive voix. Il fait si beau en cette arrière-saison qu'Aubenas est envahie de promeneurs, souvent jeunes, chargés de paquets divers, qui assiègent les terrasses de café dans une atmosphère excitée rappelant la rentrée des classes.

Le cœur léger, je pousse allègrement la porte de la librairie, heurtant la clochette dont le son fêlé évoque une corneille croassant. C'est à peine si Florette, engoncée derrière son bureau, relève le nez de son livre. Mon élan se brise net et je reste figée, le sourire crispé, attendant une parole de bienvenue.

L'accueil de Florette ne vaut pas mieux que le son de sa clochette.

« Alors ? Qu'est-ce que tu as à te dandiner comme une oie ? »

Je serais assez tentée de rebrousser chemin, mais le ton rogue de mon amie est si inhabituel qu'il résonne comme le cri d'une hargne dont je ne peux être la cause. Tout de suite, elle se reprend :

« Ne fais pas attention, je suis de mauvais poil. Si tu savais, pourtant, comme je suis contente de te voir ! »

Elle vient vers moi et me garde trop longtemps serrée dans ses bras. Je ne cache pas mon étonnement :

« Que se passe-t-il, Florette ? »

Elle a un large geste comme pour repousser un tas d'immondices et elle soupire bruyamment de dégoût.

« Pas facile de rester à la hauteur du personnage aux idées larges que je prétends jouer. Arthur est parti à une soi-disant expo à Paris avec cette salope d'Italienne, et… j'en crève !

Figure-toi qu'il a osé me dire : "Puisque cela ne te fait rien, je vais passer une petite semaine en tête-à-tête avec Angèla à qui cela fait tellement plaisir."

Tu parles que cela ne me fait rien ! Cela me gratte comme un immense impétigo, c'est insoutenable, je n'en vois plus la fin, je suis à bout. J'ai déjà imaginé plusieurs moyens de me débarrasser de cette vipère et j'ai bien peur qu'à ta prochaine visite tu ne me trouves en prison. »

J'hésite entre les consolations, les recommandations ou le rire, et c'est le rire qui l'emporte.

« Les champs de la tolérance ont des limites que le feu de la passion saute allègrement. Voilà la garrigue qui flambe. Sauve qui peut ! Florette redevient elle-même ! À vrai dire, je te préfère en incendiaire qu'en martyre. Laisse tomber provisoirement tes projets meurtriers car tu t'apercevras que le destin résout tes problèmes plus avantageusement que si tu t'en chargeais toi-même. Oublie tout ça et viens avec moi, dimanche, choisir des rosiers. Nous cultiverons notre jardin préparant un avenir de luxe, calme et volupté. »

Progressivement, en m'écoutant, Florette se détend. Son sourire est encore empreint d'amertume mais ses yeux ne reflètent plus la colère. C'est entendu, nous irons ensemble à la roseraie, nous gorger de beauté et, enivrées du parfum des roses, rêver d'amour dans un monde meilleur.

Je ne croyais pas si bien prédire en donnant un rôle au destin. Le dimanche suivant c'est une autre Florette qui me rejoint à Planilhac. Ses cheveux, tombant librement sur ses épaules, auréolent son visage rayonnant. Avant que j'aie pu poser une question, elle s'exclame, et j'entends sa joie :

« Il est revenu ! Seul… Il est malade, alors l'autre l'a laissé tomber ! »

Il n'y a pas de quoi s'esclaffer. Arthur est malade, est-ce grave ? Mais Florette ne retient qu'une chose, son mari lui revient, et peu lui importe qu'il soit diminué, pourvu qu'il soit libéré. S'il a été à Paris, c'est moins pour l'expo que pour consulter. Son médecin d'Aubenas l'avait adressé à un éminent urologue. Le verdict est implacable — cancer de la prostate — et l'amour d'Angèla n'y a pas résisté. Elle a prétexté les impératifs de sa carrière pour rester dans la capitale.

Florette, elle, n'a pas peur du cancer, il a été son allié puisqu'il a fait fuir l'Italienne. Mais à présent, elle va le combattre. Elle n'a rien d'une garde-malade mais, en garde du corps, elle est redoutable et Arthur peut s'en remettre à elle. Elle repoussera le mal, elle le forcera à la guérison. Cette maladie et son ombre de mort permettent à Florette de faire preuve d'amour en oubliant totalement l'âpreté de son ressentiment si difficilement refoulé. Cet ennemi-là, elle peut le désigner franchement et l'affronter à visage découvert.

Époustoufflée par tant de certitude et d'optimisme, je ne peux que l'approuver. Nous irons à la pépinière car planter des fleurs, c'est envisager l'avenir et cela fait partie du processus de vie.

J'ai déjà visité ce jardin, mais il y a longtemps, et je m'égare sur les chemins tortueux qui longent ou contournent l'étroite vallée du Roubreau, ce cours d'eau qui peut devenir torrent. Aujourd'hui, après un été de sécheresse, il n'est qu'un ruisseau au débit tranquille dont les berges verdoyantes sont oasis de fraîcheur. Heureusement, nous croisons d'autres jardiniers amateurs qui nous mettent sur la bonne voie. Dès l'entrée, nous sommes saisies par la beauté du lieu où la nature semble ne rien devoir à la main de l'homme mais s'épanouit en une harmonie paisible comme dut être le paradis avant les caprices d'Ève.

Cependant, ces rosiers sublimes, s'appuyant contre les murets de pierres avec nonchalance, ou se hissant avec vigueur le long d'un vieil arbre mort, ou se courbant avec élégance sur une treille d'échalas, ou piquant la prairie de buissons aux fleurs ardentes, portent tous une étiquette. Elle indique leur appartenance à une famille de rosacées soigneusement étudiées et répertoriées par la créatrice inspirée de cet éden, dame Éléonore, qui a reconnu, en l'églantier, la noblesse naturelle de la rose ancienne.

Les variétés Gallica, Canina ou merveilleusement Pimpinellifolia, rivalisent de subtilité dans le coloris, de délicatesse dans la forme. Certaines portent déjà les cynorhodons rubiconds, ce fruit de la plus raffinée des confitures.

Nous avançons à pas lents, parlant à voix basse comme dans une église. Notre admiration est empreinte de respect pour cette œuvre florale où la simplicité est perfection. Dans une clairière, un banc rustique, fait de quelques rondins de châtaigniers, nous accueille à l'ombre du bois. Le soleil disperse des éclats d'or sur des coussins de mousse sombre. Un merle siffle longuement et s'y reprend encore, égrenant une roulade de notes. Notre silence est gratitude.

En partant, nous achetons plusieurs rosiers en pots. Nous n'obtiendrons probablement pas cette merveilleuse floraison, mais rien n'interdit de rêver. Nous avons été touchées par la baguette magique de dame Éléonore et tout nous paraît possible. Les précieuses boutures sont promesses d'éternité.

Mais l'éternité est de courte durée face à la réalité du moment ! Rentrant chez moi, je suis surprise par un raffut insolite.

Sur toute la longueur du fil téléphonique qui va de la route à ma maison, les hirondelles sont rassemblées, serrées les unes contre les autres, se bousculant, s'égosillant en commentaires animés. Certaines s'envolent, d'autres se posent, battant des ailes pour dégager une place, trissant furieusement. Ce petit monde fait preuve d'une grande excitation. C'est le rassemblement à la veille du départ pour un ailleurs si lointain d'où beaucoup ne reviendront pas. Mais elles ne le savent pas, guidées uniquement par cet instinct atavique qui les pousse joyeusement à la migration.

Mon cœur se serre. Elles quittent déjà ma maison, ces petites âmes ailées, qui, il n'y a pas si longtemps, m'ont annoncé le printemps et la résurrection de la vie sur terre. Je me sens abandonnée, vulnérable. J'avais l'habitude de me réveiller à l'écoute de leur chant dès le lever du jour, de suivre leur vol, en plein ciel ou au ras des prés, pour connaître le temps. Elles ne s'effrayaient pas de ma présence, me frôlant parfois pour pénétrer en trombe sous les voûtes du porche et de la bergerie et rejoindre leurs nids. J'avais tellement aimé observer les oisillons guettant, bec largement ouvert, le retour des parents nourriciers et j'éprouvais une certaine fierté à posséder cette demeure où les hirondelles se réfugient depuis toujours. Elles partent, mais reviendront-elles ?

Elles qui en sont gardiennes, n'emporteront-elles pas le bonheur avec elles ?

C'est la vie ! Je ne veux pas avoir de regrets, mais seulement de l'espoir.

À l'année prochaine, hirondelles de chez moi !

XVI

Revirement

À LA PIQUETTE DU JOUR, je charrie dans ma brouette, bêche, pic, râteau et autres instruments de terrassier. En bordure de la faÿsse qui surplombe la tombe de Fripouille, je creuse un trou profond. D'imaginer la cascade de roses, dites *rosa canina*, retombant par-dessus le mur et recouvrant la sépulture de mon petit chien, m'encourage à poursuivre ce travail éreintant. Dieu que la terre est dure et caillouteuse ! Seul ce genre de rosier peut s'en accommoder. Je dispense généreusement terreau et engrais, j'arrose abondamment. Redoutant l'effronterie d'un lièvre gourmand, j'entoure le plant vulnérable d'une armure grillagée.

Je reste à genoux, assise sur mes talons, autant pour me reposer que pour contempler, devant moi, l'horizon où le fond du ciel se colle à la terre. Au levant, le soleil brosse à la hâte ses vermillons et ses pourpres qui s'étiolent et se diluent en montant dans la pâleur laiteuse du firmament. De l'herbe sourdent des gouttes de rosée, émotion du sol sous la tiède caresse des premiers rayons. L'humidité pénètre à travers mon pantalon et mes genoux s'ankylosent. Je me relève péniblement en prenant appui sur le manche du râteau.

Il me faut toute la matinée pour planter les deux autres rosiers, m'y reprenant à plusieurs fois pour creuser le sol aride où ma pioche heurte plus souvent le rocher qu'elle ne s'enfonce dans la terre meuble. Midi est passé et mon estomac crie famine, mais je termine mes plantations avant de me préparer un sandwich au jambon. Ensuite seulement, je m'installe confortablement au couchant de la maison, sur cette faÿsse d'où je domine mon toit de tuiles roses. Assise sur une pierre à l'abri d'un muret, je savoure mon frugal repas comme la juste récompense de mes efforts. Il fait si bon que je ferme les yeux pour mieux recevoir la caresse du soleil et ne suis pas loin de m'assoupir.

Faisant voler en éclats ma sérénité intérieure, Marmotte lance son hurlement de fauve et part ventre à terre vers le bout du chemin où un véhicule 4x4 approche en cahotant. À peine l'ai-je entrevu que je le reconnais et mon cœur s'emballe. Je voudrais courir au-devant de lui mais, au contraire, je m'enfuis vers la maison et, passant par l'arrière, me réfugie dans la cuisine. Je désire rester cachée, feindre ne pas être là. Doucement, je ferme la porte, je pousse le verrou.

De qui ai-je peur, si ce n'est de moi-même ? De mes sentiments devenus fous échappant à ma raison, de mon corps engourdi qui se réveille en sursaut ? Contre le bois rugueux de la porte close, je m'arc-boute, appuyant mon front, poussant de mes deux paumes. Je ne veux ni voir ni entendre.

Après quelques aboiements sans conviction, Marmotte s'est tue et aucun bruit ne monte jusqu'à moi. J'ouvre les yeux, m'écarte de la porte, frotte mes mains endolories l'une contre l'autre. Personne n'essaye de forcer ma retraite et j'en ressens un léger dépit. Je me sens stupide, ma réaction est infantile. Depuis quand est-ce que je m'esquive ? Ce n'est pas digne de moi !

Prenant garde de ne pas la faire grincer, je tire le verrou, entrouvre la porte, jette un furtif coup d'œil. Rien ! Je m'enhardis, descends dans la cour, m'approche du portail en prenant soin de longer le mur pour ne pas apparaître au milieu de l'arche.

Il n'y a personne ! Étagé le long de ses faÿsses enherbées, le jardin s'offre sans l'ombre d'une présence. Au fond, les pruniers arborent déjà une rousseur d'automne. Seule Marmotte vient à moi, la truffe en l'air, les babines retroussées sur un sourire, se trémoussant, se tortillant, battant l'air de sa queue touffue. Elle s'éloigne et revient, me signifiant de la suivre. Dominant ma réticence, je l'accompagne et elle fonce vers la terrasse au levant de la maison.

Les feuilles du tilleul commencent à tomber, couvrant le sol d'un tapis vieil or où mes pas s'enfoncent en douceur. Wilhem est assis sur le banc, les jambes allongées devant lui, les bras étendus sur le dossier. Il ne m'a pas entendue et c'est le bref jappement de Marmotte qui le tire de sa rêverie. M'apercevant, il ne manifeste pas d'étonnement :

« Bonjour Popie, je t'attendais. »

Ah ! Ce petit nom qu'il me donne, comme un secret entre nous, et qui me fait différente ! La tête me tourne. Je reste à quelques mètres, m'adossant au contrefort qui étaye la maison. De mes mains, je frotte machinalement les pierres rugueuses, cherchant à m'y accrocher, pour me retenir de tomber.

Marmotte se précipite vers lui, comme vers un ami de toujours, quêtant des caresses. Il la gratouille sous l'oreille et la bête, au comble de la félicité, lui relève la main d'un coup de museau pour en redemander. J'en suis vaguement irritée et me montre surprise de cette affection inhabituelle envers un étranger. Il m'explique :

« J'ai aussi des chiens de chasse. Elle le sent. »

Je crois devoir lui dire :

« C'était la préférée de mon mari qui était un grand chasseur.

— Je sais cela, Popie. Et je sais également combien tu l'aimais. Hendrikje m'a raconté. Autrefois, il y a longtemps Popie, nous nous sommes croisés sans nous arrêter, mais aujourd'hui, je suis venu à ta rencontre.

— Pourquoi, Wilhem ?

— Parce qu'il est temps, sans doute. Comment comprendre ce qui nous pousse ? Nous croyons agir selon notre volonté, tout contrôler, tout maîtriser, mais la vie en décide autrement.

— La mort surtout !

— La mort est notre dénominateur commun. Elle remet les compteurs à zéro mais ne signifie pas la fin. »

Agacée, je hausse les épaules et m'exclame :

« Mais, à la fin, qu'es-tu venu chercher, Wilhem ? »

Il se relève en riant :

« Tout simplement le blouson que Tom a oublié ici avec tous ses papiers d'identité dans la poche intérieure. Je devais revenir en Ardèche pour rencontrer les maçons qui travaillent à ma baraque et j'ai été heureux d'avoir ce prétexte pour te revoir. »

Au fond de moi, une petite lampe rouge clignote. Attention, danger ! Hendrikje t'a prévenue : ce type est un coureur, il va essayer de t'embobiner. N'oublies pas que tout homme considère comme un sport de séduire une femme. Ne tombe pas dans le panneau comme une alouette sans cervelle avant d'être sans tête ! Je me redresse, méfiante, sur la défensive.

« Eh bien ! Allons le chercher, ce blouson. Je ne l'ai pas vu, n'ayant pas remis les pieds à la grangette depuis leur départ. »

Précédés de Marmotte qui gambade, agitée d'une humeur folâtre, nous cheminons côte à côte. Wilhem admire sans réserve le vieux logis et son environnement. Je le sens sincère et reprends confiance, en lui comme en moi. Il me raconte son engouement pour ce pays et le bien-être qu'il y ressent à contempler ces paysages de montagne. Fatigué d'une vie sociale trépidante, lassé et désabusé de cette carrière à laquelle il s'est tant donné, il n'aspire qu'à la tranquillité, au silence et au travail manuel qui lui apporte une vraie satisfaction. Depuis l'accident de Tom, il a compris que sa vie était un échec malgré la réussite professionnelle. Dans ce temps trop court qui reste devant lui, il voudrait rattraper le temps perdu et devenir disponible.

Je l'interromps, voulant railler :

« Disponible pour quoi ? Disponible pour qui ?

— Je n'en sais rien, Popie. Comme ça viendra, pour qui aura besoin de moi. J'ai commencé par Tom et rien, jamais, ne m'a rendu aussi heureux. Mais toi, Popie, qui n'a pas choisi la voie de l'ambition mais celle de l'amour, parle-moi de toi. Tu as beaucoup à m'apprendre.

— Personne n'a rien à apprendre à personne et tous nos conseils n'éviteront pas à ceux que nous aimons de se tromper ni de souffrir. Je ne peux pas parler de moi. Cela me paraît indécent ou vaniteux.

En revanche, J'aime partager ce que je trouve beau. Ici, tout près, je voudrais te montrer un endroit magique sur la plus haute montagne de Planilhac où l'on touche le ciel et embrasse en un tour complet tous les sommets environnants. »

Il se montre enthousiaste et je me sens soulagée comme si j'avais gagné un sursis, repoussant ce rendez-vous amoureux que je refuse encore.

Reportant la recherche du blouson de Tom à plus tard, nous nous dirigeons vers la tour du Diable. Le sentier serpente doucement à travers la colline, passant du soleil à l'ombre suivant la densité ou l'éclaircie de la forêt. La montée devient raide. Plus haut, assombrissant le jour, les conifères en rangs serrés succèdent maintenant aux châtaigniers. De temps en temps, sous prétexte d'écouter plus attentivement le chant d'un oiseau, nous faisons halte, essuyant la sueur de notre front, permettant à notre respiration de reprendre un rythme paisible.

Nous ralentissons et soudain, sans que Wilhem me questionne, malgré moi, dans une ultime tentative de défense, je raconte peu à peu ce que fut ma vie avec Richard. Nos espérances, nos luttes, nos déceptions, nos fiertés. Une vie si pleine, si belle, si ardente ! Je n'en retiens que du bonheur et, à mes tympans bourdonnants, le silence renvoie l'écho de ma joie. Wilhem ne dit mot mais je suis sûre de son attention et je me confie, sortant de ma réserve, pour raconter et raconter encore, laissant déborder le trop-plein de mon cœur.

Brusquement, quittant la touffeur du bois protecteur, nous émergeons à ciel ouvert. À cette altitude, l'air est vif, presque frais. La végétation se raréfie mais, perçant le roc, des fleurs extraordinaires s'épanouissent sous la clarté revenue. Parfois, un bruissement dans les cistes duveteux indique le passage d'un petit animal qui reste invisible. Nos pas ne glissent plus sur les aiguilles de pins mais heurtent le rocher à fleur de sol. La tour du Diable est là, en haut du sommet dénudé. Il reste peu à parcourir, mais la pente est escarpée. Le trajet est encombré d'obstacles, arbres abattus par la tempête, rochers dressés qu'il faut éviter. À chaque tournant, le panorama s'élargit. L'une après l'autre, les cimes neigeuses des montagnes tranchent l'azur immaculé et dessinent en un cercle grandiose une barrière hérissée de pics vertigineux entrecoupés de douces vallées.

Depuis que nous sommes sortis de la forêt, je me tais, accablée d'une soudaine langueur qui me fait traîner les pieds. Je frissonne. Après avoir évoqué avec tant de joie mon bonheur passé, je ne suis plus que mélancolie, à l'image de cette terre aride livrée à la solitude. Quand Wilhem m'offre la main pour m'aider à franchir un passage plus ardu je ne la refuse pas, bien que je n'en aie pas besoin. Quand il me lâche, je ressens un grand froid mêlé d'anxiété et j'attends le moment où il me la tendra à nouveau, retrouvant instantanément mon courage.

Issus des ruines de cette forteresse imprenable dont ne subsiste qu'une tour, des blocs taillés jonchent le site. Chacun évoque la gloire et la vanité d'une splendeur passée et reflète notre propre vulnérabilité. Nous errons à travers ces vestiges, essayant de reconnaître l'emplacement des trois autres tours abattues par les hommes, par le vent et, d'après la légende, par le diable. Tournant le dos au soleil qui s'enfonce derrière le massif des Cévennes, nous nous penchons sur la table d'orientation et pointons, au levant, la chaîne des Alpes provençales. J'indique à Wilhem le mont Ventoux, au-delà du Rhône, proche gardien de notre domaine avignonnais.

« Regarde, c'est là que j'ai fait ma vie ! »

Pressant mon épaule, il me fait obliquer :

« Regarde, là-bas, c'est le mont Mézenc. C'est là que j'ai choisi de refaire la mienne ! »

En me retournant brusquement pour mieux voir, je le heurte et perds légèrement l'équilibre. Il resserre l'étreinte de sa main et me retient au creux de son bras. Il serait encore facile de me dérober. Une pirouette, un mot désinvolte, un rire, et je ne succomberais pas !

Rassemblant mes forces, je me jette en avant pour m'échapper. Il enlève sa main et, aussitôt, je chancelle.

Mais il est là, me saisit et m'attire contre lui.

Pourquoi devrais-je encore résister ?

Je n'en peux plus d'être forte, j'abandonne cette lutte absurde contre moi-même. J'ai tellement envie de me reposer. Cachant mon visage contre sa poitrine, j'écoute son cœur qui bat. Le temps suspend son cours. Nous restons ainsi, sans un soupir, sans un geste, engourdis de bien-être, oubliant nos blessures.

Les jappements aigus de Marmotte nous rappellent à la réalité. La coquine, lassée d'attendre, a exploré les buissons et débusqué un lapin. Pas question de la laisser agir à sa guise car elle le poursuivrait jusqu'au bout de la France. Il faut la rattraper d'urgence. À grandes enjambées, Wilhem se charge de la devancer et de lui barrer le chemin. Je cours derrière eux, brandissant un bout de ficelle, trouvé au fond de ma poche, qui servira de laisse pour maîtriser la fugueuse. Encore ravie de sa brève escapade, elle accepte docilement le lien que je noue autour de son collier.

L'épisode de la fuite de Marmotte nous a égayés et nous évoquons diverses aventures avec nos chiens respectifs, tous plus intelligents les uns que les autres. Parler des bêtes me permet de museler d'autres pensées qui m'assaillent ou, encore, d'éviter le silence si propice à ce trouble qui me chavire.

Les ombres s'allongent sous la futaie. Marmotte qui tirait sur sa ficelle, pressée de regagner la maison, s'arrête maintenant fréquemment pour se lécher la patte. Elle doit avoir une épine. Wilhem s'accroupit auprès d'elle pour examiner ses coussinets. Elle se laisse faire, lui envoyant un grand coup de langue en pleine figure.

« Je vois ce qu'il y a, constate Wilhem, mais je ne peux pas le lui enlever car je n'ai pas les ongles assez longs. Tu devrais essayer ! »

Je m'accroupis à mon tour et tente de pincer entre le pouce et l'index la brindille pointue qui s'est fichée dans la chair tendre entre deux arpions. La chienne gémit et, pour se soustraire à mes sévices, se couche sur le dos, me contraignant à m'agenouiller. Wilhem lui maintient la patte et, enfin, j'extirpe le bout de bois. Se redressant d'un bond, Marmotte lèche sa blessure vigoureusement. Moins leste, je reste à genoux.

Lorsque Wilhem me prend par le coude pour m'aider à me relever, je suis saisie d'une grande faiblesse. Mes jambes vacillent sous moi, des taches jaunes dansent devant mes yeux. Je défaille et m'agrippe à lui pour tenir debout. Je courbe le front, j'ai peur !

J'ai peur de ce qui m'attire et cependant, il n'est rien que je ne désire aussi violemment. Vaincue, je lève la tête vers lui, me renverse, offrant mes lèvres, m'ouvrant à son baiser. Au contact de sa bouche sur la mienne, toute ma chair s'embrase et je geins, suffocant, pressant mon corps contre le sien pour calmer cette brûlure qui me fait perdre la raison. Il me soutient, il me porte presque, et je me laisse guider, enlacée par son bras, accordée à son pas.

La nuit étale ses voiles sombres sur le chemin, et nous accélérons, au risque de trébucher contre une racine sournoise émergeant du sol. Car chaque minute qui passe exacerbe notre impatience, chaque baiser échangé affole notre désir. Quand nous atteignons la grangette, j'ouvre la porte moi-même en tremblant de hâte et Wilhem, sans me lâcher, la referme derrière nous d'un coup de pied. La pièce est nimbée d'un rayon de lune qui s'infiltre par la lucarne du toit et nous nous regardons, étonnés de nous voir si clairement en cette lumière surnaturelle.

Ah ! Ce regard d'amant qui me pénètre jusqu'à l'âme !

Je prends ses mains et les pose sur mes joues. Doucement, il les effleure, contourne le lobe de mes oreilles, glisse le long de mon cou et, d'un doigt léger, s'introduit dans l'échancrure de mon chemisier qu'il déboutonne lentement. Fermant les yeux, je me cambre, tendue dans l'attente de sa caresse sur mes seins. Quand il frôle le mamelon gonflé, je crie, surprise par l'intensité de l'élancement qui me vrille. Ivres d'exaltation, perdant toute retenue, nous arrachons nos vêtements, avides de nous toucher à peau nue, d'emmêler nos membres, ne connaissant plus la honte de nos corps marqués par l'âge. Le canapé est là, nous recevant. Précipités, exigeants, nos gestes nous amènent à l'étreinte la plus profonde. Aussitôt, fulgurant, le plaisir explose en moi et se disperse en ondes rayonnantes, irradiant jusqu'à la plus petite particule de mon être, assouvissant, enfin, mon immense besoin d'amour.

Wilhem se laisse retomber sur moi et je caresse son dos, là où mes ongles ont dû s'enfoncer. Les battements de son cœur s'apaisent au même rythme que les miens. Nos baisers étouffent nos soupirs. Le silence est bruissant des paroles encore retenues. Mais, pouvons-nous dire « Je t'aime » alors que cette ardeur qui nous a jeté l'un contre l'autre, n'est qu'une pulsion de nos sens exacerbés par l'attente ?

Cependant, quelle tendresse dans sa voix quand il murmure « Popie » et quelle douce émotion en moi pour répondre « Wim ».

C'est en baisant mes yeux qu'il goûte mes larmes. À ses questions inquiètes, je n'ai pas de réponse. Elles coulent seules, sans raison, sans regret, sans chagrin, et rien ne peut tarir leur flux tiède et salé. Je ne peux que répéter :

« Ne t'en fais pas, ne t'en occupe pas, laisse-moi. »

À la fin, je me lève et m'habille, lui ordonnant de rester là. Je le couvre du plaid qui avait glissé par terre, m'arrache à sa main qui cherche à me garder.

« Non, Wim, ne me retiens pas. J'ai besoin d'être seule. Demain, si tu le veux encore, tu me rejoindras chez moi. »

Brutale, la froidure de la nuit me frappe. Je grelotte, je claque des dents, j'avance voûtée, à pas hésitants. En atteignant le bout du chemin, d'où l'on domine Planilhac, je m'arrête, ne reconnaissant pas ma maison sous ce ciel nocturne étrangement lumineux. Tout semble irréel, fantastique.

Où suis-je ? Qui suis-je ?

Je me sens mal. Un étau me presse la poitrine. Une suée glacée me couvre le visage. Je me raidis mais ne peux réprimer la convulsion qui me tord l'estomac. En proie à des nausées incoercibles, je vomis longuement une bile amère. Exténuée, je m'affale à genoux, appuyant mes poings au sol pour garder un peu d'équilibre. Tête baissée, je hoquette encore, mais seul un fil de salive reste suspendu à mes lèvres. Je l'essuie du revers de la main.

Les larmes sèchent en glaçant sur mes joues. Je lève les yeux vers les étoiles. Elles sont innombrables, étincelant dans un ciel d'une pureté absolue. Avec précaution, je respire cet air froid qui anesthésie la douleur de ma gorge irritée. Avec peine, je me remets debout et descends vers la maison.

Sous mes pas, de petits cailloux roulent et dégringolent en s'entrechoquant. Un aboiement résonne, tout proche. Défendant son territoire, Marmotte surgit, la queue dressée, le poil hérissé de fureur. Elle traîne derrière elle la ficelle que j'avais attachée à son collier pour mieux la garder. Laissée à elle-même, elle est revenue ici et m'a attendue patiemment ! Comment ai-je pu l'oublier à ce point ?

M'ayant reconnue, elle me fait mille fêtes... sans un reproche.

Sans me dévêtir, je m'étends sous l'édredon. Je ne veux penser à rien, seulement me réchauffer.

Je ne regrette rien. Ce qui est arrivé, je l'ai voulu, de toutes mes forces, de toute mon âme. Ni ma volonté, ni ma raison n'auraient pu me retenir. Évoquer Richard, qui m'a tant comblée d'amour, n'a fait qu'aviver mon désir d'aimer et d'être aimée. Une bienfaisante tiédeur pénètre en moi. Je me détends. Je suis en paix, je suis bien. D'un coup, le sommeil m'emporte.

Je me réveille avant le jour, avec cette impression que quelque chose d'important est arrivé, mais je ne sais plus quoi. Quand je m'en souviens, je suis désemparée. Comment ai-je pu me donner ainsi ? J'aurais tant voulu résister, être capable de renoncer à l'amour !

Au même instant, je comprends que c'est l'opinion de Wilhem que je redoute. Comment va-t-il me juger ? Je ne veux pas que ce qui nous a unit si intensément ne soit qu'une histoire banale. Mais que puis-je attendre d'un homme de cet âge, habitué aux conquêtes éphémères ? Je n'aurai été qu'un trophée de plus, pourquoi me faire des illusions ?

Reviendra-t-il vers moi ou fuira-t-il pour m'éviter ? J'ai peur, j'ai honte, me traite de folle et me promets de couper court à cette aventure.

Je me suis lavée, coiffée, maquillée. J'ai choisi une tenue qui me va bien : un pull doux de fine laine rouge et un pantalon noir. J'ai allumé le feu dans la cheminée, préparé le café, mis du pain à réchauffer au four. Pourtant, j'essaye encore de me mentir, de prétendre que je m'en fiche, que cet homme ne compte pas, que, à présent, seuls mes enfants donnent un sens à vie. Mais je vibre, guettant le moindre bruit annonçant sa venue. Je l'attends comme on attend la délivrance, avec appréhension et espérance. Je joins les mains. Oserai-je prier ?

Quand Marmotte dresse les oreilles et regarde vers la porte, je bondis pour ouvrir. Il est là, l'air malheureux et sale avec ses joues cendrées de barbe, les cheveux en bataille, les habits chiffonnés. Ses yeux tristes m'interrogent et j'y lis, sans l'ombre d'un doute, cette demande d'amour qui répond à mon attente.

Mi-riant, mi-pleurant, je me jette sur lui, passant mes bras autour de sa taille :

« Oh Wim ! Tu es venu !

— Popie chérie, si tu savais ce que j'ai ressenti cette nuit et combien j'ai eu peur de t'avoir déplu. Depuis le premier jour où je t'ai revue, je n'ai plus pensé qu'à toi, j'ai rêvé de toi. Et toi… ? Dis-moi… se peut-il… ? »

Me détournant, je le tire par le bras et le fait asseoir sur le banc près de la cheminée. Marmotte se roule en boule à ses pieds. J'apporte le café et le pain, un rien trop croustillant. Je remplis les bols, hésite pour le sucre. Combien de morceau ? Je ne le sais pas encore ! Je beurre les tartines, y ajoutant une bonne couche de confiture. Je me pelotonne contre lui et nous déjeunons avec une faim de loup. Il ne reste rien de cette tension qui m'a oppressée toute la journée d'hier, de cette folie qui m'a bouleversée. Il ne reste que le bonheur retrouvé de ce moment paisible du matin où je partage le pain avec un homme qui me regarde en souriant, étonné et joyeux. Je ne sais rien de meilleur, je n'aspire à rien de plus.

Je rajoute une bûche et nous restons, rêveurs, devant le feu. Wim a passé son bras autour de mes épaules et il appuie sa joue râpeuse contre mon front. Chacun suit le cours de ses pensées qui, cependant, sont les mêmes, et je m'affole redoutant le chagrin que je vais lui infliger car je sais déjà, avec certitude, ce que je vais répondre avant que Wilhem ne me questionne :

« Popie, nous sommes si bien ensemble ; veux-tu faire un bout de chemin avec moi ?

— Il est trop tôt pour le dire, Wim chéri. Nous ne sommes plus à l'âge des décisions intempestives. Tant d'engagements nous lient à une autre vie qui nous retient en arrière.

— Tu ne m'aime pas ?

— Comment le dire ? Hier, je t'ai aimé dans la fougue du désir ; aujourd'hui, je t'aime bien davantage dans la tendresse de cet instant privilégié. Mais demain, qu'en sera-t-il au banal du quotidien, quand nous nous découvrirons différents et devrons nous habituer à nous supporter, au prix de nombreuses concessions. Peut-être n'y arriverons-nous pas ! Alors laissons d'abord le temps faire son œuvre et polir ce sentiment tout neuf.

— Du temps, il ne nous en reste pas beaucoup, Popie ! Ne risquons-nous pas de le perdre ?

— Efforçons-nous, surtout, de ne pas le gaspiller ! »

Je le fixe au fond des yeux. Je le sens déçu et suis emplie de tristesse, redoutant que, dépité, il ne s'éloigne à jamais. Mais, peu à peu, un sourire légèrement moqueur se dessine sur ses lèvres :

« Sacrée Popie ! Je n'aurai pas le dernier mot avec toi ! Mais il me plaît que tu sois sage alors que je sais combien tu peux être passionnée. Si tu le veux, nous nous reverrons et nous apprendrons, comme tu le dis, à nous supporter. Tu verras, je suis certain que cela sera facile. »

Soulagée, je me jette à son cou pour l'embrasser. Répondant à mon ardeur, il m'enlace et me caresse si bien que le désir nous enfièvre. Je voudrais être raisonnable, le repousser, mais je suis sans force, déjà consentante, bientôt impatiente.

La sonnerie du téléphone me fait bondir hors de ses bras, aussi honteuse qu'une enfant prise en faute. C'est Jean ! Je m'y attendais comme à un reproche de ma conscience. J'affecte une voix enjouée, mais cela sonne si faux qu'il me demande pourquoi je crie comme ça. Il a essayé de m'appeler hier, mais cela ne répondait pas. Où étais-je donc ? Je suis incapable d'inventer quelque chose de plausible, j'élude, mais il n'y prête aucune attention. Il me prévient qu'il va venir, qu'il sera là vers midi et restera coucher car il a reçu une mise en demeure du centre des impôts, plus des tas de papiers à remplir pour le centre de gestion. Comme il n'y comprend pas grand-chose, il me les apporte pour que je le débrouille de ces emmerdements.

Penaude, j'annonce à Wilhem qui a déjà compris :

« C'était Jean !

— Et alors, pourquoi cet air inquiet ? Est-ce que cela change quelque chose pour nous ? Voudrais-tu que je m'en aille comme un voleur, sans faire sa connaissance ? »

Oui, comme une femme adultère, je voudrais éviter la confrontation de ces deux-là. Comment le faire comprendre à Wim sans le blesser ? Comment reconnaître que moi, l'indépendante, je redoute la réaction jalouse et possessive de mon fils ? C'est indéfendable !

Souriant bravement, je prétends :

« Oh non ! Pas du tout ! Au contraire, ce sera une bonne occasion ! »

Wilhem n'est pas dupe. M'attirant contre lui, il me rassure :

« Ne t'en fais pas, n'aie pas peur, cela se passera bien ! »

Je n'en suis pas aussi sûre, mais ne peux plus reculer. Tôt ou tard, il faudra que Jean accepte que j'aie une part de vie qui n'appartient qu'à moi, malgré tout l'amour que j'éprouve pour mes enfants.

Pendant que Wilhem se rafraîchit à la salle de bain, je commence les préparatifs du repas. Couper les oignons que je fais blondir dans la cocotte m'a mis les larmes aux yeux. Je les remue vigoureusement avec ma cuillère en bois, puis ajoute les morceaux de daube farinés pour les roussir avant de les mouiller de vin rouge. Dans une explosion de vapeur, l'odeur alléchante se répand dans la cuisine. Ne suis-je pas en train de mijoter la potion magique qui réconcilie les hommes ?

Rasé de frais, Wilhem survient derrière moi, penchant sa tête par-dessus mon épaule pour humer le ragoût. Sans lâcher ma cuillère, j'appuie mon dos contre lui et il referme ses bras autour de moi. C'est bon un homme !

Plein de délicatesse, il me laisse seule pour accueillir mon fils. Il va retourner à la grangette chercher ce fameux blouson de Tom, motif avoué de sa venue à Planilhac. Il attendra que Jean soit arrivé pour redescendre.

*
* *

Avant même de me dire bonjour, Jean demande, soupçonneux :

« Qu'est-ce que c'est que cette bagnole avec des plaques belges ? »

Me raclant la gorge pour affermir ma voix, je réponds :

« Figure-toi que c'est le père de Godelieve et c'est aussi l'ex-mari de Hendrikje. Il est venu parce que Tom, son fils handicapé, avait oublié ses papiers dans son blouson. »

Au regard ahuri de Jean, je comprends que mes explications sont nébuleuses et je recommence avec encore plus de détails qui compliquent excessivement l'affaire. Jean ne retient qu'une chose :

« Bon, et alors, où il est ce type ? »

Je sens la pointe d'agacement mais fais l'innocente :

« Justement, tu vas le voir car je l'ai invité à partager notre repas. »

D'un gros soupir, Jean manifeste son ennui. Mécontente à mon tour, j'insiste lourdement :

« Tu sais, moi, je le trouve charmant ! C'était un ami d'enfance et nous avons beaucoup de souvenirs en commun. Il avait envie de te connaître car son fils à lui est à peu près du même âge que toi. »

Pas plus aimable, Jean marmonne un « Qu'est-ce que j'en ai à foutre ! » mais assez bas pour que je puisse feindre ne pas l'avoir entendu.

Heureusement, le souci des paperasses accapare son esprit et passe avant tout. Quand, après un bref coup d'œil, je lui certifie qu'il n'y a rien de grave et que je vais lui arranger tout ça en deux temps trois mouvements, son soulagement est tel que sa mauvaise humeur fond instantanément. Lorsque Wilhem survient, le blouson de Tom jeté sur l'épaule, Jean, oubliant ses préjugés, le salue poliment. Au cours du dîner, la conversation devient franchement cordiale et je m'aperçois que l'avocat est capable de plaider, sans en avoir l'air, sa propre cause pour se rendre sympathique. Adroitement, il questionne Jean sur son travail, le félicitant sans le flatter. Il lui raconte des cas de nature agricole qu'il eut à traiter. Intéressé, presque subjugué, mon fils se confie, demande conseil.

Je me tais. Mon rôle consiste à les servir, à les écouter. Ils apprécient ma daube, raclant l'assiette d'un bout de pain pour ne rien perdre de la sauce. À l'instant où je retourne ma tarte Tatin toute chaude sur un plat, dévoilant les pommes caramélisées, les deux hommes ont pour moi le même regard d'affection et de reconnaissance gourmande. Je baisse les yeux, faussement modeste, pour cacher ma jubilation.

Quand Wilhem lui serre la main au moment de repartir, Jean promet d'aller, un jour, lui rendre visite chez lui au mont Mézenc. Lorsque le 4×4 a disparu de notre vue, Jean se tourne vers moi avec une moue approbatrice :

« Tu n'as pas tort : il est sympa ce type-là ! »

Le contentement doit se lire sur mon visage car, aussitôt après, il fronce les sourcils et ajoute, péremptoire :

« Mais il est loin de valoir papa ! »

Avec sa sensibilité d'enfant jaloux, a-t-il perçu cette attraction que nous avions du mal à maîtriscr, a-t-il vu ce baiser si furtif d'au revoir qui a glissé de nos joues sur nos lèvres ? Alerté par mon silence, il me guette, soudain méfiant. Il attend que j'obtempère à son affirmation. Ses yeux fouillent au fond des miens, à la recherche d'un secret, d'un aveu, mais je le fixe durement puis me détourne, silencieuse. Je n'ai pas encore la force de me défendre mais, déjà, je suis capable de ne pas le tromper en mentant. Cela suffit pour qu'il n'ose franchir cette barrière que je viens de dresser pour me préserver.

Perplexe, il se fait humble pour me rappeler qu'il faut remplir tous ces documents. Nous nous asseyons à la table, côte à côte, studieux devant les formulaires rébarbatifs qui nous obligent à concentrer notre attention pour éviter les erreurs. Jusqu'au soir, nous sommes occupés par ce travail important qui écarte provisoirement nos démêlés sentimentaux.

Plus tard, quand, m'apercevant de l'obscurité, je veux allumer la lampe, il me retient près de lui.

« Maman, laisse entrer la nuit. Ne sommes-nous pas bien ainsi, juste nous deux à la lueur du feu ? »

Sa voix est lourde de chagrin. Je le connais, il a besoin de consolation. Je lui laisse prendre ma main. Il la serre, l'embrasse, pose sa joue dessus, appuyant sa tête contre mon épaule. De mon autre main, je lui caresse les cheveux, machinalement, presque indifférente. Je suis lasse de ses exigences d'enfant. Je devine qu'il va me faire du chantage à l'affection. Je tente de me soustraire, d'enlever ma main à la sienne. Il s'accroche, nerveusement :

« Non, maman, attend un peu ! Dis-moi, je dois savoir… Pourrais-tu aimer un autre homme que papa ? »

Voilà, il l'a dit, espérant que je démente farouchement car il ne peut concevoir que sa mère soit aussi une femme. Et moi, comment pourrais-je expliquer froidement à mon fils que ce corps qui l'a enfanté aspire encore à l'amour ? Ce serait scandaleusement impudique et choquant. Je perdrais toute dignité à ses yeux et, ne pouvant plus me respecter, il me haïrait. Il est des vérités qui tuent si elles sont prononcées ! Avec conviction je réponds :

« Non, mon chéri, jamais je ne pourrai aimer un homme comme j'ai aimé ton père ! »

Je sens la chaleur de ses larmes sur ma main. Je me penche pour l'embrasser. Entre deux sanglots, il balbutie :

« Il me manque tant, papa !

— Si tu savais combien il me manque à moi aussi ! Pourtant, la vie continue, il faut aller de l'avant. Ton père te voulait fort, tu dois te durcir pour lui faire honneur. »

Je reste appuyée contre lui, le berçant de paroles d'encouragement, attendant qu'il se calme. Mais, au fond de moi, je suis déjà ailleurs, je m'évade en pensées, je souris, rêveuse. Je n'ai pas menti. Jamais plus l'amour ne sera celui que j'ai vécu avec Richard. Je ne suis plus la même, l'âge et les circonstances m'ont changée. Mais je veux encore être heureuse, différemment mais intensément.

XVII

La fête

QUI A PARLÉ DE LA MÉLANCOLIE DE L'AUTOMNE ? Il n'y a rien de plus beau que cette saison où la nature se pare de tous ses feux. Aucun peintre, aussi talentueux soit-il, ne pourra reproduire cette œuvre éclatante. Jamais je n'ai ressenti une telle exaltation devant ce paysage dont je sais la beauté éphémère. Est-ce parce que, inconsciemment je m'y identifie en cet automne de ma vie ? Probablement, mais je n'essaye pas d'analyser mon bonheur tout neuf. Je le sens croître en moi, doux et chaud, au secret de mon cœur. Wim me téléphone rarement mais il m'écrit de courtes lettres et, comme une jeune fille, je suis émue par son style très sobre, par ses mots d'amour si pudiques.

Il est retourné en Belgique où ses affaires le retiennent encore un certain temps, mais il reviendra en Ardèche à la fin de l'année et il veut m'emmener avec lui en voyage au Japon. C'est tellement incongru que j'ai dit non tout de suite, prétextant les fêtes que je me dois de passer avec mes enfants.

« Après les fêtes, alors ! » a-t-il répondu tranquillement, sans plus insister mais sans écouter mes objections. Lui qui est chasseur sait aussi comment apprivoiser l'animal farouche en tendant la main sans bouger.

J'ai dit en riant : « Non, non, je ne changerai pas d'avis », mais l'idée fait son chemin et je me surprends à dresser l'oreille avec intérêt si d'aventure j'entends quelque commentaire à la radio ou à la télé sur ce pays de l'Orient.

Si, au début, les habitants de Planilhac m'ont considérée comme une étrangère et observée de loin avec une certaine méfiance, à présent ils se rapprochent. Je reconnais que, recroquevillée sur mon chagrin, je ne leur prêtais guère attention. Les Ardéchois sont fiers et très susceptibles. Ils ont vite fait de prendre votre désir d'isolement pour du mépris et vous le renvoient aussitôt. Depuis que je me sens mieux, je me tourne vers les gens du village et ils m'accueillent sans rancune. Pour commencer ma vie sociale au sein de la commune, ma voisine Thérèse, celle dont les petits-enfants sont les fameux jumeaux copains de Sophie, m'entraîne à la bibliothèque municipale. Ils ont besoin de bénévoles pour tenir la permanence du jeudi. Ne voudrais-je pas en être ? Mais oui, avec plaisir et gratitude !

Du coup, avertie de ma disponibilité, Marthe, une autre voisine, me convie aux préparatifs du mariage de sa fille Marinette qui va épouser Bénichou, le plus jeune des Balthazar (Tiens donc ! Comme le monde est petit !). Il est de coutume d'élever un arc de triomphe devant la porte de la fiancée et je rejoins toutes ces dames qui se réunissent pour fabriquer des fleurs en papier crépon. Les langues sont aussi agiles que les doigts et on se croirait à la récréation d'un pensionnat, tant ça rit et ça chahute. Dans un doux froufroutement, les bandes de papier prennent forme de roses et sont assemblées en guirlandes. Glissant des genoux, elles jonchent le sol d'une nuée blanche qui se soulève au moindre coup de pied.

Comme au bon vieux temps, le café est servi en permanence. Il ne s'agit plus de l'antique cafetière joliment émaillée chauffant sur le coin du fourneau, mais du banal appareil électrique, triomphe de la mondialisation. Finie aussi la grande boîte carrée où l'on conservait des biscuits secs. Marthe préfère sortir de son congélateur-armoire (qui a avantageusement remplacé le vieux meuble en châtaigniers des grands-parents), un gâteau tout prêt qu'elle passe au micro-onde. On n'arrête pas le progrès, même au fin fond de l'Ardèche !

Cet accueil chaleureux implique que je me dévoile, que je me confie. C'est un examen redoutable car, mine de rien, depuis le premier jour, j'ai été surveillée de près et, tout en se défendant de vouloir être indiscrètes, ces dames me posent, aimablement, quelques questions très insidieuses. Aucun de mes visiteurs n'est passé inaperçu et, avec imagination, elles ont bâti des romans que j'ai bien du mal à démentir. D'ailleurs, je suis sûre qu'elles ne me croient qu'à moitié, préférant s'en tenir à leur version tellement plus excitante. Ce en quoi elles n'ont pas tort, car ma vérité avouée est fortement édulcorée.

Leur curiosité à peu près satisfaite, nous en revenons aux préoccupations communes et éternelles : les petits-enfants, les recettes de cuisine, les maladies et leurs remèdes, sans oublier les réflexions sur les hommes en général et en particulier, à la limite de la grivoiserie. À leur relâchement, je sens que j'ai réussi mon examen de passage. Je ne suis plus l'originale dont elles se méfiaient. Nous sommes toutes de la même trempe, je ne suis ni mieux ni moins bien lotie et elles m'acceptent comme une des leurs. J'en éprouve un immense contentement.

Qu'il est rassurant d'être admise au gynécée, de se sentir semblable aux autres et de recevoir leur approbation.

Il est un temps nécessaire pour la vie intérieure, mais il est un autre temps, tout aussi indispensable, pour communiquer. J'en suis là !

Je n'étais invitée qu'à l'apéritif. À présent je le suis également au repas de noce. Pas question de refuser, à moins que je ne tienne à fâcher tout le monde. J'accepte à condition de participer à l'action culinaire, car ici les femmes sont encore capables de préparer le repas à la maison, et le banquet se tiendra dans la grange, nettoyée de fond en comble pour cette belle occasion.

Le père de la fiancée conduira sa fille à l'église dans la vieille calèche qui se desséchait au fond de la remise. Je ne vous raconte pas le boulot pour la décrotter car les poules s'en servaient comme perchoir. Maintenant elle a fière allure, repeinte en bleu pétard, toute enguirlandée de roses blanches et de nœuds de tulle. Le brave cheval de service est enrubanné comme un paquet cadeau !

Les invités sont là, engoncés dans leur costume qui sent légèrement la naphtaline, et ils s'impatientent car, comme toujours, il y en a certains qui sont en retard. Ce sont ceux qui ont fêté l'enterrement de vie de garçon, hier au soir. Ah ! Ils devaient être beaux ! Rien qu'à voir la tête du *novi* (fiancé) ce matin, on peut s'imaginer qu'ils n'ont pas bu que de l'eau ! Il faut avouer que Bénichou n'a pas bonne figure. Un vrai condamné à la pendaison ne serait pas plus vert. Même l'œillet à sa boutonnière paraît consterné.

Boubou est hors de lui : s'il ne se retenait pas, il lui enverrait volontiers une torgnole à cet imbécile et aussi à ces pendards de frères qui (heureusement pour eux) ne sont pas encore là, alors qu'ils sont les témoins. Des amis l'entourent pour le raisonner.

Que l'on ne s'en fasse pas, malgré ses grands gestes, il n'assommera personne ! Sa colère, parfaitement simulée, fait partie des traditions. Ce vieux baroudeur comprend la jeunesse !

L'apparition de la jeune mariée, voilée de mousseline blanche, cachant des rondeurs prometteuses sous ses falbalas, suscite une extase générale. Pour peu on se mettrait à genoux.

Bénichou en reprend des couleurs. Seule Marthe garde la tête froide, fort affairée auprès de sa fille à soulever la traîne de la robe somptueuse pour éviter qu'elle ne soit souillée dans la poussière du chemin. Évidemment, les petites demoiselles d'honneur auxquelles incombe cette tâche sont ailleurs, probablement à courir après leur cavalier !

Très ému, le père tend la main à Marinette qui grimpe dans la calèche, rassemblant et tassant ses nombreux jupons à grands coups de poing. Les invités se précipitent vers leurs voitures comme s'il s'agissait de démarrer une course de formule 1. Dans un tintamarre assourdissant de klaxons, ils s'alignent derrière le cheval blasé qui ne s'étonne de rien et n'avance pas d'un pas plus vite que l'autre. Il va même s'arrêter complètement quand survient à fond de train, en sens inverse, la voiture de Baber et Babar. Réveillés en sursaut, habillés à moitié, ils se sont souvenus à la dernière minute de leur rôle de témoin au mariage du frangin. Dans un embouteillage digne des grands départs en vacances, chacun quitte son véhicule pour aller dire son fait à ces deux inconséquents qui, pas plus contrits que cela, rigolent bêtement tandis que le cheval hennit.

C'est avec un retard considérable que tout ce beau monde se rassemble vaille que vaille en cortège sur la place de la mairie où le maire les attend, taillant une bavette avec le curé. Tous veulent entrer dans la minuscule salle des mariages où sévit une chaleur étouffante. Boudinés dans leur costume trois pièces, les hommes frisent la crise d'apoplexie et, dans la cohue, les chapeaux de ces dames prennent une tournure dangereusement penchée. En tant qu'ami de la famille, le maire a composé un discours bien senti et on l'applaudit à tout rompre. Les mariés s'embrassent, les plaisanteries gaillardes fusent.

Lassé de faire les cent pas, le curé envoie quelques coups de cloches impératifs pour rappeler les jeunes mariés aux choses sérieuses.

Comme une volée de moineaux, la noce s'égaie dans la plus complète pagaille avant de se remettre péniblement en rang par deux sur le parvis de l'église. À part la mariée au bras de son père, et Bénichou à celui de Marthe, personne ne retrouve son cavalier ou sa cavalière initialement programmé, et chacun se met bras dessus, bras dessous avec celui qui se présente.

Seul Boubou reste en plan, les bras ballants, considérant ce remue-ménage d'un œil sombre. M'apercevant, en retrait dans mon coin, il vient vers moi :

« Ma pauvre Marie, vous êtes bien seule au milieu de cette foule. Je ne le suis pas moins. Permettez-moi de rester près de vous puisqu'il faut paraître à cette mascarade.

—N'êtes-vous pas heureux, Boubou, en ce jour où vous mariez votre cadet ?

—Je voudrais l'être, mais j'ai beau me forcer, je n'y arrive pas. Trop de souvenirs me montent au cœur et me font mal. J'appréhende pour mon petit les déceptions que j'ai vécues. Il est si naïf, si nigaud ! Cette Marinette n'a pas eu de peine à lui tourner la tête. Une chiquenaude suffisait. Vous avez remarqué sans doute qu'elle est enceinte, et mon fils croit avoir fait un exploit.

—Mais Boubou, ces deux jeunes gens s'aiment, cela crève les yeux ! Et vous, ne serez-vous pas heureux en tenant un premier petit-fils dans vos bras ?

—C'est quelqu'un d'autre, Marie, que j'aurais voulu tenir dans mes bras. Vous le savez, n'est-ce pas ? Mais ne prenez pas cet air chiffonné, il n'en sera plus question. Cela ne peut pas être, je l'ai compris ! Tenez, pour une seule fois, prenez mon bras pour entrer dans l'église et allons-y ou nous serons les derniers. D'autant plus que c'est moi qui ai les alliances dans ma poche.

—Non, Boubou, vous savez comment sont les gens dans un village et, de nous voir ensemble, les feraient jaser jusqu'à la nuit des temps. Méfions-nous de la médisance, nous n'en sortirions pas indemnes. Mais vous, entrez vite dans l'église et placez-vous au premier rang derrière votre fils. Il vous attend, et pas seulement pour les alliances. Il a besoin de votre présence plus que vous ne le supposez.

Moi, j'ai promis à Marthe de l'aider au repas. Je vais d'abord chercher le pain à Largentière, puis retournerai à la ferme pour disposer les hors-d'œuvre avant le retour de tous ces affamés. »

Boubou voudrait encore me convaincre mais je ne lui laisse pas le temps de parler. Je le pousse d'une petite tape affectueuse et m'éloigne rapidement vers ma voiture. J'ai pu voir sa moue dépitée et j'en ris, mais sans moquerie car je ne doute pas de sa sincérité. Je me rappelle combien son attention amoureuse me fut secourable au moment de ma détresse. Que je ne puisse pas l'aimer d'amour n'empêche pas mon cœur de femme de lui être reconnaissant.

Sur la route déserte, je roule doucement, admirant les bois et les prés dorés de lumière. Des châtaigniers en bordure, les bogues sont tombées, et les voitures en passant les ont fait éclater, libérant les fruits brillant d'un éclat satiné. Dans la voûte du pont qui enjambe la route, le paysage se dessine en rond comme une lune. Je ralentis encore plus pour laisser reposer mon regard sur la vallée encore verdoyante, abritée par la montagne, étagée en faÿsses, flamboyant de la rousseur des vignes. Que c'est beau ! Que cette beauté m'est bonheur !

Toute la journée, je baigne dans un état de grâce qui me fait trouver la vie merveilleuse. Les invités sont charmants, le festin délicieux, l'ambiance chaleureuse. Ceux à qui trop de libations ont fait perdre la raison me font rire au lieu de m'indigner comme d'habitude. Quand, précédés de l'accordéoniste, les jeunes mariés viennent nous tirer tous par la main pour une farandole, je n'hésite pas un instant à me joindre à la chaîne et je cours à perdre haleine, sans lâcher prise, à travers les prés autour de la ferme. Au retour dans la grange, je reste avec les autres sur la piste fabriquée de planches grossièrement assemblées. Au son de la bourrée, je me laisse prendre la taille pour sauter plus haut, je virevolte et passe d'un danseur à l'autre, criant, chantant, tapant des pieds ou des mains, suivant le rythme endiablé de la musique populaire. Plus souvent que par hasard, c'est le bras de Boubou qui croise le mien, mais je ne m'en formalise pas, tout au plaisir de la danse.

En revanche, le voyant chalouper vers moi aux premiers accords d'une valse lente, je l'évite précipitamment. Cette fois, la danse n'est plus un divertissement mais une parade d'amour. Je ne me laisserai pas tourner la tête, grisée par une mélodie langoureuse. M'éloignant des lampions et des flonflons, je me réfugie dans la nuit silencieuse. Un instant, je me retourne pour observer cet îlot de lumière d'où parviennent des brides d'une musique indéfinissable. Je n'ai nulle nostalgie, je me suis bien amusée et j'aspire maintenant à la tranquillité de ma maison. Je hâte le pas, courant presque sur ce chemin familier rendu étrange par l'obscurité. Craquements, frôlement, ululement me font tressaillir. Cependant, je ne redoute pas ce monde noctambule où bêtes et esprits se côtoient en une symphonie fantastique. Mais je n'y ai pas ma place. Je suis revenue du côté du soleil !

Debout, au sommet d'une montagne de lazurites pointillées d'or, je guette le soleil. Je tends les bras vers son aurore rouge, je m'imprègne de son énergie. Je me laisse pénétrer de son incandescence gazeuse qui me rend si légère que je m'envole et plane dans l'azur, au fil du vent, devenue un grand oiseau blanc. Mais, de là-haut, je vois cette plage de sable blanc, allongée tout au long de l'océan. Je désire ardemment m'y poser et je dresse mes rémiges de manière à freiner ma course. Longtemps, élancée, je cours sur la grève, sans pesanteur puisque mes ailes, à demi déployées, me soutiennent encore.

Je suis réveillée mais je baigne encore dans l'euphorie de ce rêve. Reprenant vraiment conscience, je m'interroge : à quoi ressemble le Japon ? Et d'évidence je sais que j'ai envie d'y aller !

XVIII

Une autre vie

La Toussaint approche. Devant les boutiques, des chrysanthèmes de toutes variétés et couleurs rappellent le devoir de souvenir aux morts. Pour moi, spécialement, ce sera un anniversaire, mais au lieu de me remémorer ces jours de douleur, je ne me préoccupe que de choisir des fleurs qui t'auraient plues. Je n'ai pas besoin de les déposer sur une tombe pour te les offrir, car je suis sûre que ton esprit est là où je suis plutôt que retenu dans un corps pourri sous une quelconque dalle de pierre. Comme je n'ai pas pu limiter mon choix, j'ai acheté cinq pots différents que je plante sur les cinq faÿsses du jardin et je regarde ces bouquets chatoyants sans songer à ton absence, mais en percevant ta présence subtile.

Cependant, je m'étonne qu'elle soit si légère, autant que cet air que je respire et qui me maintient en vie. Où est passé ce manque de toi qui m'enfonçait dans le désespoir ? Je ne suis pas résignée ni consolée. Je suis libérée du poids écrasant du chagrin, et je ne conserve en moi que l'essence de toi.

Mais peut-être est-ce moi qui t'ai libéré, te permettant de te détacher pour jouir de la paix éternelle ? Mon ange gardien, (toujours perché sur mon épaule comme une perruche familière) me souffle d'une petite voix ironique :

« Toi, ma vieille, tu t'arranges pour croire ce qui te convient ! »

Je reconnais qu'il n'a pas tort mais je lui intime de se taire.

Quant à Viviane, elle s'indigne :

« Comment ? Tu ne descendras même pas pour la messe anniversaire que je fais dire pour papa ? Que va-t-on penser de toi dans notre entourage ?

— C'est le dernier de mes soucis. Raconte ce que tu veux, je m'en moque ! »

Je n'en suis pas plus fière que ça, et c'est avec un remords certain que j'arrose mes cinq chrysanthèmes, demandant pardon à Richard de ma honteuse désinvolture.

Viviane est si fâchée qu'elle laisse passer plusieurs jours sans me donner de nouvelles. Lorsqu'elle m'appelle enfin, c'est dans l'angoisse, au milieu de la nuit.

« Maman, je me sens mal ! J'ai des contractions atroces et je suis toute seule car François est parti assister à un congrès au Canada. Je n'arrive pas à le joindre et je suis terrifiée, je ne sais plus ce que je dois faire ! C'est trop tôt pour le bébé, il va mourir !

— Appelle Jean, et s'il n'est pas chez lui, appelle le SAMU pour te conduire d'urgence à la maternité de l'hôpital. Je pars immédiatement. Ne t'en fais pas, j'arriverai à temps et tout va bien se passer ! »

Comment ai-je pu être prête aussi rapidement et même téléphoner à Jean pour l'avertir ? Par chance, j'ai fait le plein de carburant hier. Je suis sur la route et je conduis rapidement avec une précision qui m'étonne. À chaque virage, je rétrograde de vitesse puis accélère. Ce n'est plus moi qui maîtrise la voiture mais un pilote chevronné. Dédoublée, je flotte un peu au-dessus, pleine de confiance. Pas besoin de brancher la radio pour rester éveillée. Je suis parfaitement lucide, sans être énervée ni inquiète. Quand j'atteins Bagnols-sur-Cèze, je sais que je suis presque arrivée. Avignon est en ligne droite. Dans une demi-heure au plus, je serai auprès de ma fille.

À trois heures du matin, je pénètre dans le grand hall de l'hôpital, étonnamment vide. Juste devant moi, une femme, soutenue par ses deux filles, attend devant le guichet de la réception. On les a prévenues que le père était au plus mal. Elles savent ce que cela veut dire mais s'accrochent désespérément à un dernier espoir. L'employée prétend ne rien savoir et leur indique comment se rendre au service de soins intensifs. Quand, à mon tour, je m'adresse à elle, je lis la pitié dans ses yeux. Elle est jeunette et ne s'est pas encore habituée à la mort qui rôde souvent, à cette heure avant l'aube, quand la vigilance s'assoupit.

Mais moi, je demande où est la maternité, et son visage s'éclaire d'un grand sourire.

Il ne peut y avoir que promesse de vie !

Je n'en suis plus aussi certaine. Cela n'arrive pas qu'aux autres ! Au nom de quoi n'en ferions-nous pas partie un jour ? Pas aujourd'hui, de grâce, Seigneur ! Laissez-nous du côté de la joie, je vous en prie.

Le tout récent pavillon de la mère et de l'enfant se situe dans le parc, loin du bloc hôpital. J'y cours, maudissant chaque seconde qui passe et qui me tient éloignée de Viviane alors que je ressens son immense besoin de m'avoir près d'elle.

Devant la porte de l'entrée, il y a Jean, fumant une cigarette en faisant les cent pas. Je me jette sur lui :

« Alors ?

—Alors, je n'en sais pas plus ! Ils l'ont mise tout de suite en salle d'accouchement et m'ont dit d'attendre. Tu crois que c'est grave ?

—Non, non, ne t'en fais pas, c'est normal. Je vais voir si je peux assister. Toi, n'attrape pas froid, tu devrais entrer au moins dans la salle d'attente.

—Tu viendras me prévenir, maman ?

—Promis ! »

Une infirmière, aimablement, me renseigne, me fait enfiler une tenue stérile et m'introduit dans la salle de travail. Allongée sur une table, Viviane est seule, branchée au moniteur, cette machinerie de surveillance. Vêtue seulement d'une chemise courte en papier à fleurettes, elle grelotte. Me découvrant, elle éclate en sanglots :

« Maman, je n'en peux plus, mon bébé doit être mort ! »

L'infirmière qui m'a suivie lui prend la main pour mieux la rassurer :

« Voyons, madame, ne vous affolez pas, le bébé va bien. Écoutez donc le monitorage. Le travail suit son cours, mais la dilatation n'est pas encore assez avancée. Un peu de patience ! La sage-femme va venir vous visiter dès qu'elle en aura fini avec l'autre parturiente de la salle d'à côté. Votre gynéco est prévenu et il sera là en temps voulu. Votre maman va vous tenir compagnie, cela vous paraîtra moins long. »

Son calme, son assurance rassérènent Viviane. Lors d'une nouvelle contraction, elle s'applique à respirer comme on le lui a appris pour contrôler la douleur. Inconsciemment je respire comme elle, haletant en synchronisation. Nous terminons sur un éclat de rire toutes les deux. Profitant d'un répit, elle me raconte que François est parti, il y a deux jours, pour ce congrès à Toronto, sans se douter que l'accouchement puisse être imminent.

Normalement, il devrait revenir demain.

Mais demain, au fait, c'est déjà aujourd'hui !

Nous rions encore puis haletons ensemble à nouveau. Les intervalles raccourcissent. Nous ne rions plus. Viviane, luisante de sueur, retombe exténuée après chaque contraction.

« Cela se rapproche », annonce la sage-femme enfin revenue.

J'entends mon cœur battre si fort que j'ai honte de faire tant de bruit, jusqu'à ce que je comprenne qu'il s'agit des battements du cœur du fœtus, amplifiés par le moniteur.

« Cette fois-ci, cela se précise, je vois la tête », constate la sage-femme qui donne des ordres :

« Poussez… Respirez ! On recommence ! »

Un homme en blanc, l'anesthésiste probablement, règle le débit de la perfusion, surveille la tension. Il donne des indications laconiques, suggère de faire une injection. La sage-femme préfère attendre. L'inquiétude m'étreint. Il y a quelque chose qui ne va pas mais je n'ose rien demander. Les battements ralentissent.

« Attention, la tension baisse, avertit l'anesthésiste.

— Poussez sur son ventre ! » ordonne l'accoucheur qui vient d'entrer, tenant ses mains gantées tendues devant lui. Il s'installe entre les étriers tandis que la sage-femme s'appuie de toutes ses forces, de tout son poids sur le ventre de Viviane. Celle-ci gémit, suffoque, râle. Maudissant mon impuissance, penchée derrière ma fille, je tiens son front entre mes mains, répétant, autant pour elle que pour moi :

« Courage, courage, c'est presque fini. »

Dans le silence, on n'entend que le battement de plus en plus faible du petit cœur, et, soudain, une exclamation de joie :

« Ça y est, la tête est passée ! »

Je me redresse, hébétée, et fixe le gynécologue.

« Allez, poussez, c'est la dernière fois ! » crie la sage-femme.

Accompagnant son effort d'une plainte déchirante, Viviane obéit.

Je ne respire plus. Les yeux exorbités, la bouche ouverte, je vais tomber inanimée. Le médecin élève et présente dans ses mains ouvertes le nouveau-né si petit, si bleu et fripé que je le crois mort et qu'un sanglot m'étouffe. La sage-femme le saisit par les pieds et lui frappe les fesses. Devenant aussitôt rouge comme une écrevisse, le petit être minuscule hurle sa réprobation. Mes pleurs jaillissent sans aucune retenue, mais ils sont de joie. Pour consoler l'enfant, l'infirmière le dépose sur le ventre de sa maman. Je soutiens Viviane pour qu'elle puisse admirer ce fils qu'elle caresse en riant et pleurant à la fois.

« Qu'il est beau ! » constate-t-elle d'une voix tremblante. Et, soulagée, toute l'équipe l'approuve en souriant : oui, c'est le plus beau des bébés !

L'infirmière le lui reprend pour le nettoyer, ligaturer le cordon, tester les réflexes, le peser. Bien qu'un peu prématuré, il est en très bonne condition et si la mère accepte de lui donner le sein, il n'aura pas besoin de séjourner en couveuse. Tout à l'observation béate de son fils, Viviane ne s'aperçoit pas que je quitte la salle, n'en pouvant plus de renifler sans oser me moucher franchement. Le jour est levé, éclairant le couloir d'un pâle soleil. Épuisée d'émotion, je m'effondre contre le mur et enfouis mon visage dans mon mouchoir.

J'ai complètement oublié Jean et suis stupéfaite, en relevant le nez, de le voir devant moi, livide, pétrifié d'angoisse, persuadé du pire.

« Oh, mon chéri, ne crains rien, tout s'est bien passé !

— On ne dirait pas à voir ta tête. Tu m'as fais une de ces peurs ! J'en suis malade ! »

Je l'attire contre moi, me souvenant du jour merveilleux de sa naissance où je le reçus dans mes bras pour la première fois. J'éprouve toujours le même bonheur quand il s'abandonne à ma tendresse. Malgré sa taille qui me dépasse, je le berce en murmurant : « Mon tout petit. »

Évidemment, il se dégage en rouspétant: «Maman, tu exagères!» mais son beau sourire dément sa réprobation. Il saisit l'occasion de m'apprendre la grande nouvelle: Bénédicte est revenue! Ils se sont réconciliés et vont peut-être se marier. J'ai un léger pincement au cœur, vite réprimé. La vie est belle, quand l'amour la guide.

Après un temps qui nous paraît infiniment long, la porte de la salle d'accouchement s'ouvre, livrant passage au lit roulant dans lequel l'infirmière ramène Viviane à sa chambre. Nous l'escortons, chacun lui tenant une main, et elle tourne les yeux de l'un à l'autre avec un sourire radieux. Le bébé est placé dans un berceau ultra moderne en plexiglas, muni d'un couvercle en forme de bulle. Dès que nous sommes seuls, Viviane veut son enfant dans ses bras et je le lui donne, le portant avec mille précautions. Nous bêtifions à qui mieux-mieux en contemplant le nouveau-né, nous extasiant sur ses petits doigts, ses petites oreilles, son petit nez. Il grimace puis baille longuement. Nous en sommes émerveillés. Je pose la question qui m'intrigue car, jusqu'à présent, ma fille n'a rien voulu dévoiler:

«Peux-tu dire, maintenant, comment tu vas l'appeler?»

Viviane lève les yeux, soudain brillants de larmes:

«Maman, si tu le veux bien, nous avons pensé, François et moi, lui donner le nom de papa: Richard.»

Je plonge la tête sur les pieds du bébé, faisant semblant de les embrasser pour cacher mon émotion. Il me faut un certain temps avant de pouvoir répondre d'une voix encore chevrotante:

«Merci, ma fille. C'est un très joli nom. Papa sera content.»

L'infirmière, qui survient, nous gronde tous. Il faut laisser la mère et l'enfant se reposer. Ils en ont besoin l'un comme l'autre.

À ce moment, Jean et moi ressentons la fatigue de la nuit sans sommeil et décidons de rentrer à la maison. D'autant plus qu'il faut récupérer Sophie, confiée à la hâte à une voisine, et se rendre cet après-midi à Marseille pour accueillir François à l'aéroport.

Cela fait presque un an que j'ai quitté mon vrai domicile pour ma retraite ardéchoise. J'étais partie à cause d'un deuil, je reviens pour une naissance. Un cycle est accompli, un nouveau, plein d'espérance, voit le jour.

Je ne chercherai plus jamais Richard parmi les morts. Il est vivant ! C'est un petit enfant !

Jean m'accompagne pour m'ouvrir la porte de notre mas provençal. Tout est impeccable. Joséphine, la femme de ménage, y a veillé. La chaleur égale du chauffage central baigne toutes les pièces. J'avais oublié combien cette maison est confortable. Les meubles, les tableaux, les tapis me paraissent plus beaux que dans mon souvenir. Marmotte renifle partout et, visiblement satisfaite de s'y retrouver, se vautre sur son fauteuil favori avec un soupir d'aise.

« Je te laisse, je vais chercher Sophie et j'apporterai de quoi manger », me prévient Jean.

Je suis heureuse de rester seule. Je m'assieds, face à la fenêtre, recueillie en moi-même. Je ne pense à rien et me laisse envahir par une paix profonde. Je suis bien. Je me sens légère et cependant pleine de reconnaissance. Et soudain, ce bonheur me submerge, il déborde de mon cœur, il veut passer mes lèvres. Je brûle d'en parler pour le partager.

Avec qui le partager si ce n'est avec celui qui, parce qu'il m'aime, se réjouira comme moi ? Je ne peux attendre. Je compose son numéro, compte les sonneries, frémis en reconnaissant sa voix :

« Allô, Wim ? C'est moi ! Je viens t'annoncer que le petit est né ce matin. J'étais là. Ce fut merveilleux.

— Ma chérie, pourquoi pleures-tu alors ?

— Mais je ne pleure pas ! Ah ! Pourtant si ! Je ne m'en rends pas compte, je suis tellement heureuse. Est-ce que tu me comprends ?

— Oui, ma douce, je te comprends et je voudrais te tenir contre moi pour baiser tes yeux, boire tes larmes et peut-être pleurer avec toi de la même joie.

— Tu sais, Wim, j'avais tellement envie de me confier à toi, et à toi uniquement car, ce qui est important pour moi, je veux que tu y prennes part.

— Popie, cela veut-il dire que tu es prête à m'aimer un peu ?

— Je t'aime vraiment, je me sens libre et je suis même décidée à t'accompagner à l'autre bout du monde comme tu me l'as proposé.

— Alors nous ferons ce voyage comme de jeunes amoureux. Je veux t'initier aux raffinements de ce pays d'Orient. Nous méditerons devant la simplicité sublime des jardins : ceux de mousses, ceux de pierres, ou ceux de rien d'autre que les traces parallèles du râteau sur le sable. Nous nous baignerons dans des sources chaudes au pied des volcans, nous mangerons le poisson cru dans le port de Shimonoseki, verrons le soleil se coucher derrière le Fuji-Yama, visiterons dans la ville moyenâgeuse de Kyoto le palais de Daigoji, et tant d'autres choses d'autant plus merveilleuses que nous serons ensemble.

— Wim, mon cher ami, merci ! Je suis heureuse de partir avec toi. »

La porte d'entrée est ouverte et Jean, les bras encombrés de provisions, se tient devant moi.

« Maman, j'ai entendu. Ce n'est pas vrai ? Tu ne vas pas partir ? »

Je le délivre de ses paquets et les apporte à la cuisine. Il me suit, tremblant de colère ou d'impatience.

« Réponds-moi ! Mais ne me dis pas que tu vas tout plaquer et t'en aller au bout du monde avec ce mec ! Ce n'est pas possible ! Pas toi ! »

Je me retourne et, m'appuyant contre l'évier, je lui fais face.

« Mon fils, je t'aime. Tu es mon sang, tu es ma chair, mais je ne t'appartiens pas. Tu n'as pas à être jaloux car mon amour pour toi est unique et ne cessera jamais. Cependant, toi, si tu m'aimes comme tu le prétends, tu dois admettre que j'existe autrement qu'en tant que mère. J'ai une vie à moi et j'entends la mener comme bon me semble, sans rendre de comptes à toi ni à personne.

— Mais, maman, tu vas vraiment partir, nous quitter, tout quitter ?

— Que vas-tu imaginer ? Non, je ne quitte rien ni surtout vous, mes enfants, mais je partirai quelquefois… pour revenir toujours. Ne t'en fais pas, il y a une chose absolument certaine, c'est que je n'abandonnerai pas ma précieuse liberté. Je veux aimer, être aimée mais, en aucun cas, dépendre de quelqu'un ou m'imposer à quelqu'un.

— Essaye de te mettre à ma place ! C'est difficile pour moi, Maman. C'est vrai que je suis jaloux. J'ai toujours cru qu'il n'y avait que nous, ta seule famille, qui comptait pour toi. Rien d'autre !

— Ce fut ainsi, mais maintenant est un autre temps. Mais Viviane et bientôt toi aussi, avez votre propre famille et vous n'avez pas vraiment besoin de moi. Même si je ne doute pas de votre affection sincère, même si vous paraissez vous occuper de moi, je suis seule. Je ne suis pas faite pour cela ! »

J'ai voulu parler calmement, raisonnablement, mais peu à peu, l'émotion me gagne et au lieu de plaider ma cause, je m'emporte, proche de la colère. Je me dresse. J'affronte Jean du regard. Il ne me fera pas changer d'avis !

Il s'approche de moi et me saisit brusquement dans ses bras.

« Maman, ma petite maman ! Pardonne-moi, je n'ai pensé qu'à moi, comme un enfant gâté. Je n'avais rien compris et pourtant, je prétendais t'aimer. Mais je t'aimais bien mal. Je croyais t'aimer et je n'aimais que moi.

— Tais-toi, mon petit ! N'en parlons plus. Tout est dit. Tu me combles de joie car, si tu n'avais pas accepté mon désir de liberté, j'aurais sans doute renoncé à Wilhem. Merci, mon fils, de ne pas me forcer à ce sacrifice. »

Nous sommes tous deux si émus que nous n'avons pas entendu entrer Sophie. Elle nous observe, désemparée, ne sachant comment interpréter nos chuchotements et nos larmes.

« Mamie ? Il s'est passé quelque chose de grave, que tu pleures tant ? »

Sa petite voix inquiète me fait bondir.

« Oh, ma puce ! Tu étais là ? N'aies pas peur, si je pleure, c'est de bonheur !

— Ça ne fait pas pleurer, le bonheur !

— Tu as raison ! Tiens, regarde, je ris ! Viens vite m'embrasser et je te promets que maintenant, tout va aller super bien. »

Elle se jette à mon cou avec sa fougue habituelle. Je la soulève et elle s'accroche à moi, appuyant ses jambes sur mes hanches.

« Mamie, mamie, je t'aime fort ! Je veux que tu ries toujours ! »

Me voilà encore, comme une grosse bête sentimentale, à lutter contre ces larmes stupides que je n'arrive pas à retenir. Comment expliquer à ma petite-fille chérie que je suis prise au dépourvu ?

Pour marcher fière et droite dans l'adversité, pour ne pas laisser paraître mon chagrin ou mon angoisse, je me suis imposé une cuirasse. Mais aucune armure ne me protège du bonheur. Ce bonheur qui est entré en moi par surprise, m'emplissant de confiance, me faisant abandonner toutes mes défenses. Si je pleure d'une douce émotion empreinte de reconnaissance, c'est peut-être parce que ce bonheur a été frôlé de très près par le malheur que je redoutais.

Mais je n'expliquerai rien de tout cela à Sophie. Elle ne comprendrait pas.

Le bonheur ne fait pas pleurer les enfants.

Je l'embrasse et elle m'embrasse avec des gros « smack smack » mouillés et bruyants.

« Hé, les filles ! intervient Jean. Vous avez bientôt fini de vous poutouner ? J'ai faim, moi ! Il serait temps de manger un morceau si nous voulons arriver à l'heure à l'aéroport de Marseille pour attendre l'heureux papa. Encore un qui va s'écrouler sous l'émotion si nous ne sommes pas là pour le soutenir. »

Je l'approuve et déballe les provisions. Je cherche mes casseroles dans le placard. Elles sont là, à leur place, et je constate avec satisfaction que, ici, dans ma maison, rien n'a changé.

Et moi, ai-je changé ? Qui suis-je après cette longue retraite choisie ?

Je suis une femme, confiante, pleine d'espérance et d'amour, au seuil d'une autre étape de ma vie.

Table des matières

Aubin Imprimeur
LIGUGÉ, POITIERS

Reproduit et achevé d'imprimer en février 2007
N° d'impression L 70665
Dépôt légal, février 2007
Imprimé en France

ISBN 978-2-738-22120-9